新　潮　文　庫

赤ひげ診療譚

山本周五郎著

新　潮　社　版

1649

目次

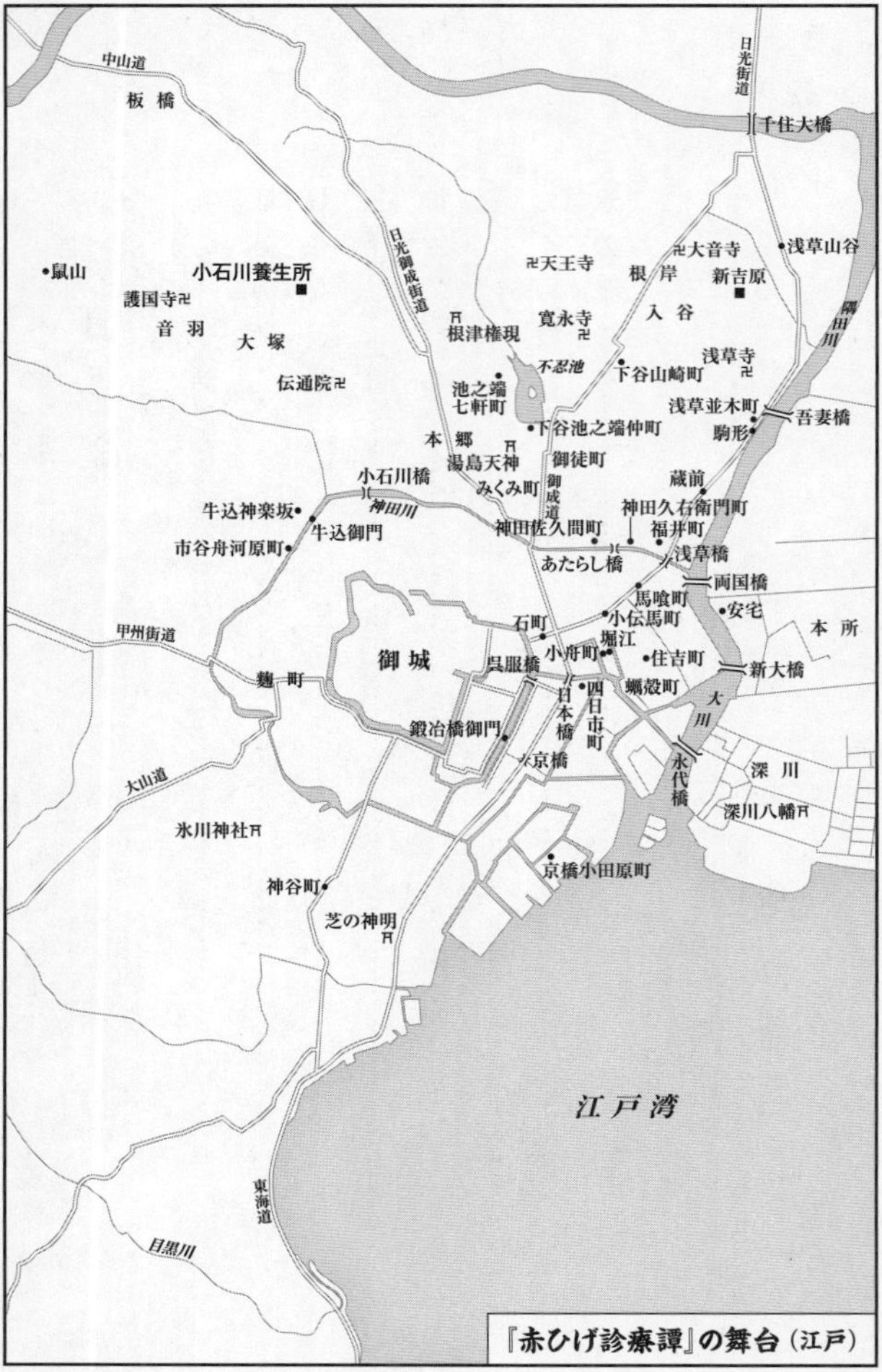

『赤ひげ診療譚』の舞台（江戸）

主要登場人物一覧

新出去定……………小石川養生所の医長。
保本登………………三年間の長崎遊学を終え、養生所の医員見習となる。
森半太夫……………養生所の医員見習。
津川玄三……………養生所の医員見習。
竹造…………………養生所の小者。
雪……………………養生所の食堂で働く女。
ちぐさ………………登の元婚約者。
まさを………………ちぐさの妹。
保本良庵……………町医者。登の父。
八重…………………登の母。
天野源伯……………徳川幕府の表御番医。ちぐさ・まさをの父。
ゆみ…………………大店の娘。養生所内に親が建てた別棟で暮す。
杉……………………ゆみに付添う女中。

六助……………蒔絵師。養生所の病人。
くに……………六助の娘。
富三郎…………くにの夫。
佐八……………輻屋《やや》。むじな長屋の住人。
治兵衛…………むじな長屋の差配。
平吉……………むじな長屋の住人。
藤吉……………大工。
猪之……………大工。藤吉の弟分。
卯兵衛…………伊豆さま裏の長屋の差配。
十兵衛…………小間物の行商人。伊豆さま裏の長屋の住人。
五郎吉…………日傭取り。伊豆さま裏の長屋の住人。
ふみ……………五郎吉の女房。
長次……………五郎吉の二男。
きぬ……………伊豆さま裏の長屋の住人。

角三…………料理人。藪下の長屋の住人。
たね…………角三の婚約者。
多助…………たねの祖父。
松次郎…………「高田屋」の主人。藪下の長屋の家主。
えい…………蠟燭問屋「近六」の下女。
かね…………えいの母。

地図製作　アトリエ・プラン

赤ひげ診療譚

狂女の話

一

その門の前に来たとき、保本登《やすもとのぼる》はしばらく立停って、番小屋のほうをぼんやりと眺めていた。宿酔《ふつかよい》で胸がむかむかし、頭がひどく重かった。

「ここだな」と彼は口の中でつぶやいた、「小石川養生所《ようじょうしょ》か」

だが頭の中ではちぐさのことを考えていた。彼の眼は門番小屋を眺めながら、同時にちぐさのおもかげを追っていたのだ。背丈の高い、ゆったりしたからだつきや、全身のやわらかいながれるような線や、眼鼻だちのぱちっとした、おもながで色の白い顔、——ちょっとどこかに手が触れても、すぐに頰が赤らみ、眼のうるんでくる顔などが、まるで彼を招きよせでもするように、ありありと眼にうかぶのであった。

「たった三年じゃないか」と彼はまたつぶやいた、「どうして待てなかったんだ、ちぐさ、どうしてだ」

一人の青年が来て、門のほうへゆきながら、振向いて彼を見た。服装と髪のかたちで、医師だということはすぐにわかる。登はわれに返り、その青年のあとから門番小屋へ近づいていった。彼が門番に名を告げていると、青年が戻って来て、保本さんですかと問いかけた。彼はうなずいた。

「わかってる」と青年は門番に云《い》った、「おれが案内するからいい」

そして登に会釈《えしゃく》して、どうぞと気取った一揖《いちゆう》*をし、並んで歩きだした。

「私は津川玄三《げんぞう》という者です」と青年があいそよく云った、「あなたの来るのを待っていたんですよ」

登は黙って相手を見た。

「ええ」と津川は微笑した、「あなたが来れば私はここから出られるんです、つまりあなたと交代するわけなんですよ」

登は訝《いぶか》しそうに云った、「私はただ呼ばれて来ただけなんだが」

「長崎へ遊学されていたそうですね」と津川は話をそらした、「どのくらいいっておられたんですか」

「三年とちょっとです」

登はそう答えながら、三年、という言葉にまたちぐさのことを連想し、するどく眉《まゆ》をしかめた。

「ここはひどいですよ」と津川が云っていた、「どんなにひどいかということは、いてみなければわかりませんがね、なにしろ患者は蚤《のみ》と虱《しらみ》のたかった、腫物《はれもの》だらけの、臭くて蒙昧《もうまい》な貧民ばかりだし、給与は最低だし、おまけに昼夜のべつなく赤髯《あかひげ》にこき使われるんですからね、それこそ医者なんかになろうとした自分を呪《のろ》いたくなりますよ、ひどいもんです、まったくここはひどいですよ」

登はなにも云わなかった。

――おれは呼ばれて来ただけだ。まさかこんな「養生所」などという施療所《せりょうしょ》へ押しこめられる筈《はず》はない。長崎で修業して来たから、なにか参考に訊《き》かれるのだろう。この男は誤解しているのだ、と登は思った。

門から五十歩ばかり、小砂利を敷いた霜どけ道をいくと、その建物につき当った。すっかり古びていて、玄関の庇《ひさし》は歪《ゆが》み、屋根瓦《がわら》はずれ、両翼の棟はでこぼこに波を打っていた。津川玄三は脇《わき》玄関へいき、履物を入れる箱を教え、そこから登といっしょにあがった。

廊下を曲っていくと溜《たま》り場があって、そこに人がいっぱいいた。診察を待つ患者たちであろう、中年以上の男女と子供たちで、みんな貧しいみなりをしているし、あたりはごみ溜《ため》か、腐敗した果物でもぶちまけたような、刺戟《しげき》的な匂《にお》いが充満していた。

「かよい療治の連中です」と津川は鼻のさきを手で払いながら云った、「みんな無料で診察し投薬するんです、生きているより死んだほうがましな連中ですがね」そしてひどく渋い顔をし、片方へ手を振った、「こちらです」

渡り廊下をいって、右へ曲ったとっつきの部屋の前で、津川は立停って自分の名をなのった。部屋の中から、はいれという声が聞えた。よくひびく韻《いん》の深い声であった。

「赤髯です」と津川はささやき、登に一種の眼くばせをして、それから障子をあけた。

そこは六帖《じょう》を二つつなげたような、縦に長い部屋で、向うに腰高窓があり、左右は三段の戸納《とだな》になっていた。古くて飴色《あめいろ》になった樫材《かしざい》のがっちりしたもので、上の二段は戸納、下段は左右とも抽出《ひきだし》になっている。もちろん薬がしまってあるのだろう、抽出の一つ一つに、薬品の名を書いた札が貼《は》ってあった。――窓は北向きで、煤《すす》けた障子が冷たい光に染まっており、その光が、こちらへ背を向けた老人の、逞《たくま》しく広い背や、灰色になった蓬髪《ほうはつ》をうつしだしていた。

津川玄三が坐《すわ》って挨拶《あいさつ》をし、保本登を同道したことを告げた。老人は黙ったまま、小机に向かってなにか書いていた。鼠色《ねずみいろ》の筒袖《つつそで》の袷《あわせ》に、同じ色の妙な袴《はかま》をはいている。袴というよりも「たっつけ」というほうがいいだろう、腰まわりにちょっと襞《ひだ》はあるが、脛《すね》のほうは細く、足首のところはきっちり紐《ひも》でしめてあった。

その部屋には火桶《ひおけ》がなかった。北に向いているので、陽のあたることもないのだろう、薬臭い空気はひどく冷えていて、坐った膝《ひざ》の下から、寒さが全身にのぼってくるように感じられた。やがて、老人は筆を措《お》いて、こちらへ向き直った。額の広く禿《は》げあがった、角張った顔つきで、口のまわりから顎《あご》へかけてぴっしり髯が生えている。俗に「長命眉毛」といわれる、長くて濃い眉毛の下に、ちから強い眼が光っていた。「へ」の字なりにむすんだ唇と、その眼とは、*犬儒派《けんじゅ》のような皮肉さと同時に、小児のようにあからさまな好奇心があらわれていた。

――なるほど赤髯だな、と登は思った。

実際には白茶けた灰色なのだが、その逞しい顔つきが、「赤髯」という感じを与えるらしい。年は四十から六十のあいだで、四十代の精悍《せいかん》さと、六十代のおちつきとが少しの不自然さもなく一躰《いったい》になっているようにみえた。

登は辞儀をし、名をなのった。

「新出去定《にいできょじょう》だ」と赤髯が云った。

そして登を凝視した。まるで錐《きり》でも揉《も》みこむような、するどい無遠慮な眼つきで、じっと彼の顔をみつめ、それから、きめつけるように云った。

「おまえは今日から見習としてここに詰める、荷物はこっちで取りにやるからい い」

「しかし、私は」と登は吃《ども》った、「しかし待って下さい、私はただここへ呼ばれただけで」

「用はそれだけだ」と去定は遮り、津川に向かって云った、「部屋へ伴《つ》れていってやれ」

二

保本登は医員見習として、小石川養生所に住みこんだ。

彼はまったく不服だった。彼は幕府の御*番医になるつもりで、長崎へ遊学したのであるし、江戸へ帰れば*御目見医《おめみえい》の席が与えられる筈であった。彼の父は保本良《りょう》庵《あん》といって、麹町《こうじまち》五丁目で町医者をしているが、その父の知人である幕府の表御番*医、法印天野《ほういんあまの》源伯《げんぱく》が登の才を早くから認めてい、登のために長崎遊学の便宜もはからってくれたし、御目見医に推薦する約束もしてくれたのであった。

登はそのことを津川玄三に話した。

「そんなうしろ楯《だて》があるのにこういうことになったとすると」津川はそう云いかけたが、そこでなにかを暗示するように笑った、「――まあ諦《あきら》めるんですね、あなたの来ることは半月もまえにわかっていたし、どうやらあなたは赤髯に好かれたらしいですからね」

津川は彼を部屋のほうへ案内した。

それは新出の部屋の前をいって、左へ曲った廊下の右側にあり、同じような小部屋が三つ並んでいた。津川はまずその端にある部屋へよって、同じ見習の森半太夫《はんだゆう》を彼にひきあわせた。半太夫は二十七八にみえる瘦《や》せた男で、ひどく疲れたあとのような、陰気な、力のない顔つきをしていた。

「お噂《うわさ》は聞いていました」と半太夫はなのりあったあとで云った、「ここは相当きついですがね、しかし、そのつもりになれば勉強することも多いし、将来きっと役にたちますよ」

　半太夫の声はやわらかであったが、剃刀《かみそり》を包んだ綿のような感じがしたし、よく澄んだ穏やかな眼の奥にも、やはり剃刀をひそめているようなものが感じられた。そうして、半太夫がまったく津川を無視していることに、登は気づいた。津川の云うことには返辞もせず、そっちへ眼を向けようともしなかった。

「相模《さがみ》のどこかの豪農の二男だそうです」と津川は廊下へ出てからささやいた、「私とは気が合わないんですが、彼はなかなか秀才なんですよ」

　登は聞きながした。

　森の隣りが津川、その次が登の部屋であった。どの部屋も六帖であるが、窓は北に向いていてうす暗く、畳なしの床板に薄縁《うすべり》を敷いただけという、いかにもさむざむとした感じだった。窓の下に古びた小机があり、蒲《がま》で編んだ円座《えんざ》が置いてある。片方はひび割れた壁、片方は重たげな板戸の戸納になっていた。

「畳は敷かないんですか」

「どこにも」と津川は両手をひろげた、「医員の部屋もこのとおりです、病棟も床板に薄縁で、その上に寝具を敷くというわけです」

　登は低い声でつぶやいた、「牢屋《ろうや》のようだな」

「みんなそう云いますよ、ことに病棟の患者たちがね」と津川は皮肉に云った、「かれらは貧民だし、施療院へはいったというひけめがあるから特にそういう感じがするんでしょう、おまけに着物まであれですからね」

登は赤髯の着ていたものを思いだし、森半太夫も同じ着物を着ていた、ということを思いだした。訊いてみると、医員は夏冬ともぜんぶ同じ色の同じ仕立であるし、病棟の患者は白の筒袖にきまっている。それは男女とも共通で、子供の着物のように付紐《つけひも》が付いており、付紐を解けばすぐ診察ができるように考えられたものだという。だが患者たちはそれを好まない、床板に薄縁という部屋の造りと共に、どうしても牢屋の仕着《しきせ》のような感じがする、という不平が絶えないそうであった。

「昔からの規則ですか」

「赤髯どのの御改革です」津川は肩をゆすった、「彼はここの独裁者でしてね、治療に関しては熱心でもあるしいい腕を持っています、大名諸侯や富豪のあいだにも、ひじょうな信頼者が少なくないんですが、ここではあまりに独断と専横が過ぎるので、だいぶみんなから嫌われているようです」

「火鉢なども使わないとみえますね」

「病棟のほかはね」と津川が云った、「江戸の寒さくらいは、却《かえ》って健康のためにいいんだそうです、それに、病棟以外に炭を使うような予算もないそうでしてね、――ちょっとひと廻りしてみましょう」

二人は部屋を出た。

番医の詰める部屋からはじめて、かよい療治の者を診察する表部屋、薬の調合をする部屋、入所患者のための配膳所《はいぜんしょ》、医員の食堂《じきどう》などを見たあと、津川は南の口から、庭下駄《にわげた》をはいて外へ出た。

南の口というのは、渡り廊下の角にあり、そこを出るとすぐ向うに炊事場が見えた。瓦葺《かわらぶ》きの、三十坪ちかくありそうな平屋の建物で、屋根を掛けた井戸が脇にあり、四五人の女たちが菜を洗っていた。漬け物にでもするのであろう、洗って山と積まれた菜の、白い茎と緑とが、朝の日光をあびて、眼のさめるほどみずみずしく新鮮にみえた。

三

津川はその女たちの一人を指さして云った。

「右から二番目に黄色い襷《たすき》をかけた娘がいるでしょう、いま菜を積んでいる娘です、お雪というんですがね、森先生の恋人なんですよ」

登は無関心な眼でその娘を見た。

そのとき、病棟のほうから、十八九になる女が来て、津川に呼びかけた。品のいい顔だちで、身なりや言葉づかいが、大きな商家の女中という感じであった。いそいで来たのだろう、息をはずませ、顔も赤らんで緊張していた。

「またさしこみ*が起こったのですけれど」とその女はせきこんで云った、「薬が切れてしまってないんですの、すみませんがすぐに作っていただけないでしょうか」

「新出先生に頼んでごらん」と津川は答えた、「あの薬は先生のほかに手をつけることはできないんだ、先生はお部屋にいるよ」

その女はちらっと登を見た。登の視線を感じたからだろう、登を斜交《はすか》いにすばやく見て、さっと頰を染めながら会釈をし、南の口のほうへ小走りに去った。

津川は登をうながして歩きだした。南の病棟にそっていくと、横に長く二百坪ほどの空地があり、その向うは柵《さく》をまわした薬園になっていた。ここは元来が「小石川御薬園」といって、幕府直轄《ちょっかつ》の薬草栽培地であり、一万坪ほどの栽園が二つ、道をはさんで南北にひろがっていた。養生所は南の栽園の一部にあるのだが、このあたりは高台の西端に当るため、薬園の高いところに立つと、西にひらけた広い展望をたのしむことができた。

栽園は単調だった。冬なので、薬用の木や草本は殆《ほと》んど枯れており、藁《わら》で霜囲いをした脇のところに、それぞれの品名を書いた小さな札が立ててあった。霜どけでぬかる畦道《あぜみち》をいくと、係りの園夫たちが幾人かで、土をひろげたりかぶせてある藁を替えたりしてい、津川を見るとみな挨拶をした。津川はかれらに登をひきあわせ、かれらは登に向かって、自分たちの名を鄭重《ていちょう》になのった。大きな軀《からだ》の、肥えた老人が五平。枯木のようにひょろ長い、無表情な若者が吉太郎、そのほか次作、久助、富五郎などという名を、登は覚えた。

「五平のぐあいはどうだ」と津川は五平に訊いた、「まだやれないか」

「そろそろというところでしょうな」と老人は肥えた二重顎を指で掻《か》きながら、うっとりしたように眼を細めて、うなずいた、「さよう、まあそろそろというところでしょう」

「おれはこの月いっぱいでやめるんだが、それまでに味がみたいもんだな」

「さてね」と老人は慎重に云った、「たぶんよかろうとは思うが、さて、どんなものかね」

「そのうちに小屋へいってみるよ」

津川はそう云ってそこをはなれた。

「えびづる草の実で酒をつくっているんです」と歩きながら津川が云った、「色は黒いし舌ざわりもちょっと濃厚すぎるが、うまい酒です、赤髯が薬用につくらせるんですがね、そのうちにいちどためしてみましょう」

薬園を出ると、津川は北の病棟のほうへ向かった。

そちらには風よけのためだろうか、大きな椎《しい》や、みずならや、椿《つばき》や、松や杉などの林があり、ふかい竹やぶなどもあったが、その竹やぶに囲まれるように、新らしく建てられたらしい、一と棟の家があった。津川はその家のほうへ近よろうとしたが、気が変ったとみえ、頭を振りながらとおりすぎた。

「さっきのお杉、——南の口のところで会った女ですが」と津川は歩きながら云った、「あれはいまの家にいるんですよ、病気の女主人に付添っているんですがね」

「あの家も病室ですか」

「娘の親が自費で建てたんです、娘というのが特別な病人でしてね」

津川は乾いたような声で話した。

身許《みもと》は厳秘になっているのでわからないが、相当な富豪の娘らしい。年は二十二か三くらいになるだろう。名はゆみといい、縹緻《きりょう》もめだつほうである。発病したのは十六の年で、初めは狂気とはわからなかった。婚約のきまっていた男があり、それが急に破約してほかの娘と結婚し、そのために一年ほど気鬱《きうつ》症のようになった。それが治ったと思われるころ、店の者を殺したのである。そこでは十七八人も人を使っているのだが、二年ばかりのあいだに三人、一人はあぶないところを助かったが、若い二人はゆみのために殺されてしまった。

「それがただ殺すだけでないんです、いろじかけで、男の自由を奪っておいてからやるんですよ」と津川は唇を舐《な》めた、「あぶなく助かった男の話なんですがね、初めに娘のほうから恋をしかけて、男に寝間へ忍んで来させる、それから相当ないろもようがあるらしいんだが、すっかり男がのぼせあがって、無抵抗な状態になったとき、釵《かんざし》でぐっとやるんだそうです」

登は眉をひそめ、低い声でそっとつぶやいた、「男に裏切られたことが原因なんだな」

「赤髯のみたては違います」と津川がまた唇を舐めて云った、「一種の先天的な色情狂だというんです、狂気というよりも、むしろ狂的躰質だと赤髯は云っていますよ」

登の頭に殺人淫楽《いんらく》、という意味の言葉がうかんだ。長崎で勉強したときに、和蘭《オランダ》の医書でそういう症例をまなんだ。日本にも昔からあったといって、同じような例を幾つか指摘されたし、その筆記もとっておいた。

親のちからもあったろうが、娘は罪にならなかった。殺された相手は店の使用人であり、主人の娘の寝間へ忍びこんだうえ手ごめにしようとした。表面はそのとおりだし、死人に口なしでそのままにすんだ。しかし三人めの*手代が命びろいをして、初めて事情がわかり、新出去定が呼ばれた。去定は*座敷牢を造って檻禁《かんきん》しろと云った。さもなければ、必ず同じようなことがくり返し行われるだろう。ほかの狂気とちがって色情から起こるものであり、その他の点では常人と少しも変らないから、檻禁する以外にふせぎようはないと主張した。しかし、家族や使用人の多い家なので、座敷牢を造ったり、そこへ檻禁したりすることは世間がうるさい。養生所の中へ家を建てるから、そちらで治療してもらえまいか、と親が云った。娘の狂気が治るにしろ、不治のまま死ぬにしろ、その建物は養生所へそのまま寄付するし、入費はいくらでも出す。そういうことで、一昨年の秋に家を建て、お杉という女中を伴れて、娘が移って来たのであった。

「あの建物は全体が牢造りなんです」と津川は云った、「中は二た部屋に勝手があって、炊事も洗濯もぜんぶお杉がやるんです、必要な日用の品は、三日にいちどずつ実家から持って来るんですが、お杉が鍵《かぎ》を持っていて、家の中へは誰もいれないし、娘も一人では決して外へ出しません、あの家へはいるのは赤髯だけですよ」

「治療法があるんですか」

「どうですかね」と津川は首を振った、「治療というよりもときどき起こる発作のほうが問題らしいですよ、そのために赤髯が特に調合をした薬をやるんですが、そうそう、さっきお杉が取りに来たのがその薬なんだが、赤髯は絶対にほかの者には調合させないし、ひじょうに効果のいい薬らしいですよ」

殺人淫楽、と登は心の中で思った。それが躰質であり先天性のものだとすると、娘の犯したことは娘の罪ではない。不手際《ふてぎわ》に彫られた木像の醜悪さが、木像そのものの罪ではないように。

――だがちぐさの場合はちがう。

ちぐさはまったく正常な娘だった。登はそう思いながら唇を噛《か》んだ。

「可哀《かわい》そうなのはお杉です」と津川は続けていった、「それが奉公だからやむを得ないにしても、こんな養生所の中で牢造りの家に住み、気の狂った娘の世話をしてくらすなんて、しかもいつ終るか見当もつかないことですからね」

「奉公人ならやめることもできるでしょう」

「いや、やめないでしょう、あの娘は心の底から主人に同情しています、同情というより愛情というべきかもしれないが」津川は首を振り、太息《といき》をついた、「ここを出ていくのに少しもみれんはないが、お杉に会えなくなるのがちょっと残り惜しいですよ」

登はつい先刻、お杉が顔を赤らめたことを思いだした。

四

お杉が顔を赤らめたのは津川のためではない。津川はお杉と親しいような口ぶりをみせたが、お杉のほうではなんとも思ってはいなかったのだ。初めて南口の外で会ったとき、お杉が頬を染め、恥らいのまなざしで会釈したのは、登がみつめているることに気づいたからである。――お杉と親しくなったあとで、登はそれらのことをお杉の口から聞いた。

登はお杉と親しくなり、やがて、人に隠れて逢《あ》うようにさえなったが、あとで考えると純粋な気持ではなかった。自分にふりかかったいろいろな事情で、ひどくしらけた、やけなような気持になっていて、不平を訴える相手が欲しかったのと、ゆみという娘の病状に興味をもったため、というほうが当っているかもしれない。それにはお杉はもっともいい相手だった。登は養生所などへ入れられた不満を語り、ちぐさのことまでも話すようになった。彼女にはそんなうちあけ話をさせるような、しんみな温かさとやすらかさが感じられたのである。

「私は決してかれらの思うままにはならない」と彼はお杉に云った、「これは狡猾《こうかつ》に仕組まれたことなんだ、私はかれらに手を焼かせてやる、がまんをきらせたかれらが、どうか出ていってくれと頼むようにさせてやるつもりだ」

「そうでしょうか」とお杉は不得心らしく首をかしげた、「あたしそのお嬢さまのことと、ここへおはいりになったこととはかかわりがないように思いますけれど」

お杉が自分の意見を述べるなどということは初めてなので、登は訝しげに彼女を見た。

「――どうして」と彼は訊き返した。

「お嬢さまがそういうことになったのなら、天野さまはそのお償いをなさる筈ですわ、償いをなさらないにしても、御目見医にするという約束だけは、多少むりでも守らなければならなかったと思います」

それは二月下旬の夜、登がお杉とはじめてゆっくり話したときのことなのだ。

ゆみたちの住居から十間《けん》*ほど離れた、竹藪《たけやぶ》の前に腰掛がある。腰掛は入所患者のために、陽当りのいい場所に七つあるが、その竹藪の前にある腰掛はゆみのために設けたもので、屋根を掛けた*亭《あずまや》づくりになっており、夜などは人の近づくこともなかった。——その夜、登は新出去定とやりあったあと、園夫の吉太郎に酒を買って来させ、部屋で飲んでいたのだが、どうにもやりきれなくなって出て来た。そしてその腰掛で、瓢《ふくべ》に詰めて来た酒を飲んでいると、お杉があらわれたのだ。彼女はゆみの*おかわを始末したあとで、ふと登がそこにいるような気がしたから、ちょっとようすをみに来たのだという。——ゆみは*半刻《はんとき》ほどまえに発作を起こしたが、いつもの薬を飲んで熟睡したから、鍵を掛けて出て来た、ともお杉は云った。登はそれを、ゆっくりしていってもいい、という意味にうけとり、酔ってもいたので、そんな話までしはじめたのであった。

「おまえさんは気がいいからそんなふうに思うんだ」と彼は云った、「かれらがそんなに律儀《りちぎ》なもんか、おれが世間にいては面倒が起こる、ここへ入れてしまえば手数が省けると思ってやった仕事だ、おれにはちゃんとそのからくりがわかっているんだ」

「でもあなたをここへお呼びした事は、去定先生だと思うんですけれど」

登は瓢の口からまた飲んだ。

「先生はずっとまえから、ここにはもっといい医者が欲しい、ほかのどんなところよりも、この養生所にこそ腕のある、本気で病人を治す医者が欲しい、って仰《おっ》しゃっていましたわ」

「それなら私を呼ぶ筈はないさ、いい医者になるには学問だけではだめだ、学問したうえに時間と経験が必要だ、おれなんかまだひよっこも同然なんだぜ」

そこで彼はふいにうんと頷《うなず》いた、「うん、おれを呼んだ理由は一つある、それで私は赤髯どのとやりあった」

「まあ、あなたまでが赤髯だなんて」

「赤髯でたくさんだ」と彼は吐き捨てるように云った。

その日の夕飯のあとで、新出去定は登を呼び、長崎遊学ちゅうの筆記や図録を提出するように、と云った。登は拒んだ。彼は蘭方《らんぽう》医学の各科をまなんだが、特に本《ほん》道《どう》ではずいぶん苦心し、自分なりに診断や治療のくふうをした。それは彼自身のものであり、彼だけの会得した業績なのだ。そしてその筆記類や図録は、彼の将来を約束するものであって、他に公開することは、その価値を失う結果になるだけであった。

——内障眼《そこひ》の治療だけで名をあげ、産をなした医者さえあるではないか。自分の医術はもっと新らしく、ひろく大きな価値がある。これは自分の費用と、自分の努力とでかち得たものだ。他人にみせるいわれもないし、義務もない筈である、と登は云った。けれども去定はうけつけなかった。

――断わっておくが、ここではむだな口をきくな。

去定はきめつけるようにそう云った。

――筆記と図録はぜんぶ出せ、用事はそれだけだ。

登はそうするよりしかたがなかったことをお杉に話した。

「もし本当に赤髯が私を呼んだのだとすれば、たしかにあれが理由の一つだ」と登は瓢を撫《な》でながら云った、「だから彼はこれまで私に構わなかった、私があのお仕着を着ず、なにもしないで遊んでいても、まるっきり知らない顔をしていたんだ」

「あなたは酔っていらっしゃるわ」

「酔っているものか、ただ飲んでいるだけのことだ」登はまた飲んだ、「禁じられているから飲むんだ、ここで禁じられていることならなんでもやるつもりだ」

「もうおよしなさいまし」お杉は瓢を取ろうとした、「酔ってそんなことを云う方は嫌いです」

瓢を取ろうとしたお杉の手を、登のほうで乱暴につかんだ。ひんやりと温かく、なめらかな手だった。お杉は避けようとはせず、摑《つか》まれたままじっとしていた。星の明るい夜で、かなり暖かく、薬園のほうから沈丁花《じんちょうげ》が匂って来た。

「おれを嫌いか」と登がささやいた。

お杉はおちついた声で云った、「酔ってそんなことを仰しゃるあなたは嫌いです」

登は少し黙っていて、それからお杉の手を放した。

「じゃあ帰れ」

「その瓠をあたしに下さい」とお杉が云った、「明日までお預かりしますわ」

「放っとけ」と登は一と口飲んでから云った、「あの気違い娘の世話だけで充分だろう、おれのことなんかに構うな」

お杉は彼の手から瓠を取りあげた。力のこもったすばやい動作で、登はよけることができなかった。お杉は腰掛から立ち、これは明日お返しするからと云って、住居のほうへ去っていった。登は黙ったまま、去っていくお杉の草履の音を聞いていた。

五

そのことがあってから、登はさらにお杉と親しくするようになった。

彼は決して見習医にはならないつもりだった。見ているだけでも、ここの生活はうす汚なく、活気がなく、そして退屈だった。俗に施薬院《せやくいん》といわれるこの養生所の支配は「肝煎《きもいり》」といい、小川氏の世襲であって、幕府から与力が付けられていた。小川氏はべつに屋敷があるが、表の建物にその詰所《つめしょ》があり、そこで与力と共に会計その他の事務をとっていた。そのころ、番医の定員は五人で、これらの詰所は病棟のほうに属し、表の建物とは渡り廊下でつながっていた。

番医のうち、新出去定が医長、その下に吉岡意哲《いてつ》、井田五庵《ごあん》、井田玄丹《げんたん》、橋本玄録《げんろく》らがおり、本道、外科、婦人科を分担していた。井田は父と子で、下谷御徒町《したやおかちまち》で町医をやっているし、ほかに嘱託で通勤する町医が三人から五人くらいあった。——見習医は二人、これと新出医長だけが定詰《じょうづめ》で、入所している患者の治療は、殆んどこの三人に任されたようなかたちだったし、かよって来る患者に対しても、他の医員たちは熱意がなく、治療のやりかたも形式的な、投げやりなものが多いようであった。

病棟は北と南の二た棟あり、病室は各棟に十帖が三、八帖が二、重症用の六帖が二た部屋ずつ付いていた。そのとき入所していた患者は三十余人、老人や女が多く、外傷で担《かつ》ぎこまれたり、行倒れで収容された者などもいた。——津川玄三が云ったとおり、病室もすべて板張りに薄縁で、その上に夜具を敷くのであるが、薄縁は五日め、夜具は七日めごとに取替えて、日光と風に当てるきまりだった。また、患者たちは老若男女《ろうにゃくなんにょ》のべつなく、白い筒袖の木綿の着物を与えられるが、それは付紐で結ぶようになっていて、女でも帯をしめるとか、色のある物を身につけることは許されなかった。

——いくら施薬院だからって、畳の上に寝かせるぐらいのことはしてくれてもよかりそうなもんだ。

患者たちはそう云いあっていた。

——自分が持っているんだから、女にだけでも色のある物を着させてくれればいい、これではまるでお仕置人みたようじゃないの。

そんな不平も絶えなかった。

こういう不平や不満は、すべて新出去定に向けられていた。これらは去定の独断できめられたものであるし、また治療に当っても、去定のやりかたは手荒く、言葉も乱暴なため、患者たちはびりびりしていたし、反感をもつ者も少なくないようにみえた。そのうえ去定はよく外出をする。大名諸侯や富豪の家から招かれるほかに、自分の患家を持っていて、その治療にもまわるらしい。そういうときには二人の見習医員が留守を任されるのだが、番医や嘱託医のいるうちはいいけれども、かれらは通勤だから、夜などに急を要する病人があったりすると、見習医では手に負えないようなことも稀《まれ》ではなかった。

津川玄三が去ってからまもないころ、登は森半太夫に呼ばれて、入所患者の手当をしたことが三度ばかりあった。呼ばれたので病室までは森といっしょにいったが、登は見ているだけでなにもしなかった。半太夫もしいて手伝えとは云わなかったが、三度めのときだったろう、手当をすませて病室を出ると、登を廊下でひきとめて、どういうつもりかと、呼吸を荒くして問いかけた。

「どういうつもりなんです」と半太夫は登を睨《にら》みつけた、「いつまでそんなことを続けているつもりなんですか」

「そんなこととはなんです」

「そのつまらない反抗ですよ」と半太夫が云った、「人の気をひくような、そんな愚かしい反抗をいつまで続けるんです、そのために誰かが同情したり、新出先生があやまったりするとでも思うんですか」

登は怒りのために声が出なかった。

「よく考えてごらんなさい」と半太夫はひそめた声で云った、「損をするのは誰でもない、保本さん自身ですよ」

登は半太夫を殴りたかった。

森半太夫が去定に心酔していることは、登にも早くから見当がついていた。彼は相模在の豪農の二男だと、津川から聞いたことがある。おそらく、田舎者にとっては幕府経営の施療所や、その医長である新出去定などが、輝かしく、崇敬すべきものにみえるのであろう。ばかなはなしだ、と登は思って、半太夫とは殆んど口もきかずにいた。それが思いがけないときに、いきなり辛辣《しんらつ》な皮肉をあびせられたので、殴りつけるのをがまんするのが登には精いっぱいであった。

彼はそのときのことはお杉にも話さなかった。半太夫には田舎者らしい律儀さがあって、所内の者や患者たちにも好かれているようだし、お杉もときどき褒めるようなことを云った。――賄所《まかないじょ》と呼ばれる炊事場に、お雪という娘がいて、あれが半太夫の恋人だと、津川に教えられたことがあったが、お杉の話によると、お雪のほうが片想《かたおも》いで、半太夫はお雪を避けているということであった。

「あんなに夢中になれるものかしら」と或《あ》る夜、いつもの腰掛でお杉が云った、「見ていても可哀そうなくらいですわ、森さんのお堅いのは立派だけれど、お雪さんのことを考えると憎らしくなってしまいます」

「半太夫の話なんかよせ」と登は遮った、「それよりもおゆみさんのことを聞こう、おまえずっと付いていたんじゃないのか」

お杉の声に警戒の調子があらわれた、「どうしてそんなことをお訊きになるんですか」

「医者だからさ」と彼は云った、「私は森なんぞと違って蘭方を本式にやって来たんだ、赤髯だって知らない診断や治療法を知っているんだぜ」

「ではどうしてそれを、実際にお使いにならないんですか」

「こんな掃き溜のようなところでか」と彼は片手を振った、「私はこんな施薬院の見習医などにはならない、こんなところの医員になるつもりで修業したわけじゃないんだ」

「あなたはまた酔っていらっしゃるのね」

「話をそらすな」と彼は云った、「見習医なんかまっぴらだし、誰でもまにあう病気なんかに興味はない、けれども珍らしい病人がいれば、医者としてやっぱり手がけてみたくなる、ここではおゆみさんがその一例だ」

「あたし信じませんわ」

「信じないって、――なにを信じないんだ」

「みなさんの気持です」とお杉が云った、「お嬢さんの話になると、きまっていやらしいみだらな眼つきをなさるのよ、津川さんなんかいちばんひどかったけれど、去定先生のほかには一人だってまじめな方はいやあしませんわ」

六

登は暗がりの中でお杉を見た。

「そういうことは知らなかった」と彼は云った、「——津川はなにをしたんだ」

「そんなこと云えませんわ」

「いいか、お杉さん」と彼は改まった調子で云った、「私は医者だし、新らしい医術をまなんで来た人間だ、詳しい症状がわかれば、赤髯とはべつな治療法があるかもしれない、話してみるだけでも、むだじゃあないと思わないか」

お杉も彼を見返した、「まじめにそう仰しゃるのね」

「私のことはよく知っている筈だ」

「酔ってさえいらっしゃらなければね」とお杉は云った、「ようございます、この次のときにすっかりお話し申しますわ」

「どうしていま話さないんだ」

登はお杉の手をつかもうとした。お杉はその手を避けて立ちあがり、くすっと忍び笑いをしながら云った。

「そういうことをなさるからよ」

「それとこれとはべつだ」

登はすばやく立ってお杉を抱いた。お杉はじっとしていた。登は片手をお杉の背、片手を肩にまわして抱き緊《し》めた。

「おれが好きなんだろう」

「あなたは」とお杉が訊き返した。

「好きさ」と云いざま、登は自分の唇でつよくお杉の唇をふさいだ、「好きだよ」

お杉の軀から力がぬけ、柔らかく重たくなるのが感じられた。登は腰掛のほうへ引き戻そうとした。すると、お杉は彼の腕からすりぬけ、忍び笑いをしながらうしろへとびのいた。

「いや、そんなことをなさるあなたは嫌いよ」とお杉が云った、「おやすみなさい」

「勝手にしろ」と彼は云った。

それから五六日お杉に逢わなかった。

もう三月中旬になっていただろう、所内にある桜はどれも咲きさかり、栽園のほうでも薬用の木や草本が、おそいのもすっかり芽を伸ばしていたし、早いものは花を咲かせており、風がわたると、それらの花の強い匂いで、空気が重く感じられるようであった。――午《ひる》めしのあとで、登が薬園のほうへ歩いていくと、洗濯の戻りのお杉に会った。少しはなれて歩きながら、どうして晩に来ないのかと訊くと、風邪をひいたのだと、お杉は答えた。もうよくなったから、今夜はゆくつもりだったと云ったが、そう云いながらも軽い咳《せき》をするし、すっかり声を嗄《か》らしていた。

「まだ咳が出るじゃないか」と彼が云った、「大事にするほうがいい、今夜でなくったっていいんだよ」

お杉は微笑しながらなにか云った。

「よく聞えない」と彼は少し近よった、「どうしたって」

「今夜うかがいます」とお杉が答えた。

「むりをするな、薬はのんでいるのか」

「ええ、去定先生からいただいています」

「むりをしないほうがいい」と彼は云った、「私が喉《のど》の楽になる薬をつくってやろう」

お杉は微笑しながらうなずいた。

その日、食堂《じきどう》で夕めしを喰べていると、登に客だと玄関から知らせて来た。去定は外出してまだ帰らず、森半太夫は知らん顔をしていた。食事ちゅうに立つことは禁じられているので、登はどんな客だと問い返した。すると、客はまだ若い娘で、名は天野まさをだという返辞だった。

——天野、まさを。

登はその名にはっきりした記憶がなかった。けれどもすぐに見当がついた。ちぐさに妹が一人あった、まだほんの少女で、顔も殆んど覚えていないが、姓が天野であり、ここへ自分を訪ねて来たとすると、その妹にちがいないと思った。

——たぶんあの少女だろう。

だがなんのために来たのか、と登は訝《いぶか》った。自分の意志で来たのか、それとも誰かのさしがねか、まるで推察することもできなかったし、うっかり会ってはいけないという気がした。

「部屋にいないと云ってくれ」と登は取次の者に云った、「私は会わないから、伝言があったら聞いておいてくれ」

食事が終ったとき、取次の者が来た。ぜひ会いたいから待っていると云ったが、いま帰っていった。伝言はなく、また来ると云った、ということであった。この問答を、向うで森半太夫が聞いていた。茶を啜《すす》りながら、半太夫がさりげなく聞いていることを登は認め、乱暴に立ちあがって食堂を出た。

登は園夫の吉太郎に酒を買わせた。痩《や》せてひょろ長い軀の、気の弱い、その吃り《ども》の若者は、買いにいくのを渋った。——こうたびたびでは、いまにみつかって叱《しか》られる、と云《い》いたかったらしい。だがひどい吃りで、なかなか思うように口がきけないし、登がどなりつけると、閉口して、頭を掻きながら出ていった。

「妹娘などをよこして、こんどはなにを企《たくら》もうというんだ」と彼は独りでつぶやいた、「やってみろ、こんどはそうそうまく騙《だま》されはしないぞ」

酒が来ると、登はそれを冷《ひや》で飲み、かなり酔ってから、残りを徳利《とっくり》のまま持って出た。

気温の高い夜で曇っているのだろう、空には月もなく、星も見えなかった。空気は土の匂いと花の薫《かお》りとで、かすかにあまく、重たく湿っており、それがときをきって強く匂うように感じられた。暗いのと、酔っていたからだろう、彼は腰掛の前を知らずにとおりすぎて、うしろからお杉に呼びとめられた。

「来ていたのか」と云いながら、彼はそっちへ戻った。

「お嬢さんが寝ましたから」とお杉がようやく聞きとれるほどのしゃがれ声で云った、「——どうなさいました」

「つまずいたんだ」彼はちょっとよろめいて、どしんと腰掛に掛けた、「ここへ来いよ」

お杉ははなれて腰を掛け、なにか云った。

「聞えない」と彼は首を振った、「その声じゃあ聞えやしない、もっとこっちへ来いよ」

お杉は少しすり寄った。

「さあこれ」と彼は袂《たもと》から薬袋を出してお杉に渡した、「煎《せん》じてのむんだ、煎じ方は書いてある、これで喉は楽になる筈だ」

お杉は礼を述べてから云った、「お酒を持っていらしったんですか」

「ほんの一と口さ、飲み残りだ」

「あたしも持って来ました」

「なんだって」彼はお杉のほうへ耳をよせた。

「あなたの瓠《ふくべ》」とお杉は云って、持っている瓠を見せた、「いつか預かったまま忘れていた瓠よ、お嬢さんのあがるおいしいお酒があるので、少し分けて持って来たんです」

「ああ、えびづる草の実で醸《かも》した酒だろう」

「ご存じなんですか」

「赤髯が薬用につくらせてるやつだ、いつか五平の小屋で味をみたことがあるよ」と云って彼は瓢を受取った、「しかしおまえが酒を持って来てくれるなんて、珍らしいじゃないか」

七

登は瓢の口からその酒を飲んだ。それはこっくりと濃くて、ほのかに甘く、そして薬の匂いがした。まだ津川がいたときに、五平のところへいって味わったことがある。湯呑《ゆのみ》に一杯だけであったが、あまりに濃厚な味で、それ以上は飲めなかった。いまは酔っているのと、酒とは変った舌ざわりのためだろう、このまえよりも美味《うま》く感じられて、お杉の話を聞きながら、知らぬまにかなり飲んだ。

彼女はおゆみの話をしたのだ。

「本当のことをいうと、去定先生のみたても違うと思うんです、お嬢さんは気違いなんかではありません、それはあたしがよく知っています」とお杉は云った、「あなたはまじめに聞いて下さるんでしょうね」

「正直に、すっかり話すならね」と彼は云った、「だが今夜でなくってもいいぜ」

「酔っていらっしゃるからね」

「その声では辛《つら》かろうというんだ」

「あたしは平気です、却《かえ》ってこのほうが他人の声のようで話しいいくらいよ」と云ってお杉はまた念を押した、「本当にまじめに聞いて下さいましね」

登は片手を伸ばしてお杉の手を握った。お杉は手を預けたままで話した。

お杉が奉公にあがったとき、おゆみは二つ年上の十五歳であった。三人の姉妹の長女で、二女が十二、三女が七つ。おゆみだけ母が違っていた。おゆみの母は死んだのではなく、なにかの事情で離別されたか、自分で家出をしたかしたらしい。詳しいことは誰に訊《き》いてもわからなかったが、母が違うということは、おゆみは幼いときから勘づいていて、けれどもかくべつ気にもとめなかった。

おゆみは妹たちより際立って美しく、勝ち気でお俠《きゃん》なところはあったが、思いやりのふかい性分で、みんなに好かれた。継母にも、二人の妹にも、親類や近所の人たちから、雇人のあいだでも好かれたし、頼りにされた。かれらが頼りにしたのは、おゆみが跡取りの娘だからであろう。彼女は十四の年、つまりお杉が奉公にあがるまえの年に、婿《むこ》の縁談もきまっていた。

こうして表面は無事に、平凡ながら仕合せに育ったが、おゆみ自身は早くから、人に云えない災難を経験していた。それはすべて情事に関するものであり、いちばん初めは九つのときのことだったという。

「あなたがお医者さまだから云えるんです」とお杉はしゃがれた声でささやいた、「そうでなければとてもこんなこと話せやあしません、そこをわかって下さいましね」

「わかってる」彼は頭がちょっとふらふらするのを感じた、「それに、子供どうしの悪戯《わるさ》なんて珍らしいことじゃないよ」

お嬢さんの場合は違うのだとお杉は云った。

おゆみは九つのとき、三十幾つかになる手代に悪戯をされ、もしこのことを人に云ったら殺してしまう、と威《おど》された。自分のからだの感じた異様な感覚も、幼ないながら罪なことのように思われたし、人に云うと「殺してしまう」という言葉が、おゆみをかなしばりにした。その手代は半年ばかりして店を出されたが、出されるまで幾たびも同じようなことをし、そのたびに同じ威しの言葉をささやいた。それがおゆみの頭に深い傷のように残ったらしい、——手代が出されてから二年ほどたって、隣りの家の二十四五の若者に、手代とは変った仕方で悪戯をされた。隣りも大きな商家（何商ともお杉は云わなかった）で、土蔵が三戸前*もあった。若者はそこの妻女の叔父だといい、事情があってその家の厄介になっていた。その家にはおゆみと同じ年の娘があり、よく遊びに往《い》ったり来たりしていたのだが、或るとき、その家で隠れんぼをしていて、おゆみが土蔵の中へ隠れた。そこはふだん使わない物をしまっておくところで、古びた簞笥《たんす》や長持や、葛籠《つづら》などが、並べたり積まれたりしてあり、まん中に畳が四帖敷いてあった。——おゆみがそこの、葛籠と長持の隙間《すきま》に隠れるとまもなく、金網を張った雪洞《ぼんぼり》を持って、その若者がはいって来た。おゆみは鬼かと思ったが、そうではなかったので安心し、そっと声をかけた。若者はとびあがるほど吃驚《びっくり》した。

——あたしよ、とおゆみはささやいた。いま隠れんぼをしているの、鬼が来ても黙っててね。

若者は承知した。彼は古い簞笥からなにかを出し、畳の上へ寝ころび、雪洞をひきよせて、なにかの本を読みはじめた。鬼はいちど覗《のぞ》きに来たが、すぐに去ってしまい、やがて若者がおゆみを呼んだ。

——もう鬼は来ない、面白いものを見せてやるからおいで。

おゆみはそっちへいった。若者はおゆみをそばに坐《すわ》らせ、ひらいていた本をおゆみに見せた。それは絵のところであったが、どういう意味の絵であるのか、おゆみにはわけがわからなかった。こんなものがわからないのか、と若者が云った。よく見てごらん、もっとこっちへよるんだ。若者がさりげなくおゆみをひきよせた。おゆみはその絵に注意を奪われていて、若者のすることには気がつかなかった。そうしてやがて、いつか手代にされたのと似たようなことをされているのだ、と感じたおゆみは、おどろきよりも恐怖のために息が止まりそうになった。

——人に云うと殺してしまうぞ。

そういう声がはっきり聞えたのである。手代の声のようでもあり、若者の声のようでもあった。土蔵の網の引戸は閉まっており、おゆみはその引戸に張ってある金網を見ていた。引戸のその金網は、おゆみをそこに閉じこめ、おゆみの逃げ道をふさぐようにおもえた。そうして、その金網の目がぼうとかすんで、手足がちぢむように感じたとき、おゆみは殆《ほと》んど夢中で云った。

——あたしを殺すの。

若者は笑った。それは殺すと云われるよりも、はるかに怖《おそ》ろしく、忘れることのできない酷薄な笑いであった。明日もおいで、と若者は云った。おゆみは云われたとおりにした。さもなければ殺される、と思ったからだ。

若者がいなくなったあと、婿の縁談があるまでに、三人の男からそういう悪戯をされた。そのたびにおゆみは、金網の目がぼうとかすむのを感じ、殺してしまうという声を聞くように思った。縹緻《きりょう》よしでお俠で、思いやりがふかく、誰にも可愛《かわい》がられ大事にされていながら、その裏側ではそういうおそろしい経験をしていたのである。

「それから婿のことが起こったんです」とお杉は続けた。「*内祝言《ないしゅうげん》の盃《さかずき》を交わし、来年は婿入りをするときまっていたのに、相手はその約束を反古《ほご》にして、よそへ婿にいってしまった、初めはわけがわからなかったけれど、まもなく噂《うわさ》が耳にはいりました」

破談の理由はおゆみの生母にあった。

母親は際立った美貌《びぼう》と、芸事の達者なのとで評判だったというが、おゆみを産んだ翌年、男が出来て出奔し、箱根で男に殺された。心中するつもりで、男だけ死におくれたともいうし、その男と夫婦になる筈《はず》だったのを、おゆみの父と結婚したから、その怨《うら》みで殺されたのだという話もあった。——どちらが事実であるかは問題ではない、おゆみの心をとらえたのは、男と女のひめごとが罪であるということ、それには必ず死が伴うということであった。

「殺される、殺される」とお杉は云った、「いつもそのことが頭にありました、女はいつか男とそうならなくてはならない、けれども自分がそうなったときには殺されてしまう、母が殺されたように、自分もきっと殺されるだろう、いつもその考えがつきまとっていました」

登は一種のぞっとする感じにおそわれた。お杉の声が変っていたのである。少しまえから耳についていて、そのときはっきり気づいたのだが、その声はもうしゃがれていないし、話す調子もいつものお杉のようではなかった。

「これでおわかりでしょう」とお杉ではない声が云った、「男にそういうことをされかかると、ああ自分は殺されると思う、自分が悪いのではない、自分はこんなことは望まないのに、それでもこういうことをされ、そうして、そのあとできっと殺されるのだ」

登は頭がくらくらとなった。

――おゆみだ。

と思ったのである。彼は握っていた女の手を放そうとしたが、手は動かなかった。女はすりよって来て、片手を彼の首へ巻きつけた。登は叫んだ。しかし声は出なかったし、舌が動かなかった。

――お杉ではない、これはおゆみだ。

彼は髪の逆立つような恐怖におそわれた。女は登を押えつけた。片手で首を抱き、ぴったりと胸を合わせ、口では話を続けながら、しだいに彼を仰向きに寝かせ、その上へやわらかにのしかかった。

「初めて店の者が寝間へ忍んで来たとき」と彼女は続けていた、「あたしは同じことを考えたのです、いよいよ自分は殺されるだろう、こんどこそ殺されるだろうって、——それで、あたしは釵《かんざし》を取りました、ごらんなさい、この釵です」

彼女は片方の手を見せた。その手に平打《ひらうち》の釵が光るのを登は見た。逆手《さかて》に持ったその釵は銀であろうか、先のするどく尖《とが》った二本の足は、暗がりの中で鈍く光ってみえた。

「あたしは黙って待っていました」と彼女はささやいた。秘めた悦楽に酔ってでもいるような、熱い呼吸とひそめた声が、登の顔の寸前に近よった、「店の者ははいって来て、あたしの脇《わき》へ横になり、手を伸ばしてあたしをこう抱いたのです」彼女はその動作をしながら続けた、「こんなふうに、——あたしが釵でどうしたかわかりますか、自分が殺されるくらいなら相手も殺してやろうと思ったんです、悪いのはあたしだけではない、あたしはそんなことは望まなかったのだ、もしもそれが罪なことなら、男だって死ななければならない、——そう思ったんです」

登は女の顔に痙攣《けいれん》が起こり、表情が歪《ゆが》んで、唇のあいだから歯のあらわれるのを見た。彼は女のからだを押しのけようとした、けれども全身が脱力し、痺《しび》れたようになっていて、指を動かすことさえできないのを感じた。

——夢だ。これは夢だ。

悪夢にうなされているのだ、と登は思った。女は逆手に持った釵を、静かに、彼の左の耳のうしろへ押し当てた。

「あたしこうしたのよ」と女は云った、「店の者はなにも知らずに、もっと手を伸ばしてきたわ、あたしが自由になるものと思ったのね、うわ言のようなことを云いながら、手に力をいれはじめたわ、こんなふうに」

彼女は店の者を殺したことを、そのままやってみせようとしているのだ。登は眼がくらんだ。彼女の声が耳いっぱいに聞えた。彼女は勝ち誇ったように叫んだ。

「そのときあたし、この釵をぐっとやったの、ちょうどここのところよ、ここを力まかせにぐっと、力まかせに——」

登は軀《からだ》のどこかに激しい衝撃を感じ、女の悲鳴を聞き、そして気を失った。

八

登は眼の前に坐っている赤髯を見た。その脇に森半太夫がおり、赤髯が半太夫に話しているのが聞えた。

——まだ夢を見ているのか。彼はそう思った。すぐ眼の前にいる二人の姿が、ひどく遠いように思えるし、その話し声も、壁を隔てて聞えるような響きのない、非現実的な感じなのである。たしかに夢だ、そう思って眼をつむり、もういちど、用心ぶかく眼をあいてみると、森半太夫の姿はなく、新出去定が一人で坐っていた。

「眠れ眠れ」と去定が云った、「もう一日も寝ていればよくなる、なにも考えずに眠っていろ」

登は口をきこうとした。

「なんでもない」と去定は首を振った、「おまえは薬酒をのまされたのだ、あの酒にはおれのくふうした薬が調合してある、あの娘の発作をしずめるための、ごく特殊な薬だ、あの娘はお杉からおまえの話を聞いていて、いつかこうしてやろうと機会を覗《うかが》っていたのだ、おまえは酒に酔っていた、ばかなやつだ、酔っていなければ人が違っていることぐらい、すぐにわかった筈だぞ」

登は首を振った。酔ってはいたが、それだけではない、暗がりでもあったし、あのしゃがれ声に騙されたのだ。そう云おうとしたが、首を振るだけがようやくのことで、声も出ず、舌も動かなかった。

「おれの帰りがもう少しおそかったら、おまえは死んでいたところだぞ」と赤髯は云った、「お杉も家の中で眠りこんでいた、同じ薬酒をのまされたのだ、おれはそれを見てすぐに腰掛へいった、あの娘はいま頭を晒木綿《さらし》で巻いているが、そうするよりほかになかった、まるでけもののように狂いたっていたからだ、この手を見ろ」

赤髯は左手を捲《まく》って見せた。手首から腕へ、晒木綿が巻いてあった。

「あの娘はここへ五カ所も嚙《か》みついたのだ」と去定は云って袖《そで》をおろした、「――このことは誰も知らない、半太夫も知ってはいない、だから他人に恥じるには及ばないが、懲《こ》りることは懲りろ、わかったか」

登は自分の眼から涙がこぼれ落ちるのを感じた。

去定はふところ紙を出した。涙を拭《ふ》いてくれるのかと思ったが、そうではなく、口のまわりを拭いてくれた。涎《よだれ》を出していたのかと思い、登は恥ずかしさのため固く眼をつむった。

「ばかなやつだ」と去定は云った、「いいから眠れ、よくなったら話すことがある」

去定は立って出ていった。その足音を耳で追いながら、登は心の中でつぶやいた。

――赤髯か、わるくはないな。

駈《かけ》込《こ》み訴え

一

その日は事が多かった。――午前十時ごろに北の病棟で老人が死に、それからまもなく、重傷を負った女人夫が担《かつ》ぎこまれた。保本登は老人の死にも立会い、女人夫の傷の縫合にも、新出去定の助手を勤めたが、――それが彼の見習医としての初めての仕事になったのだ。

狂女の出来事のあとでも、登の態度は変らなかった。どうしても見習医になる気持はなかったし、まだその施療所《せりょうしょ》から出るつもりで、父に手紙をやったりした。けれども、心の奥のほうでは変化が起こっていたらしい。彼は赤髯《あかひげ》に屈服したのである。狂女おゆみの手から危うく救いだしてくれたこと、――それはまったく危うい瞬間のことであったし、人に知られたら弁解しようのない、けがらわしく恥ずかしいことであったが、――それを誰にも知れないように始末してくれた点で、彼は大きな負債を赤髯に負ったわけであった。おかしなはなしだが、そのとき登は一種の安らぎを感じた。赤髯に負債を負ったことで、赤髯と自分との垣《かき》が除かれ、眼に見えないところで親しくむすびついたようにさえ思えたのだ。

これらのことはあとでわかったので、そのときはまだ気がつかなかった。そんな狂女との恥ずかしい出来事にぶっつかったのも、自分を施療所などへ押込めた人たちの責任で、こっちの知ったことではない。要するにここから出してくれさえすればいいのだ、というふうに、心の中で居直っていた。――新出去定は相変らずにみえた。実際は登の心の底をみぬいて、辛抱づよく時機の来るのを待っていたのかもしれない。そう思い当るふしもあるが、表面は少しも変らず、登には話しかけることもなかった。

四月はじめのその朝、去定は彼を北の病棟へ呼びつけた。呼びに来たのは森半太夫だったが、登はすぐには立たなかった。

「もういちど云《い》いますが北の一番です、すぐにいって下さい」

「命令ですか」

「新出さんが呼んでいるんです」と半太夫は冷たい調子で云った、「いやですか」

登はしぶしぶ立ちあがった。

「上衣を着たらいいでしょう」と半太夫ががまん強く云った、「着物がよごれますよ」

だが登はそのまま出ていった。

北の病棟の一番は重症者の部屋で、去定が病人の枕元《まくらもと》に坐《すわ》っており、登がはいってゆくと、見向きもせずに手で招き、そして、診察してみろと云った。部屋の中には不快な臭気がこもっていた。蓬《よもぎ》を摺《す》り潰《つぶ》したような、苦味を帯びた青臭さといった感じで、むろんその病人から匂《にお》ってくるのだろう、登は顔をしかめながら病床の脇《わき》に坐った。――見たばかりで、その病人がもう死にかかっていることはわかった。だが登は規則どおりに脈をさぐり、呼吸を聞き、瞼《まぶた》をあげて瞳孔《どうこう》をみた。

「あと半刻《はんとき》ぐらいだと思います」と登は云った、「意識もないし、もう苦痛も感じないでしょう、半刻はもたないかもしれません」

そして彼は、病人の鼻の両側にあらわれている、紫色の斑点《はんてん》を指さした。

「これが病歴だ」と云って、去定は一枚の紙を渡した、「これを読んだうえで病気の診断をしてみろ」

登は受取って読んだ。

病人の名は六助、年は五十二歳。入所してから五十二日になる。初めは全身の衰弱と軽い腹痛を訴えるだけだったが、二十日ほど経《た》ってから痛みの増大と嘔吐《おうと》が始まり、食欲がなくなった。吐物は液状になり、帯糸褐色で特有の臭気を放ち、腹部の中央、――胃の下部に腫脹《*しゅちょう》が認められた。五十日を過ぎるころから痛みは腹部全体にひろがって、嘔吐の回数が増し、全身の脱力と消耗がめだって来た。……登はこれらの要点を頭にいれてから、病人の着物を大きくひらいてみた。蒼黒《あおぐろ》く乾いた皺《しわ》だらけの皮膚の下に、あらゆる骨が突き出ているようにみえ、腹部だけが不自然に大きく張っていた。登は手でその腫脹に触れ、それが石のように固く、ぜんたいが骨に癒着しているように動かないのをたしかめながら思い当る病名を去定に答えた。

「違う、そうではない」と去定は首を振った、「これはおまえの筆記に書いてある病例の中の珍らしい一例だ、癌腫《がんしゅ》には違いないが、他のものとはっきり区別のつく症状がある、その病歴の記事をもういちど読んでみろ」

登はそれを読んでから、べつの病名を云った。

「これは大機里爾《キリイル》、つまり膵臓《すいぞう》に初発した癌腫だ」と去定が云った、「膵臓は胃の下、脾《ひ》と十二指腸とのあいだにあって、動かない臓器だから、癌が発生しても痛みを感じない、痛みによってそれとわかるころには、多く他の臓器に癌がひろがっているものだし、したがって消耗が激しくて死の転帰をとることも早い、この病例はごく稀《まれ》だから覚えておくがいい」

「すると、治療法はないのですね」

「ない」と去定は嘲笑《ちょうしょう》するように首を振った、「この病気に限らず、あらゆる病気に対して治療法などはない」

登はゆっくり去定を見た。

「医術がもっと進めば変ってくるかもしれない、だがそれでも、その個躰《こたい》のもっている生命力を凌《しの》ぐことはできないだろう」と去定は云った、「医術などといってもなさけないものだ、長い年月やっていればいるほど、医術がなさけないものだということを感ずるばかりだ、病気が起こると、或《あ》る個躰はそれを克服し、べつの個躰は負けて倒れる、医者はその症状と経過を認めることができるし、生命力の強い個躰には多少の助力をすることもできる、だが、それだけのことだ、医術にはそれ以上の能力はありゃあしない」

去定は自嘲とかなしみを表白するように、逞《たくま》しい肩の一方をゆりあげた、「――現在われわれにできることで、まずやらなければならないことは、貧困と無知に対するたたかいだ、貧困と無知とに勝ってゆくことで、医術の不足を補うほかはない、わかるか」

それは政治の問題ではないかと、登は心の中で思った。するとまるで登がそう云うのを聞きでもしたように、去定は乱暴な口ぶりで云った。

「それは政治の問題だと云うだろう、誰でもそう云って済ましている、だがこれまでかつて政治が貧困や無知に対してなにかしたことがあるか、貧困だけに限ってもいい、江戸開府このかたでさえ幾千百となく法令が出た、しかしその中に、人間を貧困のままにして置いてはならない、という箇条が一度でも示された例があるか」

去定はそこでぐっと唇をひき緊《し》めた。自分の声が激昂《げっこう》の調子を帯びたこと、それがかなり子供っぽいものであることに気づいたらしい。だが登は、その調子にさそわれたように、眼をあげて去定を見た。

「しかし先生」と彼は反問した、「この施薬院……養生所という設備は、そのために幕府の費用で設けられたものではありませんか」

二

去定は一方の肩をゆりあげた。

「養生所か」と去定は云った、その顔にはまた嘲笑とかなしみの色があらわれた、「ここにいてみればわかるだろう、ここで行われる施薬や施療もないよりはあったほうがいい、しかし問題はもっとまえにある、貧困と無知さえなんとかできれば、病気の大半は起こらずに済むんだ」

そのとき森半太夫が来て、いまけが人が担ぎこまれた、ということを告げた。

「若い女の人夫です、普請場《ふしんば》でまちがいがあって、腰と腹に大きなけがをしています」と半太夫が云った、「牧野さんが診たんですが、自分だけでは手に負えないから、先生に来ていただきたいと云うんですが」

去定は疲れたような顔になった。牧野昌朔《しょうさく》は外科の専任である。登は去定を見た。

「よし」と去定は云った、「いまゆくから、できるだけ手当てしておくように云ってくれ」

半太夫はすぐに去った。去定は病人の顔をじっと見まもっていて、それから眼をつむり、そっと頭を垂れた。低頭したようでもあるし、単にちょっと俯向《うつむ》いただけのようでもあった。

「この六助は蒔絵師《まきえし》だった」と去定は低い声で云った、「その道ではかなり知られた職人だったらしい、*紀伊家や*尾張家などにも、文台《ぶんだい》や手筥《てばこ》が幾つか買上げられているそうだが、妻も子もなく、親しい知人もないのだろう、木賃宿《きちん》からはこびこまれたのだが、誰もみまいに来た者はないし、彼も黙ってなにも語らない、なにを訊《き》いても答えないし、今日までいちども口をきいたことがないのだ」

去定は溜息《ためいき》をついた、「この病気はひじょうな苦痛を伴うものだが、苦しいということさえ口にしなかった、息をひきとるまでおそらくなにも云わぬだろう、——男はこんなふうに死にたいものだ」

そして去定は立ちあがり、森をよこすから臨終をみとってやれと云った。

「人間の一生で、臨終ほど荘厳《そうごん》なものはない、それをよく見ておけ」

登は黙って坐る位置を変えた。

彼は初めて病人の顔をつくづくと見た。それは醜悪なものであった。すでに死相があらわれているし、肉躰は消耗しつくしたため、生前のおもかげはなくなっているのであろうが、眼窠《がんか》も頬も顎《あご》も、きれいに肉をそぎ取ったように落ち窪《くぼ》み、紫斑のあらわれた土色の、乾いた皺だらけの皮膚が、突き出た骨に貼《は》りついているばかりだった。それは人間の顔というより、殆《ほと》んど骸骨《がいこつ》そのものという感じであった。

「赤髯があんなに饒舌《しゃべ》るとは知らなかった」と登はつぶやいた、まったく無意識の独り言で、誰か他の者が云ったように思い、眼をあげて左右を見たが、もちろん誰もいるわけはなく、彼は病人に眼を戻しながら、低い声でまたつぶやいた、「ここではむだ口はきくな、といつか云ったくせに、——自分はずいぶん饒舌るじゃないか」

病人の呼吸は短く切迫していて、ときどきかすかに呻《うめ》いたり、苦しげに喘《あえ》いだりした。もう意識はない、僅《わず》かに残った生命が、その軀《からだ》からぬけだすためにもがいている、というだけのことだ。

「醜悪というだけだ」と彼は口の中で云った、「——荘厳なものか、死は醜悪だ」

やがて森半太夫が来た。たぶんその老人の使っていたものだろう、飯茶碗《めしぢゃわん》と、尖《せん》端《たん》に綿を巻いた一本の箸《はし》を持っており、病人の枕元に坐って、登のほうは見ずに云った。

「ここは私がやります、新出先生のところへいって下さい」

登は半太夫を見た。

「表の三番です」と半太夫はやはりよそを見たままで云った、「傷の縫合をするそうですから、いそいでいって下さい」

登はそのとき、赤髯は夜も日もなく人をこき使う、と云った津川玄三の言葉を思いだし、どこかで玄三が皮肉な眼くばせをしているように感じられた。

表というのは、かよい療治に来る者たちを診察するところで、その三番は外科の専用になっていた。登がはいっていって、まず眼についたのは白い裸の肉躰であった。そこは八帖《じょう》ばかりの広さで、光るほど拭《ふ》きこんだ板敷の上に薄縁《うすべり》が敷かれ、――それは白い晒木綿《さらし》で掩《おお》われていたが、女の裸の軀はその上へ仰向けに寝かされてあったのだ。登がはいるとすぐに、牧野昌朔が屏風《びょうぶ》をまわしたので、それはいったん彼の眼から隠されたが、去定に呼ばれてその屏風の中へはいってゆき、こんどはもっと近く、眼の前にそのあらわな裸躰を見なければならなかった。

二十四五歳と思えるその女の軀は、肉付きがよく、陽にやけた逞しい手足のほかは、おどろくほど白くなめらかで、美しくさえあった。豊かに張った双の乳房《ちぶさ》の、乳首が黒く色づいているのと、晒木綿で一部を掩われている広い腹部の、やや眼だつふくらみとで、妊娠の初期だということが認められた。――登はすぐに眼をそらした。長崎で修業ちゅう、女の患者を診察し治療した例は少なくないが、そのようにあからさまな、しかも若さと力の充実した裸躰を見たことはなかった。

「足を押えろ」と去定が云った、「薬を与えてあるが暴れるかもしれない、はねとばされないように気をつけろ」

そのとき気がついたのだが、女の両手は左右にひろげられ、手首のところを縛った紐《ひも》が、それぞれ柱に結びつけられてあった。登は去定の指図にしたがって、女の両足を伸ばしてそのあいだに腰を据え、両手で双の膝頭《ひざがしら》を押えた。彼は眼のやりばに困り、顔が赤くなるのを感じた。その位置は譬《たと》えようもなく刺戟《しげき》的で、滑稽《こっけい》なほど恥ずかしいものであった。

「眼をそらすな」と去定が云った、「縫合のしかたをよく見るんだ」

そして、腹の一部を掩っていた、晒木綿の布を取りのけた。右手に持った針は尖端が少し鉤《かぎ》なりに曲っており、めどには二本よりの絹糸がとおしてある。布をとりのけると、傷口が見えた。それは左の脇腹から臍《へそ》の下まで、五寸*以上もあるほど大きく、創面は不規則に歪《ゆが》んでいた。むろん消毒したあとだろう、厚い皮下脂肪のために、傷口は上下にはぜたように口をあいていて、去定が布をとりのけたとき、少量の血が流れだし、腹部ぜんたいに痙攣《けいれん》が起こって、女が呻き声をあげた。すると、傷口から腸がはみ出て来た。太くて、青みがかった灰色の大腸は、まるで生き物のようにうごめきながら、ずるっとはみだして来、そして傷口の外で蛇のようにくねった。登はそこで失神した。急に眼の前がぼうとなり、頭が浮きあがるように感じて、ああ、おれははねとばされるぞと思ったが、そのまま意識を失ってしまった。

三

失神していたのはごく短い時間で、誰かに頰を叩《たた》かれると、すぐわれに返った。自分ではながいこと気を失っていたような感じだったが、われに返ってみると、そこはやはり表の三番で、自分は牧野昌朔に抱えられていた。頰を叩いたのは牧野であろう、向うに去定がおり、苦りきった顔つきで、部屋へ帰っていろ、と云った。――登は眼をそらしたまま立ちあがった。そこにある女の軀を見れば、また失神しそうだったし、たとえ意地にもせよ、そこにいるだけの勇気はなかった。

登は自分の部屋で寝ころがった。思いだすと嘔吐を催しそうになるので、なるべくほかのことを考えようとした。けれども、狂女おゆみの出来事に続く今日の失敗は、救いようのない屈辱感で彼自身を圧倒し、うちのめした。

「なんというだらしのないざまだ」登は寝ころんだまま腕で顔を掩った、「それでも長崎で修業して来たなどといえるのか」

彼は狂女の付添いのお杉に向かって、自分が蘭方《らんぽう》を本式に学んで来たとか、去定などの知らない治療法を知っているなどと、いい気になって自慢したことを思いだし、ぞっとして、頭を振りながら呻き声をあげた。

登は午飯《ひるめし》をたべなかった。

森半太夫が部屋を覗《のぞ》きに来て、いっしょに食事をしようと云ったが、登は寝ころんだままで断わった。まだ胸がむかむかして、食欲などはまったくなかったのである。

「たべておくほうがいいんですがね」と半太夫は云った。「午後から新出先生が外診に伴《つ》れてゆくと云っておられましたよ」

「外診ですって」

「治療にまわることです」と半太夫が云った、「ことによると帰りは夜になりますよ」

登は黙った。

「六助という老人は死にました」と半太夫は云い障子を閉めて去った。

赤髯の外診には二つあった。一は招かれたもので、諸侯や富豪の患家が多く、他の一は貧しい人たちの施療であった。――俗に施薬院ともいわれた「小石川養生所」は、もとより貧しい病人を無料で診察し治療するのが目的であって、病状その他の事情によっては、かよいでなく、入所して治療を受けられることもすでに記したとおりである。それにもかかわらず、そういう施療を受けることを嫌って、町内の者や家主などがすすめても、どうしても養生所へ来ようとしない者が少なかった。赤髯はそういう人たちを訪ねて、うむを云わさず診察し、治療してまわるのであるが、しかも、かれらから感謝されたり、好意をもたれたりすることは少ない、という話を、登はしばしば耳にしていた。

「よろこばれない施療のお供か」と登はくたびれたようにつぶやいた、「しかしあんな失敗のあとでは、断わるわけにもいかないだろう、もちろん断わって承知する赤髯でもないだろうが」

午飯から半刻ほど経って、半太夫がまた知らせに来、登は去定の供をしてでかけた。

去定は登の着替えたのが平服であって、やはり規定の服装をしていないのを見たが、ちょっと見ただけで、ふきげんな顔はしたが、なにも云わなかった。——供は登だけでなく、薬籠《やくろう》を背負った小者《こもの》が一人いた。から脛《ずね》に脚絆《きゃはん》、草鞋《わらじ》ばきであるが、上に着ている半纏《はんてん》は医員たちのものと同じ鼠色《ねずみいろ》であり、衿《えり》には大きな字で「小石川養生所」と白く抜いてあった。小者の名は竹造といい、年は二十八になる。ひどい吃《ども》りなので吃竹《どもたけ》と呼ばれ、もう五年ちかくも、去定の薬籠をかついで来た。軀は小柄で、痩《や》せており、色の黒い小さな顔はにこやかで、誰かに話しかけられたらすぐにあいそのいい返辞をしようと、待ちかねているような眼つきをしていた。——もちろんそれはできない相談であった。こんにちはいい日和《ひより》である、と云うだけでさえ、彼は全神経と躰力を使いはたさなければならないほど吃るので、相手に好ましい印象を与えるような、あいそのいい返辞をするなどということは、まったく不可能だったのである。

養生所を出て四半刻あまり、伝通院《でんづういん》の裏へ近づいたとき、かれらはうしろから呼びとめられた。五十歳くらいの男で、こちらへ走って来、去定に向かって、気ぜわしくおじぎをしながら、いま養生所へ訪ねてゆこうとしていたところだ、と云った。

「六助なら死んだぞ」と去定が云った。

男は「はあ」とあいまいな声をだした。

「二刻ばかりまえに息をひきとって、もう死骸の始末もしてしまった、身寄の者でもわかったのか」

「へえ、それがその、なんです」と男はへどもどし、唾《つば》をのんだ、「ちょっとこみいっていまして、あの年寄の娘というのがわかったのですが、子供が病気でして、*家主の藤助というのが伴れて来たんですが、母親がいまとんだことになっておりまして」

「話がわからない、要するにどういうことだ」

「その」と男は去定の顔色をうかがうように見た、「まことにあれですが、ちょっとてまえどもまで、お越し願えませんでしょうか」

「おれは中富坂までゆかなければならない、重い病人があるのだ」と云って、去定はふと登に振向いた、「保本、おまえこの柏屋《かしわや》といっしょにいって事情を聞いておいてくれ、おれは半刻ほどしたら戻る」

登は竹造を見た。吃竹は上わ眼づかいをしながら首を振った。しようがないでしょうな、という意味らしく、去定は彼を伴れて去っていった。

柏屋というのは、木賃旅籠《はたご》で、伝通院の裏に当るなぎ町にあり、男はその宿の主人で名を金兵衛といった。蒔絵師の六助はそこに二年あまりいて、病気が重くなったから養生所へはいったのだが、二十年ちかくもまえ、——つまり蒔絵師として世評の高いころから、ふいと柏屋へやって来ては泊っていった。二日か三日のときもあれば、半月とか四十日くらい滞在したこともある。初めはどういう人間かわからず、おそらく渡世人だろうと推察していた。身妝《みなり》も悪くはないし、おちついた人柄で、泊っているあいだもあまり口はきかず、少量の酒を舐《な》めるように飲みながら、他の客たちの世間ばなしを黙って聞いている。そして、ふいといなくなったまま二年も来ないかと思うと、一と月おきにあらわれる、というふうなことが続いた。

――彼が蒔絵師の六助だとわかったのは六七年まえのことで、そのころはもう世間の評判もおち、彼自身も殆んど仕事をしなくなっていたらしい。気が向けば修理ものなどをするくらいで、人柄もずっと気むずかしく、柏屋へ来ても部屋にこもったきりで、人の話を聞くようなこともなくなった。

「まったく話というものをしない人で」と金兵衛は登に云った、「二十年ちかくもお宿をしていて、おかみさんや子供があるかないかさえわからなかったんですからな、養生所へ入れて頂くときにもなんにもわからないので、私どももずいぶん閉口いたしました」

柏屋には四人の子供が待っていた。

四

その子供たちは、六助の娘の子だそうで、十一になるともという長女が、高熱をだして寝かされていた。その下が助三という八歳の長男、次が六歳のおとみ、三歳の又次という順であるが、みんな継ぎはぎだらけのひどい妝をしているし、痩せほそって顔色が悪く、末っ子の又次のほかはみな病人のようにみえた。おとみは又次を抱き、助三はその二人を自分の軀で庇《かば》うように、ぴったりと寄りあって、不安と敵意のいりまじった、おどおどした眼でまわりをぬすみ見ていた。——その部屋は北向きの四帖半で、ずっと六助が泊っていたのだというが、唐紙も障子も古く、切り貼りだらけで、唐紙のほうは大きく裂けており、風のはいるたびにばくばくと波を打った。畳はすっかり擦りきれて、ところどころ芯《しん》の藁《わら》がはみだしているし、壁も剝《は》げ落ちていた。いくら木賃宿だとしても普通ならもう少しはましであろうが、それは伝通院裏という、あまり泊り客もなさそうな場所がらによるのだろう、いかにもさむざむとうらぶれたけしきにみえた。

登はともの診察をしながら、金兵衛の話を聞いた。ともは風邪をこじらせたらしい、熱が高く、ときどき咳《せき》が出るほかには、これというほどの病兆はみられなかった。ただ、いかにも栄養が悪く、——これは弟や妹も同様であるが、このままでゆくと*労咳《ろうがい》になる危険が多分にあると思えた。登はともの額を冷やすことと、部屋を温めて風を入れないようにすること、汗が出るから寝衣《ねまき》を替えること、などの注意を与えた。

「ごみは窪地に溜《たま》るとはよく云ったものですな」と金兵衛は溜息《ためいき》をついた、「もう何年もこっち、しょうばいが左前で、伜《せがれ》は日雇いに出るし、女房や娘は内職をしなければおっつかない始末です、それなのに絶えずこんな厄介なことを背負いこむんですから、よそにはもっと繁昌《はんじょう》して、金を溜めこんでいるうちが幾らもあるというのに、私どものようなこんな可哀《かわい》そうな者のとこへだけ、選りに選って厄介が持ちこまれるというわけがわかりません、――へえ、なにか仰《おっ》しゃいましたか」

「話のあとを聞こう」と登は云った。

金兵衛は話に戻って、続けた。

それはまさにこみいった話であった。六助には妻子も身寄りもない、と信じていたのであるが、その朝早く、一人の老人がその四人きょうだいを伴れて来て、「六助の孫である」と云った。金兵衛はすぐには信じられなかったが、ともかく老人の話すのを聞いた。――老人は京橋小田原町五郎兵衛店《だな》という貸家の差配*をしてい、名は松蔵、年は六十二歳だと云った。老人はそのとおりを、きちんと云ったのだ。かかあはかのえね（庚子）の年の生れで、ちょうど六十二になります、名は松蔵、三年まえに死にました。

きちんとしたことの好きな性分なのだろう、彼の差配している長屋に、富三郎という男の一家が越して来たのは、まる五年と三月《つき》十五日まえのことであった、というふうに話した。

富三郎は指物職《さしものしょく》だといった。妻はおくにといって、子供が三人あり、おとみはまだ乳《ち》ばなれまえであった。指物職だとはいったが、富三郎は怠け者で、ぶらぶらしているほうが多く、生活はいつも窮迫していて、たちまち近所じゅう借りだらけになった。――おくにははがゆいくらい温和《おとな》しい性分で、ぐちひとつこぼすでもなく、ひきこもって刻《とき》かまわずに賃仕事をし、子供たちの面倒もよくみるというふうだった。もちろん、亭主に反抗するようなことは決してなかったが、それにもかかわらず、富三郎は絶えずおくにに当りちらし、酔っているときなどは殴る蹴《け》るという乱暴をした。――そして日が経つうちに、その乱暴は単なる八つ当りではなく、なにか仔細《しさい》があるらしいことが、推察されるようになった。というのは、富三郎が酔って喚《わめ》きたてるときに、「おやじのところへいって来い」と繰り返し云うのである。

――おやじはしこたま溜めこんでるんだ、てめえは一人娘じゃねえか。

――てめえのおやじは血も涙もねえ畜生だ、一人娘や孫が食うにも困っているのに、知らん顔で自分だけ好きなことをしていやあがる、あいつは人間じゃあねえ。

おくには返辞をしない。殴られても蹴られても黙っていて、泣く声さえもらさず、亭主の怒りのおさまるまでじっと辛抱している、というぐあいであった。その「おやじ」というのがなに者であるか、どういう事情があるのか、長屋の人たちはもちろん、差配の松蔵にもわからなかった。松蔵はいちどおくにを呼んで訊いてみた。それは一昨年の十月九日のことだった、と松蔵は云ったそうであるが、おくには口を濁して、はっきりしたことは語らなかった。

——父はいるが、わけがあって義絶同様になっている、どうしてもこっちから会いにゆくことはできない。

そう云うだけであった。

富三郎には悪いなかまができ、ぐれ始めて、仕事などまったくしなくなったし、三日、五日と家をあけるようなことが続いた。このあいだに又次が生れたので、生活はますます苦しくなった。すると七日まえ、夜の十時ころのことだったが、おくにが差配の家へ訪ねて来た。松蔵は寝ていたが、ぜひ話したいことがあるというので、おくにを入れ、話を聞いた。

——このあいだの*御触書《おふれがき》にあったことは本当だろうか。

とおくにがまず訊いた。

それは盗賊を訴人《そにん》した者に、「*銀二十五枚を与える」という触書のことであった。芝愛宕下《あたごした》の南宗院という寺へ三人組の賊がはいり、寺宝を幾つかぬすみ出した。その中に金銅の釈迦《しゃか》像《ぞう》があり、千年もまえのなにがしとかいう高名な仏師の作で、日本じゅうに幾躰《いくたい》しかない貴重なものだという。賊が無知で、もし鋳《い》つぶしでもされては取り返しがつかない。それで、その仏像の所在を知らせるか、当の賊を訴えて出た者には褒美《ほうび》を与える、ということだったのである。

——なにか思い当ることでもあるのか。

松蔵はそう問い返した。

おくには頷《うなず》いた。半月ばかりまえに、外から帰って来た富三郎が、天床裏《てんじょう》へなにか隠すのを見た。悪いなかまとつきあっているし、ようすがおかしいので、そのときはまったく気づかないふりをしてい、亭主の留守にそっと取り出してみた。それは風呂敷《ふろしき》と渋紙で包んであり、中に一躰の仏像がはいっていた。高さ一尺二寸*ばかりのかなぶつで、どうやら南宗院の釈迦像だと思われる。そこでおくには相談に来たと云った。

——もし銀二十五枚が貰《もら》えるなら、窮迫した家計も凌ぎがつくし、富三郎のためにもいいと思う、このままでいったら悪事が重なって、やがては島流し*か、獄門*に曝《さら》されるようになるかもしれない、むしろいま捕まって牢屋《ろうや》の苦しみを知れば、改心してまじめな人間になるだろうと思う。

だから鬼になったつもりで、訴人しようと考えたのだがどうだろうか、という話であった。

松蔵はむろんそれがよかろうと答え、すぐにおくにといってその仏像を見、まさにそれと思われるので、持ち帰って自分が預かった。それから*町役とも話したうえ、その仏像を持っておくにに*駈込《かけこ》み訴えをさせた。町役や家主などの同伴でなく、自分の意志で訴え出た、ということにしたのである。松蔵は町役と打合せをし、町奉行から呼び出されたらこれこれと、おくにの利分になるように申立てるつもりであった。

呼び出しはすぐにあった。松蔵は町役といっしょに出頭し、自分たちはなにも知らぬこと、おくには貧しい中でよく働き、四人の子供を怠りなく養育していること、亭主の富三郎がやくざ者で、一家の生計はおくに一人で立てていること、などを申立てた。

「するとお奉行所では」と金兵衛が続けた、「今月は*北のお係りで、島田越後守《えちごのかみ》さまと仰しゃるそうですが、不届きである、というのだそうです」

登は不審そうに金兵衛を見た。

「ええ」と金兵衛は登に向かって頷いた、「不届きであるって」と彼は力をこめて云った、「――よしんば盗みをはたらいたにもせよ、恩賞をめあてに、妻が良人《おっと》を訴えるという法はない、人倫にそむく不届きな女である、吟味ちゅう入牢を申付ける、ということなんだそうです」

　意外な結果なので、松蔵たちは言葉もなかったが、*白洲《しらす》をさがるときに、与力の一人がおくにのことづけを伝えた。

——小石川の伝通院裏になぎ町という処《ところ》がある、そこに柏屋金兵衛という旅籠があって、六助という老人が泊っている筈《はず》だから、子供たちを伴れていって事情を話してもらいたい、血を分けた孫だから必ず引取ってくれると思う。

　そういう伝言であった。

五

「それでその、松蔵という差配は帰っちまいました、ええ」と金兵衛は云った、「私は六助さんのことを話し、いま養生所にはいっているような始末だからと云ったんですが、自分のほうではもうするだけのことをしたし、本人のおくにが望むのだから、子供たちのことはその人に任せる、というわけです、私にどうしようがありますか、おまけにこの子はひどい熱をだしている、しようがあるもんですか、かかあが文句を云うのを叱《しか》りつけてこの子を寝かし、とにかく新出先生に診ていただいたうえ、お知恵を借りようと思ってでかけたというわけなんです」

金兵衛の子供の一人が、晩飯の支度をどうするかと、「かあちゃんが訊いている」と伝えに来た。金兵衛は溜息をつき、草臥《くたび》れはてたように立ちあがった。

「どうしてこう厄介な事ばかり背負いこむのかわかりません」と金兵衛はなげいた、「いつか易者が十日ばかり泊りまして、その易者が云うのには、この家は釘《くぎ》がぜんぶ逆に打ってある、つまりさかさ釘というやつで、それが悪運を呼ぶのだというんです、釘が逆に打ってあるというのはどういうことかというと、それは頭のほうを打ち込んだというような俗なことではなくって、易学のほうの眼力《がんりき》がないと見ぬけないものだそうで、それはそうかもしれませんが、だからといってあなた、この古家の釘をぜんぶ抜いて打ち直すなんていうことができるわけのものじゃありませんからな」そして金兵衛は立ちあがりながら付け加えた、「――その易者は十日間の旅籠賃をふみ倒していっちまいました、自分でさかさ釘の証拠をみせたつもりですかな、ひどいもんです」

半刻あまり経って去定が来た。

彼がともを診察し始めるとすぐに、登は金兵衛から聞いた話を伝えた。去定は黙って診察を終り、金兵衛の持って来た茶を啜《すす》りながら、薬籠を取りよせて二種類の

（すでに調合してある）薬を*十帖そこへ出し、手当のしかたと投薬の回数を教えた。

「すると、なんですかな、その」金兵衛は当惑したように云った、「私どもでこの子供たちの面倒をみる、というわけですかな」

「どうなるかわからぬ」と去定が云った、「町奉行へいって話してみるが、小田原町の長屋で引取ればよし、さもなければ住居のきまるまで、ここで面倒をみることになるかもしれぬ、不承知か」

「その」金兵衛は音をさせて唾をのんだ、「いまもこちらの先生に話したところなんですが、私どももはしょうばいもずっと左前、一家の暮しもかつかつのところへ、絶えずこういう厄介を背負いこむので」

「六助は金を残していった」と去定が遮って云った、「死んだらこれであと始末を頼むと云って、*五両と*二分おれに預けた、ここの旅籠賃は払ってあると聞いたが、そうではなかったのか」

「それはその、なんです、へえ」と云って金兵衛は急に顔をあげた、「その、六助さんが金を残していった、と仰しゃるんですか」

「そうでなくともおまえに損はさせない」と去定は云った、「しかし不承知なら子供はほかへ預ける」

金兵衛は面倒をみると答えた。

「亭主のほうはどうした」と去定が訊いた、「その富三郎とかいう男だ、まだ捉《つか》まらずにいるのか」

「さあて、どういうことでしたかな、お縄になったと聞いたように思いますが、まだお縄にはならないということだったかもしれません、つまりこっちはそれどころではなかったわけでして」

去定は子供たちのほうを見、一人ずつ名と年を訊いた。哀れさといじらしさとで、かれらをまともに見られないらしい。子供たちはまた容貌《ようぼう》いかめしい髯《ひげ》だらけの去定に怖《おそ》れたようで、幼ない三人は固く身を寄せあったまま、満足には返辞もできなかった。

「大丈夫だ、心配するな」と去定は怒っているような声で云った、「おっ母《か》さんはすぐに帰って来る、姉さんの病気もすぐに治る、え、おまえたち、大きくなったらなんになる」

気分をほぐすために云ったらしいが、唐突でもあるしまのぬけた質問である。子供たちは口をつぐんだまま去定を眺めており、去定はその問いのまぬけさかげんに自分ではらを立てたのだろう、心配するなおっ母さんはすぐに帰るぞと云って、顔を赤くしながら立ちあがった。

竹造を養生所へ帰らせた去定は、登を伴れて伝通院の前まで歩き、そこで辻駕籠をひろって、小伝馬町へゆけと命じた。いそげ、とどなったので、駕籠屋の一人がとびあがりそうになったのを、登は見た。

「なにを始めるんだ」と駕籠の中で登はつぶやいた、「いったいどうするつもりなんだ」

小伝馬町の牢屋へ着くと、去定は奉行に面会を求めた。ここでもよく知られているようすで、取次の者も極めて鄭重《ていちょう》だったし、奉行の島田氏は登城しているからといって、代りに出迎えた岡野という同心*の態度も慇懃《いんぎん》であった。去定は接待へとおるとすぐに、小田原町の五郎兵衛店からおくにという女が入牢している筈であるが、と訊いた。岡野は頷いて、入牢していると答えた。

「その女の診察をしたい」と去定は云った、「むろん島田越後どのには話してある、珍らしい病気をもっているので治療ちゅうだったが、与えた薬の効果をしらべたいのだ」

岡野は去定の顔をみつめた、「よほど暇どりますか」

「半刻はかかるまいと思う」

「一存でははからいかねますが、新出先生のことですから」岡野はちょっと考えてから云った、「よろしゅうございます、では薬部屋へおいで下さい」

そして彼は自分で案内に立った。

廊下を曲っていくと、中庭に面して幾つかの部屋が並んでい、岡野はその端にある一と間へ二人をみちびいた。それは六帖ほどの広さで、片方は造り付けの戸納《とだな》、片方は壁で、壁際《かべぎわ》に渋紙で包んだ物が積んであり、その包みから発するらしい一種の、ひなた臭い匂いが、部屋いっぱいにこもっていた。

「係りが島田越後だったのは幸いだ」と去定は口の中で独り言を云った、「これがもし津々井だったら、——あの石頭は梃子《てこ》でも動くまいからな、島田なら、……なにか云ったか」

「いや」と登は頭を振った。

去定はいま夢からさめたような眼つきで、しげしげと登の顔を見まもり、なにか云いそうにしたが、憤然とした表情で口をつぐんだ、——まもなく岡野がおくにを伴れて来、終ったら知らせてくれと云って、おくにを置いて去っていった。

「こっちへ寄れ」と去定はおくにに云った、「おれは新出去定という医者で、おまえの父だという六助の治療をしていた者だ、おまえをここから出してやろうと思ってきたのだ、こっちへ寄って事情を話してくれ」

六

おくには三十二だといったが、どうしても四十以下にはみえなかった。ひと束ねにして藁蕊《わらしべ》で結んでいる髪の毛は、半ば灰色で少しも艶《つや》がなく、痩せて骨ばった顔は蒼黒《あおぐろ》く、皮膚はかさかさに乾いているうえに皺《しわ》だらけであった。――古切《ふるぎれ》を継ぎ合わせて作った袷《あわせ》に、やはり継ぎはぎだらけの半幅帯をしめているが、それはどんな乞食《こじき》よりもあさましくみじめにみえた。

去定のいきごみにもかかわらず、おくにはただぼうとした顔で、返辞もせずに坐っていた。底の抜けた徳利のようだな、と登は思った。躯の形はあるが中身はなにもない、ぬけがら、といったふうに感じられた。

「おまえ代れ、保本」と去定はやがて根《こん》を切らして云った、「おれはちょっと岡野に会って来る」

そして彼は出ていった。

登は死んだ六助のことを考えた。それから柏屋にいる子供たち。祖父と孫。祖父は施療所で一人で死に、子供たちは見知らぬ木賃旅籠《きちんはたご》でふるえている。登はそのことを思い、子供たちの話から始めた。すると、おくには急に身ぶるいをし、眼を大きくみひらいた。

「あの子たちは無事ですか」とおくには吃りながら訊いた、「お祖父《じい》さんに引取ってもらえたでしょうか」

登は六助の死と子供たちのことを告げた。六助は金を残して死んだし、去定は必ずおくにを助けるであろう。また将来のことも面倒をみる筈だから、詳しい事情を話すがいいと云《い》った。

「お父《と》っさんは、亡《な》くなりましたか」おくにはぼんやりとつぶやいた。口から言葉がこぼれ落ちたという感じで、そのまま沈黙し、かなりながいこと茫然《ぼうぜん》と宙を見まもっていたが、やがて低い声で問いかけた、「苦しんだでしょうか」

登は首を振った、「いや、安楽な死にかただった」

おくには焦点のきまらない眼で、ぼんやりと登を眺めていたが、やがて力のない、気のぬけたような調子で語りだした。登に話すというよりも、自分だけで独り言を云っているような口ぶりだったし、そこに登がいることも、意識から遠のいてゆくらしい。ちょうど去定が戻って来たので、登が眼くばせをし、去定は黙って坐ったが、おくにはそれさえ気がつかないようすだった。

おくには六助の一人娘だったが、三つの年から十歳になるまで、多摩川在の農家へ里子にやられた。十のとき父親に引取られ、二年ばかりいっしょに暮したが、そこへ生みの母があらわれて、おくにを伴れ出してしまった。——あとになってからわかったのであるが、母は六助の若い弟子（それが富三郎であった）と通じて出奔し、そのためおくには里子にやられた。しかし、母親はやがておくにが欲しくなり、十二歳になったおくにをひそかに呼びだして、そのまま伴れて逃げたのであった。
「あたしは母親の味を知らなかったし、ちょうど母親の欲しい年ごろでした」とおくには云った、「あたしがおまえの生みの母だと云われ、いっしょに来ておくれと云われたときには、——ええ、あたしには否《いや》も応《おう》もありませんでした、うれしくって、夢でもみているような気持でいっしょについてゆきました」

　母は富三郎を親類の者だといった。おくにはむろんそれを信じた。かれらは京橋の炭屋河岸《かし》に住んでいたが、六助の店が日本橋槙町《まきちょう》にあったので、芝の神谷町《かみやちょう》裏へ移り、そこで小さな荒物屋をはじめた。しかし店をやるのは富三郎で、母親はかよいの茶屋奉公に出ていた。——これもあとで知ったことだが、母と出奔したとき、富三郎は十七だったそうで、母は七つも年上だったから、それ以来ずっと男をやしなって来たものらしく、そのため富三郎は怠け癖が身についてしまったのだろう、おくにがいっしょになってからは、店番をおくにに任せて、一日じゅう遊び歩いたり、昼から酒を飲んでごろ寝をする、というふうであった。

母と富三郎の関係を、おくにはまったく知らなかった。単純に親類の者だと思い、それにしてもなぜ働かないのか、どうしてぶらぶら遊んでいるのか、なぜ母はそれを黙って見ているのか。そんなことが腑《ふ》におちないだけであった。一年ちかく経って、おくにが独りで店番をしていると、ふいに父親がはいって来た。おくにはそれが父親だと知って、逃げようと思ったが、怖ろしさのあまり身動きができなかった。

「お父っさんはあたしに、うちへ帰ろうと云いました、いまでも覚えています、お父っさんは蒼い顔をして、むりやりにやさしく笑いかけながら、いっしょに帰ってくれ、おくに、おまえはおれの大事な、たった一人の娘だって、——」おくにの声は細くなり、ひどくふるえを帯びた、「おれの大事な、たった一人の娘だって」

彼女の眼から涙がこぼれ落ちた。だが、おくにはそれを拭こうともせず、こぼれ落ちるままにして語り続けた。

父親のようすを見て、おくにの恐怖は去った。彼女はもう十三になっていたのだ。三つの年から里子にやられて、いっしょに暮したのは二年ほどである。親子という愛情も、まだはっきりとは感じていなかった。

——いやです、あたしおっ母さんといっしょにいます。

おくにははっきりそう云った。

六助は暫《しばら》くおくにを見まもっていたが、ではなにか困ったことがあったらおいで、おまえのためならどんなことでもしてやるから、そう云ってたち去った。おくにはそのことを母にも富三郎にも黙っていた。父はもう二度と来ないだろうと思ったから、——事実、それから十年も、六助は姿をみせなかった。そしておくには十六の夏、母にしいられて富三郎と夫婦になった。自分ではいやでたまらなかったが、母に泣いてくどかれた。

——そうしなければおっ母さんといっしょにいられなくなるんだから。

おっ母さんのためだと思って承知しておくれ、そう繰り返して説き伏せられた。おくには気持がよほどおくてだったのだろう、夫婦とはどういうものか、よく知らないままで富三郎の妻になった。

そうして、うちの中が荒れだした。

もちろん珍らしい話ではない。母親はおくにと夫婦にすることで、富三郎を繋《つな》ぎ留めようとしたのだ。もう四十ちかい年になって、このの ち彼のほかに頼る男ができようとも思えない。彼女にとってはそれが唯一《ゆいいつ》の手段だったのである。けれども、女として成熟のさかりにあった彼女は、男を繋ぎ留めたと同時に、激しい嫉妬《しっと》に悩まなければならなくなった。

おくにはそのことを語った。

七

富三郎と夫婦になってから、まる二年経った冬の或《あ》る夜、——おくには彼と母親との仲を初めて知った。

神谷町のその家は、店の奥に六帖が一と間あるだけで、夫婦と母親とは枕屏風《まくらびょうぶ》を隔てて寝ていた。そのころになっても、おくには寝屋ごとがまだわからず、ただ厭《いと》わしいのをがまんしているだけであった。その夜も同じことのあとで、だが、いつものようにすぐには眠れず、芯に火の燃えているような軀と、苛《いら》だたしく冴《さ》えた気持をもてあましていると、やがて、富三郎を呼ぶ母の声がした。——彼はよく眠っており、母は二度、三度と呼んだ。おくには身をちぢめ、息をころしていた。すると母が忍んで来て、彼をゆり起こし、彼はねぼけた声をあげたが、舌打ちをして起きあがった。

おくにはやはり息をころしたまま、夜具の中で身をちぢめていた。そしてまもなく、おくには気がついたのだ。母の喉《のど》からもれるその声は、初めて聞いたのではない、これまで幾十たびとなく、夢うつつのなかで聞いた覚えがある。きりきりと歯がみをする音、喉でかすれる喘《あえ》ぎ、苦悶《くもん》するような呻《うめ》きなど、半ば眠りながら幾十たびとなく聞き、母は夢をみているのだ、うなされているのだ、などと思ったものであった。――しかしその夜、おくにはすべてのことを知った。母と彼の関係もわかったし、二年このかた、理由もなく母が怒ったり、自分に当りちらしたりするわけもわかった。富三郎には少しも愛情をもっていなかったので、嫉妬などはまったく感じなかったが、けがらわしさと厭悪《えんお》とで、とつぜん激しい吐きけにおそわれ、夜具から出る暇もなく嘔吐《おうと》した。

そこまで話すと、おくには「う」といって、両手で固く口を押えた。おそらくそのときの記憶がよみがえって、また吐きけを催したものであろう、しっかりと口を押えたまま、かなり長いことじっとしていた。

「その話はもういい」と去定が云った、「母親はどうしたのだ」

おくには口から手をはなして、ぼんやりと去定を見た。

「死にました」おくにはけだるそうに答えた、「そのことがあってからすぐに、うちを出て、住込みの茶屋奉公にはいったんです」

おくには二十三歳でともを産んだ。その半年まえに母は死んだのであるが、死に目には会わなかった。危篤《きとく》だと知らせた富三郎は、母がおくにには会いたくない、来ても会わないと云っている、と告げた。おくにはそうかと思った。――うちを出ていってから五年ちかいあいだ、母はいちども帰って来ず、どこにいるかもわからなかった。だが富三郎との仲は続いていたらしい、彼はしばしばよそで泊るようになり、三日もうちをあけることさえあった。荒物の小あきないでは暮しもたたないので、おくには十七八のころから賃仕事をするようになったし、母の稼ぎと合わせてかつかつにやって来た。――したがって、母が去ったあとは家計が詰まる一方であるのに、富三郎はかくべつ不平も云わないし、ときには幾らかの銭をよこすこともあった。

――取っておきな、ゆうべ友達といたずらをして、少しばかり勝ったんだ。

彼はそんなふうに云うが、おくには彼が母と逢ったこと、それは母の稼いだものだということを察していた。母にはそれほど彼が大事だったのだ。だから死ぬときも彼だけにみとってもらいたいのであろう、おくにに会えば、みれんと嫉妬とで、死にきれない思いをする。それが自分でわかっているのだ、とおくには思った。

「あたしは葬式にもいきませんでした、いまでも、お墓がどこにあるのかさえ知りません」とおくには云った、「供養《くよう》してもおっ母さんはよろこばないでしょうから、仏壇も拵《こしら》えませんでした、たましいがあるとすれば、おっ母さんはいまでもあたしを憎んでいると思います」

登はうしろ首が寒くなるように感じた、死んでから十年も経つ母が、いまでも自分を憎んでいると思うという、登には理解しがたい情痴の罪の根深さ、妄執のすさまじさといったものが、おくにの表現がむぞうさであるだけよけいに、まざまざとあらわれているように思えた。おくにはなお話し続けていたが、やがて去定はそれを遮った。

「そこからあとのことは知っている」と去定は云った、「六助はおまえに便りをしていたのだな」

「ええ、おっ母さんが死んでからまもなく、神谷町のうちへ来ました」とおくにが答えた。

「そのとき初めて、あの人がお父っさんの弟子で、おっ母さんと悪いことをして逃げた、ということを聞いたんです、お父っさんはおれといっしょに来い、と云ってくれました、あんな男といると必ず泣くようになる、いまのうちにここを出て、おれといっしょに暮そうって、——あたしは、わざと邪慳《じゃけん》に、断わりました、いやです、あたしのことは放っといて下さいって」

おくには身ごもってはいたが、富三郎に愛情をもってはいなかった。彼女はただ、父の世話にはなれない、世話になっては済まない、それでは神ほとけも赦《ゆる》すまいと思った。

「あたしはそう思いました、おっ母さんがあの人と逃げたとき、そして、あたしがおっ母さんに伴れだされ、呼び戻しに来られて断わったとき、——お父っさんはどんな気持だったろうかって、どんなに悲しい、辛《つら》いおもいをしたろうかって、思いました」

おくには富三郎に云って、金杉のほうへ引越した。そこでともを産み、助三を産んだ。するとまた父が捜し当てて来、幾らかの銀を置いて去った。そのとき父は、槙町の店をたたんだこと、もしなにかあったら、伝通院裏の柏屋という旅籠へ知らせろ、ということを告げたのだという。

——おれはもう仕事をする張りもない、なにもかもつまらない、おれの一生はつまらないもんだった。

六助はそう云い残して行った。

登は柏屋で聞いた話を思いだした。二十年ほどまえからときどきあらわれ、なにをするともなく泊ってゆき、またときをおいて泊りに来たという。それは六助が神谷町の家で、おくにからすげなく拒絶されたころと符合する。——彼には世間からも、自分からさえも隠れたくなることがあったのだろう。あの場末のさびれた町の、古くて暗い木賃旅籠は、そういうときの彼にとっても恰好《かっこう》だったのだ。登にはそれが眼にうかぶように思えた。蒔絵師《まきえし》として江戸じゅうに知られた名も忘れ、作った品を御三家に買いあげられるほどの腕も捨て、見知らぬ一人の老人として安宿に泊り、うらぶれた客たちの中で、かれらの話を聞きながら黙って酒を飲む。——そうだ、と登は心の中でつぶやいた。そういうところでしか慰められないほど、六助の悲嘆や苦しみは深かったのだ。もっとも苦しいといわれる病気にかかりながら、臨終まで、苦痛の呻きすらもらさなかったのも、それまでにもっと深く、もっと根づよい苦痛を経験したためかもしれない。登はそう思い、眼をつむりながら溜息《ためいき》をついた。

「いいえ」とおくにが云っていた、「あたしはそうは思いません」

八

声が高かったので、登は驚いてわれに返った。

「訴人したことが悪いとか、あの人が哀れだなんて、あたしこれっぽっちも思ってやしません」とおくには強い調子で続けた、「あの人は人でなしです、自分は稼ぎらしい稼ぎもせず、あたしや子供たちが食うに困っていても、平気で遊びまわったり悪い事をしたり、そうして、お父っさんのところへ金を貰いにゆけなんて、畜生だって口には出せないようなことを云いつづけました、——それだけは云ってはいけないんです、お父っさんをあんなひどいめにあわせた当人なんですから、それだけは口にしてはならないことだったんです」

「しかしおまえは云った筈だ、いや、捉まって牢屋の苦しみを味わえば、改心するかもしれないからと、差配に云ったそうではないか」

「云いません」おくには首を振った、「差配さんにそう云えと教えられたんです、けれどあたしはそんなこと思いもしないし、お白洲でも云いはしませんでした、——正直なことを云っていいでしょうか」

「云ってごらん」と去定は頷いた。

「もしできるなら」とおくには唇をきつく嚙《か》んでから云った、「もしもあたしにできるなら、自分の手であの人を殺してやりたいくらいです、子供のことさえなければとっくに殺していたでしょう、今日やろう、今夜やろうと、何十たび思ったかしれやしません、これがあたしの、――本当の、正直な気持です」

そしておくには初めて眼をぬぐった。さっきの涙はもう乾いていたが、手でぬぐうと、その涙の跡がひろがって、隈取《くまど》りのようになった。

「よくわかった」とやがて去定が云った、「よくわかったが、それは胸にしまっておけ、いいか、明日は間違いなくここから出してやれると思うが、いまのようなことを役人に云うとぶち毀《こわ》しになる、黙って頭をさげていろ、なにか云われたら、ただ恐れいりましたとだけ云うんだ、子供たちのことを考えればできる筈だ。わかったか」

おくには口の中ではいと答え、頭が膝《ひざ》へ届くほど低く、ゆっくりとおじぎをした。

牢屋《ろうや》から外へ出ると、去定は黙って北のほうへ歩きだした。柏屋では「晩飯の支度をどうするか」などというのを聞いたし、朝からいろいろな事を経験したので、もう日が昏《く》れるころかと思ったが、戸外はまだ傾いた陽が明るくさしていたし、町筋も往来する人や駕籠で賑《にぎ》わっていた。――去定は疲れはてたように背中を跼《かが》め、ひきずるような足どりで歩きながら、頭を振ったり、ぶつぶつ独り言を云ったりした。人間とはばかなものだ。人間は愚かなものだ。人間はいいものだが愚かでばかだ、などというのが聞えた。そして、石町《こくちょう》二丁目まで来ると、足をゆるめて登に問いかけた。

「あの女の云ったことをどう思う」

登は返答に困った、「——良人《おっと》を殺すと云ったことですか」

「いや、云ったことの全部だ」去定はまた頭を振った、「間違いだ」と去定は云った、「富三郎だけを責めるのは間違いだ、岡野に訊《き》いたら、彼はもうお縄になったそうだが、おそらく気の弱い、ぐうたらな人間、というだけだろう、しかも、そうなった原因の一つは六助の妻にある、十七という年で誘惑され、出奔してからは女に食わせてもらう習慣がついた、いちどのらくらして食う習慣がついてしまうと、そこからぬけだすことはひじょうに困難だし、やがては道を踏み外すことになるだろう、そういう例は幾らもあるし、彼はその哀れな一例にすぎない」

登はなにか云いかけて、急に口をつぐみ、顔を赤らめた。母親と通じながら、平気でその娘を妻にしたという、その男のけがらわしさを指摘したかったのだが、口を切るまえに自分のあやまちを思いだしたのだ。狂女おゆみとの、屈辱にまみれたあやまちを。――去定はそれには気づかなかったろう、また少しずつ足を早めながら、同じ調子で続けていた。

「人生は教訓に満ちている、しかし万人にあてはまる教訓は一つもない、殺すな、盗むなという原則でさえ絶対ではないのだ」それから声を低くして云った、「おれはこのことを島田越後に云ってやる、そうしたくはない、それは卑劣な行為に条件はないが、そうしなければならないときにはやむを得ない、いまは教訓にそっぽを向いてもらうときだ」石町の堀端へ出たとき、去定は登に向かって先に養生所へ帰れと云った。

「おれはこれから町奉行に会って来る、夕餉《ゆうげ》を馳走《ちそう》になる筈だから、帰りは少しおくれると云ってくれ」

　登は承知して去定と別れた。

　その翌日、おくには牢から出された。褒賞の銀は貰わなかった。むろん去定がそうさせたのだろうが、元の町内にも構いなしということで、そのまま柏屋にいる子供たちといっしょになった。

　次の日、登は去定に命じられて、柏屋へともを診にいったのであるが、そのとき去定は銀を五両包んで登に渡した。

「これをおくにに遣《や》れ、まだあとに十両あるが、必要なときまで預かって置く、近いうち相談にゆくと云ってくれ」

「しかしそんなに」と登が訊いた、「そんなに六助は金を遺《のこ》していったんですか」

「五両と少しは遺したものだ、あとの十両は違う」と去定はきげんのいい眼つきで登を見た、「これは島田越後からめしあげたものだ」

登はけげんそうな眼をした。

「越後守《えちごのかみ》は婿《むこ》で、家付きの悋気《りんき》ぶかい奥方がいる」と去定は続けた、「もう何年もまえから気鬱《きうつ》のやまいで、月に一度はおれが診察に呼ばれるし、おれの調合した持薬を絶やしたことがない、それでおれは、係りが島田でよかったと云ったのだ」

登はまだけげんそうな顔で、黙って去定を見ていた。

「黙っていると卑劣が二重になるようだから云うが、越後守は下屋敷に側室を隠している」と去定は眩《まぶ》しそうな眼をして云った、「妾《めかけ》を持つくらいのことにふしぎはないが、奥方の悋気は尋常なものではない、おれは、つまりそこだ、おれは、仄《ほのめか》したのだ、――いいから云え、保本、おれのやりかたが卑劣だということは自分でよく知っているのだ」

だが去定の顔はやはりいいきげんそうで、自責の色などは少しもなかった。

「おくにが放免されたのは当然であるし、十両は奥方の治療代だ、しかも、おれが卑劣だったことに変りはない」と去定は云った、「これからもしおれがえらそうな顔をしたら、遠慮なしにこのことを云ってくれ、――これだけだ、柏屋へいってやるがいい」

むじな長屋

一

梅雨にはいる少しまえ、保本登は自分から医員用の上衣《うわぎ》を着るようになった。薄《うす》鼠色《ねずみいろ》に染めた木綿の筒袖《つつそで》と、たっつけに似たその袴《はかま》とは、よく糊《のり》がきいてごわごわしており、初めて着たときには、人にじろじろ見られるようでかなり気まりが悪かった。

新出去定と森半太夫は黙っていたし、彼が上衣を着はじめたということにさえ、気づかないふりをしていた。他の医員たちも口ではなにも云《い》わなかったが、彼を見るたびに皮肉な眼つきをしたり、唇にうす笑いをうかべたりするのが認められた。——こういう中で一人だけ、彼のためによろこび、それを正直に口に出して云った者がいた。それは台所で働いている、お雪という娘であった。お雪は登が上衣を着ているのを見るなり、まあと手を打ち合わせ、顔じゅうでこぼれるように微笑した。

「ようやく上衣をお召しなさいましたのね、よかったこと」とお雪は云った、「これでやっとあたしの勝ちになりましたわ」

「おまえの勝ちだって」登は訝《いぶか》しそうに訊《き》いた、「誰かと賭《か》けてでもいたのか」

「ええ」お雪はちょっと狼狽《ろうばい》しながら、巧みに微笑でそれをつくろった、「賭けたといえば賭けたんですけれど、あたし保本先生がそういうお気持になって下さるようにって、願っていたんですの」

「そういう気持とは、どういうことだ」

「この養生所におちついて下さるというお気持ですわ」お雪は勇敢に云った、「あたしなんかが云うのはおかしいでしょうけれど、ここにはいいお医者さまが必要ですし、本当に医者らしいお医者なら、ここでお仕事をなさる気にならない筈《はず》はありませんもの、そうでしょう」

登はそのとき気がついた。

――森半太夫の口まねだ。

お雪が半太夫を恋しているということは、津川玄三に聞き、また狂女おゆみに付添っているお杉からも聞いた。半太夫は無関心らしいが、お雪は夢中になっているという。森さんのお堅いのは立派だけれど、お雪さんの気持を考えると憎らしくなる、とお杉は云った。登自身もときどき、二人で話しているようなところを見たことがある。通りかかった半太夫をお雪が呼びとめて、ちょっと立ち話をするといった程度であるが、いつかいちど、薬園の柵《さく》のところで、お雪が泣いているのを見かけたことがあった。——晩春の黄昏《たそがれ》だったと思う。半太夫は腕組みをし、棒のように立って空を見あげており、その脇《わき》でお雪が、袂《たもと》で顔を掩《おお》って泣いていた。かなりはなれていたうえに、登はすぐ眼をそむけて去ったが、うすく靄《もや》のかかった、片明りの光の中で、二人の姿は影絵でも見るような、非現実的なものかなしさを感じさせたものだ。

——たしかに、これは半太夫の口まねだ。

登はそう思いながら、さりげない調子でお雪に云った。

「それは森の意見なのか」

お雪はわるびれずに頷《うなず》き、微笑した、「ええ、森先生もそう仰《おっ》しゃっていますわ」

「おれにはおれで意見があるさ」そう云ってから急に登は顔をしかめ、突っかかるような口ぶりになった、「森は自分をごまかしているんだ、誰だって本心は出世をしたい、名をあげ産をなすことは、人間本来のもっとも強い、正当な欲望だ、赤髯《あかひげ》はいいさ、彼はもう名医として知られているし、大名諸侯や富豪などから、礼を厚くして迎えられる、しかも門戸を構えもせず、こんな施療所《せりょうしょ》で働いていることは、彼の名声をさらに高めるだけだろう、しかしおれたちはそうじゃあない、おれたちは無名の見習医だ、こんなところにいつまでもいれば、生涯無名のままで終るほかはない、おれはそんなことはまっぴらだ」

「疲れていらっしゃるのよ、保本先生」とお雪は劬《いたわ》るように云った、「そんな意地わるなことを仰しゃるのは、お疲れになっている証拠よ、いっておやすみなさいましな」

登は両手を垂れ、そして歩み去った。

彼は恥ずかしくなった。お雪などにそんなことを云ったのが恥ずかしいばかりでなく、自分のしていることと、いま云った言葉とに矛盾を感じたからである。いまお雪に云ったことは誇張でも片意地でもない、常に考えていることを正直に口に出したまでであるが、その反面、彼はこの養生所での仕事と、新出去定とにつよくひきつけられていた。——嫌っていたその上衣を、すすんで着るようになったのは理由がある。けれども、彼の考えに変化が起こっていなかったら、とうていそんな気持にはならなかったであろう。理由といっても変ったことではなく、単に一人の病人の言葉にすぎないからだ。

伝通院の前をさがった中富坂に「むじな長屋」と呼ばれる一画があり、そこは極端に貧しい人たちが住んでいることで知られていた。登は去定の供で、しばしばそこへ治療にいくうち、*輻屋《ややや》の佐八という病人を受持つようになった。年は四十五六だろう、骨太でがっちりした軀《からだ》をしているが、明らかに労咳《ろうがい》にかかっており、見かけの逞《たくま》しさとは逆に、激しい衰弱と消耗が認められた。

——どうか本気になって養生するように仰しゃって下さい。

差配の治兵衛《じへえ》は幾たびそう云ったかわからないし、去定もくり返して、きびしく安静を命じた。佐八はおとなしく承知をする。また、発熱や咳《せき》のひどいときには、仕事を休んで寝るようだが、少しでもぐあいがいいとすぐに起きあがって仕事をする。それをみつかって咎《とが》められると、大きな顔でてれたように笑い、頭を搔《か》きながら続けざまにおじぎをして、いかにも済まなそうに云うのであった。

——もうこれで片づきます、これが片づいたらすぐに寝ます、本当に寝ますから。

佐八は若いころいちど結婚したが、僅《わず》か半年ばかりで別れてしまい、それ以来ずっと独りぐらしだという。腕も相当だしよく稼ぐけれども、例のないほど無欲で、稼いだものはみな人のために遣ってしまい、自分はいまだに家財道具も満足に揃《そろ》っていない、と差配の治兵衛から聞いたことがあった。

その佐八が或《あ》るとき、不審そうに登のようすを眺めながら、貴方《あなた》はどうして養生所の上衣を着ないのか、と問いかけた。あれは官制ではないからだ、と登は答えた。去定が独断できめたもので、べつに規定されたものではない。だから着ようと着まいと勝手なのだと云った。

二

佐八は登から眼をそむけながら、独り言のように呟《つぶや》いた。

——あの上衣は人助けですがね。

彼はそう云った。

——あれを見れば養生所の先生だということがすぐにわかります、私どものような貧乏人は、養生所へはいきたがらないものですが、通りかかった先生を見れば、治療に寄っていただきたい人間がたくさんいます、私なんぞはなにより有難い上衣だと思いますがな。

その上衣はべつの意味をもっていた。動作に便利なのと、清潔さを保つこと、患者の汚物でよごれたりすれば、すぐに取換えられることなどで、仮によごれなくとも、夏は毎日、冬は隔日に着替えるきまりになっている。去定はそういう点でもちい始めたのであろうが、佐八の言葉を聞いて、そこにも意味のあることを、登はひそかに承認したのだ。

「いい気なもんだ」

お雪と別れて自分の部屋へ帰りながら、彼は自分を嘲《あざけ》るように首を振った。

「人間本来のもっとも強い正当な欲望か」と云って彼は唇を歪《ゆが》めた、「――おまけにこの、立派な上衣を着ていながらさ」

去定の部屋の前まで来たとき、障子の向うで呻《うめ》くような去定の声が聞えた。呻くというより咆《ほ》えるというほうに近く、短い一と声だったが、登はふいに水でも浴びせられたように感じ、いそいでそこを通りすぎた。そして廊下を曲ると、森半太夫が自分の部屋の障子をあけ、はいれという手まねをした。

「なにか用か」

「話があるんだ」と半太夫は云った。

「まだ朝飯まえなんだ」

「御同様だ、はいってくれ」

登はしぶしぶ森の部屋へはいった。

「どこへいっていたんだ」

「どこにも」と登は肩をすくめた、「飯まえにちょっと歩いて来ただけさ、それがどうかしたのか」

「おれは、――」と半太夫はどなりかけたが、じっとこらえて、静かに云った、「新出さんがひどく気を昂《たか》ぶらせているから、そのつもりでいてくれといいたかったんだ」

登は黙った。

「さっき与力から呼び出しがあって、新出さんは詰所《つめしょ》へいった、いっしょに来いと云われておれもいったんだ」と半太夫はややひそめた声で云った、「呼んだのは松本三左衛門《さんざえもん》どの、肝煎《きもいり》の小川氏も同席で、かよい療治の停止と、経費三分の一を削減すると云われた」

かよい療治はずっと以前に停止されていたのだ、と半太夫は説明した。養生所の増築をし、入所患者の数をふやすと同時に、正式にはかよい療治は許されなくなった。しかし実際には不可能なことであった。入所する患者を七十余人から百五十人に増しても、かよい療治に来る者は年間に少なくて三百五十人、多いときには七百人を越すこともある。その大部分が貧困のため町医にはかかれないのだから、泣きつかれれば治療してやらないわけにはいかない。しぜん一人ふえ二人ふえして、いつか元どおりになってしまった。

「そうして、新出さんが医長になってからまもなく、黙許というかたちで、半ば公然と治療できるようになった」と半太夫は云った、「ところが、いまになっていきなりまた停止されたうえに、養生所ぜんたいの経費を三分の一も削るというのだ」

「それは、――」と登が反問した、「それにはなにかわけがあるのか」

「将軍家に御慶事があって、諸入用が嵩《かさ》むからという理由らしい」

「御慶事だって」

「なんでも御寵愛《ちょうあい》の局《＊つぼね》が姫を産んだので、将軍家はひじょうによろこばれ、それを祝うためにいろいろな催しがあるそうだ、はっきりとは云わなかったが、与力はくちうらでそう匂《にお》わせていた、それで新出さんは怒った」

将軍家に慶事があったのなら、罪人を放ち金穀《きんこく》を施与するのが当然ではないか、去定はそう云いたかったのだ。怒った理由はその点であるが、そんなことを云える立場でもなし、云えば上《かみ》を誹《そし》ることになる。

「経費削減のことは承知しました、と新出さんは云われた、しかし、かよい療治を停止することはできません」半太夫はそこでちょっと言葉を切り、まるで怒号するように声をひそめて続けた、「――かれらは貧窮し病んでいるのです、施療の停止は、そのままかれらを死へ追いおとすことです、私にはお受けできません、もういちど御詮議《せんぎ》を願います、――そう云うなり立って、出て来てしまわれたんだ」

話しているあいだに、朝食を知らせる板《ばん》が鳴った。二人はその音を聞きながら、どちらも立とうとはしなかったし、半太夫の話が終ってからも、暫《しばら》くじっと坐《すわ》っていた。

「小川氏はどうなんだ」やがて登が眼をあげて訊いた、「あの人はどっちの側に立っているんだ」

「どっちでもないだろう、本当なら彼がその折衝に当るべきだ、養生所の責任者なんだからな」と半太夫が云った、「しかし彼はその席に坐っていただけだし、一と言もものを云わなかった、――おそらくどっちの側の人でもないだろうな」

そして半太夫は立ちあがり、「飯にしよう」と云って登を見た、「新出さんを怒らせないように気をつけてくれ」

登は自信がなさそうに黙っていた。

去定は午前ちゅう不機嫌だった。むろん怒っているようなそぶりはみせないし、荒い声をあげるわけでもないが、不機嫌で苛《いら》いらしていることはようすでわかった。

入所患者の診察から、調剤書を書き終るまで、半太夫と登はずっと去定に付いていたが、なにかあるたびに、二人は互いに眼で警戒しあった。

——なかなかいいようじゃないか。

登は心の中でそう呟いた。森半太夫という人間が急にちかしく、また好ましく感じられだしたこと、しかもそれが少しも不自然でないことにおどろきを感じた。——少なくとも津川より人間らしい。

津川玄三が「田舎者ですよ」と軽侮したことを思いだし、自分も同じような眼で見ていたことは忘れて、森にはまなぶところさえありそうだ、などと思うのであった。

調剤書が終ると、去定は外出の支度をしながら登を見た。

「むじな長屋の佐八のぐあいはどうだ」

「べつに変りはないようです」

「では先に廻るところがあるからいっしょに来てくれ」

半太夫と登は廊下へ出た。半太夫は調剤所へはいろうとして、登に振返りながら云った。

「気をつけろよ」

登は微笑しながら頷いた。

三

去定のいった先は松平壱岐守《いきのかみ》邸であった。それは牛込《うしごめ》御門をはいって約二丁*、定*火消《じょうびけし》のあるちょっと手前だったが、そこへいき着くまで、去定は絶えまなしに独り言を云い続けた。「かれらにそんな権利があるのか、あるとすれば誰に与えられたのか」去定は片手の手首だけを振る、「乱世ならともかく、天下は泰平であり秩序もととのっている、幕府の権威は天下を押えてゆるがず、四民*は怯々《きょうきょう》とその命にたがわざらんことを怖《おそ》れている、かれらにはなんでもできるのだ、どんな無法なことでもどんなに残酷なことでも、幕府の名をもって公然と押しつけることができる、そして現にそのとおりやっているんだ」

「おれはごまかされないぞ」と去定は下唇をそらす、「おれは老いぼれのお人好《よ》しかもしれないが、こんなふうに人間を愚弄《ぐろう》するやりかたに眼をつむってはいない、人間を愚弄し軽侮するような政治に、黙って頭をさげるほど老いぼれでもお人好しでもないんだ」

ほんの暫く独り言がとだえた。去定は大股《おおまた》の歩度をゆるめながら、片手で髯をごしごしとこすった。「無法には無法を」と去定は呟いた、「残酷には、残酷をだ、――無力な人間に絶望や苦痛を押しつけるやつには、絶望や苦痛がどんなものか味わわせてやらなければならない、そうじゃないか」

長いことそういう憎悪《ぞうお》の独り言が続いた。去定の心は怒りと憎悪とで、どす黒く沸きたっているらしい。彼は幕府閣僚を呪《のろ》い、ついには、そういう権力に対する自分の無能を呪った。しかしやがて、牛込御門をはいったとき、去定は力なく首を振り、右手の手首だけで、なにかをぬぐい去るような動作をした。

「いや、そうじゃない」と去定はくたびれたように呟いた、「おれにはそんなことはできない、おれはやっぱり老いぼれのお人好しだ、かれらも人間だということを信じよう、かれらの罪は真の能力がないのに権威の座についたことと、知らなければならないことを知らないところにある、かれらは」と去定はそこで口をへの字なりにひきむすんだ、「かれらはもっとも貧困であり、もっとも愚かな者より愚かで無知なのだ、かれらこそ憐《あわ》れむべき人間どもなのだ」

薬籠《やくろう》を背負って、登といっしょに供をしていた竹造が、壱岐さまのお屋敷です、とうしろから吃《ども》りながら声をかけた。去定はびっくりしたように立停り、左手を見て、それから竹造を睨《にら》みつけた。竹造は困ったように登を見、登は門番小屋のほうへ歩みよっていった。

去定と登は脇玄関からあがっていった。川本靭負《ゆきえ》という*家老が挨拶《あいさつ》に出た。去定は茶にも接待で茶菓のもてなしがあり、挨拶が終るとすぐに、「今日は*薬礼をもらって帰るから御用意を願いたい」と切り口上で云った。金五十両と聞いて靭負は、とつぜん額を小突かれでもしたように、ぐいと顎《あご》を反らした。

「そのうち十両だけは*小粒にしていただきたい」と去定は平気な顔で云った、「では先日のものを拝見しましょう」

「御診察は」

「献立を拝見してからです」

靭負はいそいで出ていった。

「*壱岐どのは三万二千石だが、*奏者番《そうしゃばん》をながく勤めているので*内福《ないふく》だ」と去定は云った、登に云ったのか独り言かよくわからないが、その口ぶりには嘲笑《ちょうしょう》のようなひびきが感じられた、「なんの*五十金や百金、どうせ自分で稼ぐわけではなし、痛くも痒《かゆ》くもないだろう」

そしてまた口の中で、なんの五十金や百金、といまいましそうに呟いた。

まもなく岩橋隼人《はやと》という用人が来て、巻紙に書いたものを差出した。五日間の献立表で、むろん壱岐守の膳《ぜん》にのせるのだろう、去定は矢立を取って、記してある品名を次つぎと消し、そして数行の品目を書き加えた。

「百日間このとおりに差上げて下さい」と去定は巻紙を隼人に返しながら云った、「鳥肉卵は厳禁です、魚介と塩梅《あんばい》もこの指定を越えてはなりません、飯はこのままにも固く申した筈だが、精《しら》げた米はお命をちぢめるばかりですから、麦七に米三の割をきっと守って下さい」そして隼人の返辞を待たずに、ではお脈を拝見しましょうと云った。

壱岐守の診察には登も立会わされた。壱岐守は四十五歳だそうであるが、絵で見た海象《せいうち》のように肥満し、坐っているのも苦しそうであった。腹部は信じがたいほど巨大で、身動きをするたびにゆたゆたと波を打ち、顎の肉は三重にくびれて、頸《くび》は見えず、じかに胸へ垂れさがっていた。顔はまるく、頬は張り切れるばかりにふくれ、そのために眼がふさがれて細くなっていた。――去定はなにもせずに、下段からじっと眺めるばかりだった。脈をみようともしない。ただじっと、憐れむような眼で、ものも云わずに眺めており、すると壱岐守はしだいにおちつきをなくし、息苦しそうに襟をゆるめたり、懐紙で口を拭《ふ》いたりしながら、ぜいぜいと喉《のど》を鳴らせた。

「ただいま御膳の品書《しながき》を拝見いたしました」とやがて去定が云った、「かねて申上げるとおり、お上《かみ》*は御病気ではなく、御病気よりはるかに好ましからぬ状態におわすのです、どこかに疾患があるなら、疾患を治療すればよろしいが、お上のお軀は*厚味の御膳を多食なさるため、内臓ぜんたいに脂《あぶら》が溜《たま》って衰弱し、吸収と排泄《はいせつ》の調和がまったく失われているのです」

約四半刻《しはんとき》、去定は容赦のない口ぶりで、壱岐守を威《おど》しつけた。聞いている登も、途中で威しだと気づいたが、それにしても、食事の制限のきびしさにはおどろいた。飯が麦七米三、鳥や卵を禁ずることは接待で聞いたが、壱岐守を前にして用人に繰り返すのを聞くと、その量と内容とは、極貧者の食事にも劣るものであった。白い革袋のように肥えふくれた壱岐守の顔には、表情らしい動きは殆《ほと》んど見られなかったが、その小さな細い眼だけには、怯《おび》えた幼児のような怖れと、悲しそうな色があらわれていた。

「貧しい人間が病気にかかるのは、大部分が食事の粗悪なためだ」接待へ戻ってから、去定は登にそう云った、「金持や大名が病むのは、たいてい美味の過食ときまっている、世の中に貪食《どんしょく》で身を亡《ほろ》ぼすほどあさましいことはない、あの恰好《かっこう》を見るとおれは胸が悪くなる」そして唾《つば》でも吐きそうな顔をした。

用人の岩橋隼人が金を持って来ると、去定は薬を調合すると云って、薬籠をとりよせた。そして用人が去ると、小粒の十両の中から二両だけ紙に包み、これを持ってむじな長屋へいけと、登に云った。

「おれは黄鶴堂《おうかくどう》へ寄って、それから廻るところがある」と去定は云った、「経費削減となると、まず薬に手を打たなければならない、黄鶴堂の主人を云いくるめるのは一と仕事だろうが、――まあいい、先にむじな長屋へいって、治兵衛にこれを渡してくれ」

登は紙包みを袂に入れて立ちあがった。

四

中富坂の長屋へ着くちょっとまえに、すっかり雲に掩われて雷が鳴りだし、差配の住居へはいるとたんに、激しい夕立が降りだした。――治兵衛は草鞋《わらじ》を作っていたが、登を見ると、それを抛《ほう》りだすようにして立ちあがったなり、養生所へ迎いをやったところだと云った。

「佐八が喀血《かっけつ》したものですから」と治兵衛は傘を出しながら云った、「――使いの者にお会いでしたか」

「いや、よそへ廻っていたのだ」と云って登は紙包みを治兵衛に渡した、「これを新出さんから頼まれて来た」

治兵衛は傘を下に置き、黙ったまま、両手で押し戴《いただ》いて受取り、仏壇の中へしまった。それからもあい傘で路地へはいり、どぶ板を踏みながら佐八の家へいった。

その一帯は土地が急に低くなっているため、強い降りになるとたちまち水が溢《あふ》れる。小石川堀へ通ずる大溝《おおどぶ》への排《は》けが悪いから、——そのときも、僅かなあいだにどぶ板が浮きかかっており、長屋の女房たちがどしゃ降りの中で、いさましく排け口の塵芥《じんかい》をさらっていた。

佐八の住居は長屋とはなれていた。もとはそこも長屋だったが、七年ほどまえに崖崩《がけくず》れがあって潰《つぶ》され、端にあった一軒だけが残った。崩れた土が多量なので、家主は建て直すことを断念したが、佐八は自分で手を加え、その残った一軒だけを切りはなして、住めるようにしたのだという。——七年のあいだに、崩れた土の多くは水で洗われ、いまでは殆んど平らな空地になっているため、家主はまた長屋を建てる気になったそうで、そこへは古材木が運びこまれているし、地均《じなら》しも始めている、ということであった。

佐八の住居には治兵衛の妻のおことがいた。

「よく眠ってますよ」おことは登に挨拶してから、亭主にそう囁《ささや》いた、「ときどきおかしなことを云うけれど、きっと熱のために云ううわごとでしょう、苦しいのはおさまったようですよ」

「先生はよそへ廻っていらっしゃったんだ」と治兵衛は坐りながら云った、「使いが戻ったら先生はいらしったと云ってくれ、その傘をさしていったら、すぐに一本届けといてくんな」

おことが出ていったとたんに、真上の空で劈《つんざ》くような雷が鳴り、おことの悲鳴が聞えた。家ぜんたいが震動したような感じで、治兵衛は戸口へとびだしていき、路地の向うを覗《のぞ》いてみた。なにごともなかったのだろう、「子供みてえなやつだ」と呟きながら、戻って来て坐った。登は病人を眺めていた。

「一刻ばかりまえですが」と治兵衛が話しだした、「うちの嬶《かかあ》に粥《かゆ》を持たせてよこすと、ええ、昨日の午《ひる》から寝ていたんで、粥を拵《こさ》えて持って来させると、そこの仕事場で倒れていたんだそうです」

六帖《じょう》と二帖の住居にくっつけて、三坪ばかりの板敷の仕事場がある。佐八が自分で造ったのだろう、天床《てんじょう》もない板壁の、掘立て小屋のようなもので、車の輻《や》を作る材料や道具類が、一枚敷いた薄縁《うすべり》のまわりにちらばっていた。——おことが来たとき、佐八はそこに倒れたまま呻いており、板敷に血が流れていた。おことの知らせで治兵衛が駆けつけ、寝床へ入れるとまた喀血した。

「金盥《かなだらい》へ半分も吐きましたよ」と治兵衛は声をひそめて云った、「抱いているこっちも吐きそうになりました、私はてっきりこれでいっちまうもんだと思いましたよ」

佐八がふっと眼をあいた。

「おなか」と云って、佐八はあたりを見まわした、「おなか、どうして来たんだ」

静かな、はっきりした声であった。

「別れたかみさんです」と治兵衛が登に囁いた、「十七八年もまえに別れたんですがねえ、ええ、おなかという名前でしたよ」

佐八の眼は一点で停った。

「来なくってもいい」と佐八はまたはっきりした声で云った、「もうすぐにおれもいく、もうまもなくだからな、ああ、そうだとも、もうそんなに待たせやあしないよ」

彼は微笑しながら、そこにその人がいるかのように、やさしく頷いて、そしてまた眼をつむった。治兵衛は登の顔を見た。

「うわごとだ」と登は云った。

「死ぬ病人はよくこんなふうなうわごとを云うもんです」と治兵衛が囁いた、「だが私はこれをいま死なせたくない、どんなことをしてももういちど丈夫にしてやりたい、この佐八は、まるで神か仏の生れ変りのような男だったんですよ」

私もつい四五日まえに知ったのだが、と治兵衛は腕組みをし、声をひそめて語った。

佐八が長屋の人たちのために、稼いだものを惜しげもなく遣《や》っている、ということはまえにも聞いた。自分はまるで着る物も着ない、酒はもちろん煙草《たばこ》も吸わず、食う物さえ詰められるだけ詰め、そうして余しただけを全部、隣り近所の困っている家族に貢《みつ》いだ。——この事実は長いことわからずにいた。このむじな長屋のような、極貧者の集まるところでは、長く定住する者は稀《まれ》で、三年も経《た》つとすっかり顔ぶれが変ってしまうくらいである。佐八のしたことが長いあいだ知れなかったのも、佐八が固く口止めをしたのと、貢がれた相手が次つぎに去ってしまったからだろう。五年まえに佐八が病んで倒れたとき、初めてそれが治兵衛の耳にはいった。

「私はそのときほどほどにしろと云ってやりました」と治兵衛は云った、「自分が病んで倒れるまで人にしてやるばかがあるか、ほどということを考えろ、ってどなりつけました」

佐八は済まないとあやまったそうである。彼を倒したのは労咳であったが、医者にかかろうともせず、十日ばかり寝ると、起きて仕事をはじめた。彼は治兵衛に向かって、これからは迷惑をかけないように気をつける、自分の身のことを考えるから、と約束したが、実際にはその約束を少しも守らなかった。——病状が思わしくないので、治兵衛がむりに去定の診察を求めたところ、去定から厳重な養生を命じられた。

「ところがです」と治兵衛は組んだ腕をとき、両手を膝《ひざ》へ突き立てながら云った、「つい四五日まえにわかったんですが、相変らず人に貢いでいる、滋養になる物をこれこれと、新出先生から金をいただいているので、薬といっしょにきちんきちんと嬶に届けさせました、いちどにやっては安心ができないので、一日分ずつ届けさせたんです、これなら大丈夫だろうと思ったんですが、——聞いてみるとそれも人にやっていたんです、米も、魚や鳥や卵など、おまけに薬まで人にやっていたんだそうです、薬までも、ですよ先生」治兵衛のひそめた声が、怒りのためにふるえた、「——なんと云いようがありますか、私はのぼせあがるほどはらが立って、いきなりここへどなりこみました」

登は病人の顔を眺めていた。

――いったいなんのためだろう。

佐八のげっそりと骨立った顔を眺めながら、登は心の中でそう呟いた。佐八のしたことは常軌に外れている。思い遣りが深い、などという性分だけでは、そこまで人に尽せるものではない。治兵衛は「神か仏の生れ変りのような」と云ったが、登にはそうは思えなかった。もっと現実的な、むしろ、人間臭いなにかの理由があるのではないか、というふうなものが感じられたのであった。

佐八が深い太息《といき》をつき、また眼をあいた。血のけを失った白い唇に微笑がうかび、誰かに向かって頷いた、「きれいだ、うん」佐八はこんどもはっきりした声で云った、「おまえはきれいだ、そのえくぼがなんともいえないよ、おなか、こっちへおいで」

そして突然、佐八の顔に恐怖の表情があらわれた。骨立った頬が硬《こわ》ばり、大きく眼をみひらき、白く乾いた唇がふるえて、歯があらわれた。

「その子、――」と佐八はしゃがれた声で呻いた、「いけない、その子はいけない、この子を見せないでくれ、その子をそっちへやってくれ、そっちへ」

佐八は固く眼をつむって喘《あえ》いだ。

そのとき裏の空地のほうで、けたたましい叫び声と、狂ったように犬の吠《ほ》えたてるのが聞えた。このあいだに雷は去り、雨もあがっていて、裏の叫び声の中に「骸《がい》骨《こつ》だ」と云う言葉が、はっきりと聞えた。

治兵衛はそっと立ちあがった。

五

保本登は黄昏《たそがれ》がたまで佐八の側《そば》にいた。

差配の治兵衛は裏の騒ぎを聞いて、ちょっと見て来る、と云って出ていったまま、一刻ちかくも戻って来なかった。病人はすっかりおちついたようすで、半ば口をあけたままよく眠っているし、登はひどく腹がへってきたので、帰るためにそっと立ちあがった。すると、そこへ治兵衛が戻って来た。

「どうも済みません」と治兵衛は手拭《てぬぐい》で額を拭きながらあがって来た、「裏の地均しをしているところで、人足たちがいやな物を掘り出したもんですから」

「私は帰る」と登が声をひそめて云った、「病人はよく眠っているし、急変のおそれもないようだ、眼をさましたら薬をのませて、重湯《おもゆ》の濃いのをやってくれ」

「夕飯をいかがですか」と治兵衛が云った、「ろくなものはありませんが、いまばあさんが支度をしていますから、よろしかったらめしあがって下さい」

登は礼を云って断わり、その長屋を出た。

養生所へ帰ると、ちょうど食堂《じきどう》の終ったときで、森半太夫だけが残ってい、登はその隣りに坐った。板敷に板張りの、がらんとした食堂はすっかり片づいており、もう行燈《あんどん》も二つしかないため、あたりはひっそりと暗かった。当番の給仕はお初という中年の女で、汁は温めてくれたが、焼魚と菜の煮浸しは冷えていた。

半太夫は茶を飲み終って、そこを立ちながら云った。

「あとで私の部屋へ来てくれないか、こっちからいってもいいが、――ちょっと話したいことがあるんだ」

「今日は疲れてるんだ、いそぐのか」

「留守に天野というお嬢さんが訪ねて来たんだ」

登は足をすくわれでもしたような顔で、箸《はし》を止めながら半太夫を見た。

「天野のまさをさんという人だ」

半太夫はそう云って、食堂から出ていった。

「またお残しなすったのね」お初が半太夫の膳を片づけに来て云った、「お雪ちゃんのお給仕じゃなければ気にいらないのかしら、あたしが番のときに森先生がきれいに喰《た》べたっていうためしがないんですから」

登は黙って喰べていた。

給仕のせいではない、半太夫は春さきから食欲がおとろえていた。お雪の当番のときは、お雪の哀願するような表情に負けて、むりにも喰べるようであるが、そうでないときや、おかずの気にいらないときなどは、箸を取るのが苦痛だというふうにさえ、みえることが少なくなかった。

病気があるんだ、食欲のないのは病気があるからだ。

それもおそらく労咳であろうと、登はまえから推察していた。自分では気がつかずにいるのか、それとも、多くの病人がそうであるように、気づいていながら事実に眼をそむけているのか、どちらともはっきりとはわからない。去定は半太夫を愛しており、治療には必ず彼を伴うし、外診で留守にするときは、あとのことを彼にすっかり任せている。自分の後継者にと思っているようにみえるが、彼の健康についてはなにも云わないようである。去定の眼に、半太夫の軀のむしばまれていることがわからない筈はない。医者の不養生ということもあるし、身近な者には却《かえ》って注意が届かないということもあるが、去定ほどの人にそんなことは考えられない。

――たぶん知っているのだろう。

そして、「そうだ」と登は思った。いつか、去定は生命力と医術について、こういう意味のことを云った。或《あ》る個躰《こたい》は病気を克服するが、他の個躰は負けて倒れる。医者はその症状と経過を認めることができるし、生命力の強い個躰には多少の助力をすることもできる、だがそれ以上の能力はない。また、医術がもっと進歩すれば変ってくるかもしれないが、それでも個躰のもっている生命力を凌《しの》ぐことはできないだろう、というのであった。

「医術ほどなさけないものはない、と云ったな」登は茶を啜《すす》りながら呟いた、「――医者をながくやっていればいるほど、医術というものがどんなに無力かということがわかる、そんなふうに云っていた」

そう呟きながら、登は急に眼をあげた。彼は頭の中で、同時に幾つかのことを考えていたのである。佐八のことと、半太夫のことと、それから、留守にまさをが訪ねて来たということを。そのまさをのことが、とつぜんはっきりと意識の表面にうかびあがって来、彼はひどく鬱陶《うっとう》しい気分におそわれた。

食堂を出た登は、そのまま自分の部屋へはいった。するとまもなく半太夫が来て障子の向うから声をかけた。登は気乗りのしない声で、どうぞと答えた。

「少し蒸すようだな」と半太夫が云った、「ここをあけておこう」

窓の障子をあけてから、彼は坐った。

「今日はまったく疲れているんだ」

「避けるのはむだだよ」と半太夫が云った、「はっきり事実にぶっつかって、さっぱりするほうがいいんじゃあないか」

「ちぐさのことなら聞くまでもないよ」

「じゃあなぜまさをさんに会わないんだ」

「おれが、会わないって」

「ここへ訪ねて来て、一刻以上も待ったことがある、と云った、いることはわかっていたが、どうしても会ってくれなかった、と云っていたがね」半太夫は軽い咳をして、続けた、「――今日は私が応対に出たんだ、すると、ぜひ話を聞いて、保本さんに伝えてもらいたいことがあるという、たいへん思い詰めているようすなので私の部屋へとおしたんだ」

「聞きたくないね」と登は首を振った、「ちぐさのことなんか聞きたくない、胸がわるくなるよ」

「それならなおさら、きれいに吐き出してしまうがいい、問題はほかにもあるんだ」

登は疑わしそうに半太夫を見た。

「天野さんは保本をここから出して、御目見医《おめみえい》にする手配をしているそうだ」

登の唇がきっと一文字になった。

半太夫は話しだした。

天野源伯が法印《ほういん》で、幕府の表御番医を勤めていることはまえに書いた。源伯と登の父の保本良庵とは、古くから親しい友人であり、お互いの家族もしげしげ往来していた。天野には祐二郎《ゆうじろう》という男子と、二人の娘があった。登は保本の一人っ子だったが、どういうわけか、源伯は自分の子の祐二郎よりも登が贔屓《ひいき》で、登の顔さえ見ればにこにこし、おまえはひとかどの人間になるぞ、と繰り返し云うのであった。——残念ながら祐二郎はだめだ、あいつは遊芸人にでもなるつもりらしい、しようのないやつだ。

舌打ちをして、だがおれにも責任があるようだ、深酒ばかりやっていたときの子だから、などとも云っていた。こうして登が十九、ちぐさが十四のときに婚約ができ、やがて、登は長崎へ遊学することになった。そのときちぐさは十八になっていた。顔だちも軀つきもゆったりとして、もの云いもごくのびやかに、ひと言ずつゆっくりと、まをおいて話す調子が舌でも重いように感じられ、それがときには少女のようでもあり、またひどくおとなびた印象を与えるときもあった。

「長崎へ立つまえに結婚したいと、ちぐさという人は云ったそうだ」と半太夫は云っていた、「天野さんもそう望んだが、保本は断わったという」

「遊学のまえに結婚することなどできるか、婚約してから四年にもなるし、遊学の期間は三年だった」

「相手は十八歳だ」と半太夫が静かに遮った、「女のほうから祝言《しゅうげん》を望むのは、それだけの理由があったのだろう、保本にとっては遊学ということが第一だったが、十八歳になる女にとっては」

登は激しく首を振り、「よしてくれ」と乱暴に云《い》った、「書生と密通して出奔した女のことなんぞ、聞くだけでも耳のけがれだ」

「つまり」と半太夫が少し皮肉な調子でやり返した、「つまりそれは、みれんがあるということか」

登の唇がまた一文字にひき緊《しま》った。

「怒らずに聞いてくれ」と半太夫は云った、「もしみれんがないのなら、もう相手をゆるしてやってもいい筈《はず》だ、その夫婦は天野さん一族と義絶のままで、いま子供が生れようとしているそうだ、天野さんにとっては初孫だし、ちぐささんのほうでも母親の手を求めている、ここで保本が怒りを解き、天野さんにとりなせば、親子は元どおりになれるんだ、そうしてやる気持になれないか」

「まさをはそれを頼みに来たのか」

「もう一つは、保本をここから出そうという話だ」と半太夫が云った、「ここへ入れるように奔走したのは天野さんではなく、保本のお父上だったそうだ、ちぐささんの事で保本にまちがいがあってはいけない、気持のおちつくまで預かってもらう、という約束で入れたのだということだ」

だが、天野源伯は初めから反対しており、長く養生所などに置いては却って本人のためにならない、かねて約束したとおり、自分が御目見医の席を手配するから、なるべく早くここを出すようにと、話をすすめているそうだ、と半太夫は云った。

「それから、もし保本がその気持になってくれたら、じかに会って話したいことがある、とも云っていた」半太夫はそこでやわらかに微笑した、「——十七になられるそうだが、まさをさんはこまかく気のまわる、きれいで賢いお嬢さんじゃないか、保本のことが心配で気もそぞろという感じだったよ」

六

その夜、登はなかなか眠れなかった。昂奮《こうふん》して眠れなかったのではなく、静かな反省と悔いのためというに近かった。彼の頭の中で、ちぐさのおもかげが初めて、幼な馴染《なじみ》としてよみがえり、彼に向かって赦《ゆる》しを乞《こ》うように思えた。——ひどくおとなびてみえるときでも、ちぐさは自分の思うことを口には出せない。口にだせないだけでなく、そぶりにあらわすこともできない、というふうであった。登はそれを不注意に見すごしていたのだ。ちぐさはおくてのうえに、暢《のん》びりした生れつきで、まだ女らしい気持になっていない。結婚などはもっとさきのことだ、と思っていた。

「小さいじぶんから見馴れていたので、却って眼が鈍っていたんだな」彼は夜具の中でそう呟《つぶや》いた、「——もしそこに気がついていたら、長崎へゆくまえに結婚していたろうし、事情はすっかり変っていたに違いない」

おくてで暢びりしていて、まだ恋ごころなどはまったくあるまい、と思っていたために、裏切られた痛手も大きかったのだ。

「おれは自分のことだけにとらわれていたようだ」やがてまた彼は呟いた、「おれをここへ入れたのは、父が天野さんに籠絡《ろうらく》されたのだと思った、父は昔から天野さんには頭があがらなかったし、おれの将来についても天野さんに頼りきっていたからな、——おれはちぐさを憎み、父を、天野さんを憎み、おまけにこの養生所まで憎んだ」

登は顔をしかめながら、枕《まくら》の上で頭を左右に振った。

「ちぐさは自分のしたあやまちで傷ついた、天野さんも、父も、それぞれの意味で傷ついた、そのなかで、おれ一人だけ思いあがり、自分だけが痛手を蒙《こうむ》ったと信じていた、いい気なものだ」彼はもっと顔をしかめた。

「いい気なものだ、——ここへ来てからのことを考えてみろ、おい、恥ずかしくはないか」

登は夜具の中で、身をちぢめた。

明くる朝、少し寝すごした登が、おくれた朝食をたべ終るとまもなく、むじな長屋から迎えの者が来た。佐八の容態がおかしいから来てくれ、というのである。去定はすぐにいけと云い、一帖《じょう》の粉薬を渡して、もしひどく苦しむようだったら、これをのませてやれと云った。

「必要がなかったら持ち帰って、おれの手へ返せ」と去定は云った、「ふつうには使わない薬だから忘れないように気をつけてくれ」

登は支度をしてでかけた。

伝通院の脇《わき》までいったとき、横丁から走り出て来た中年の女が、登を見て呼びとめた。養生所の先生かと訊《き》くので、そうだと答えると、子供の病気が悪いから診てもらえないか、と激しく喘ぎながら云った。半年ばかり病んでいるが、溜っている薬礼が払えないために医者が来てくれない、子供はいまにも死にそうにみえるのだ、と訴えるのであった。

――この上衣のおかげだな。

その上衣は、養生所医員だということを示している。薬礼がとどこおっているために医者が来ない、女は家をとびだして来て、その上衣を認めるなり呼びかけたのだ。赤髯か、いいおやじだな、と登は思った。

「養生所へおいでなさい」と彼は女に云った、「私も危篤《きとく》の病人があっていく途中だから、養生所へいって頼むがいいでしょう、もうひと走りですよ」

女は礼を述べて、小走りに坂を登っていった。

佐八の家には治兵衛と、相長屋の者だろう、女が二人いて病人の世話をしていた。若い女房のほうが火鉢で湯を沸かし、老婆《ろうば》はしきりに古畳を拭いていた。明け方に少し喀血し、いましがたまた多量に血を吐いたのだという。金盥《かなだらい》がまにあわなくて、半分は畳へ吐いたそうで、老婆は湯で雑巾《ぞうきん》をしぼっては、丹念に畳の目を拭いていた。

「ゆうべ重湯を少しと、卵の黄身を半分ばかりたべたそうです」と治兵衛は呟いた、「ばあさんは泊るつもりで、蒲団《ふとん》まで持って来たんだが、どうしても病人が承知しないそうでして、今朝はまだ暗いうちに来てみたら、よごした物を自分で片づけていたそうです」

登は佐八の枕許《まくらもと》へすり寄った。

佐八は眠っているらしかったが、眼も薄くあいているし、口は下顎が外れでもしたように、力なくがくりとあいていた。顔色はどす黒く、まったく生気を失い、頬肉はそぎ取ったようにこけて、皮膚が顎のほうへ皺《しわ》をなしてたるんでいた。

「もうもちますまいか」

「そうらしいな」登は枕許からはなれた、「もう人間の手には負えないようだ」

「こんないい人を」と治兵衛は太息《といき》をつきながら云った、「ろくでもない*娑婆《しゃば》塞《ふさ》げがうじゃうじゃいるのに、こんないい人間をとられるなんて、神ほとけを恨みたくなりますよ」

若い女房が登に茶を淹れて来た。

「今日は裏が静かなようだな」登は茶には手を出さずに訊《い》いた、「地均しは終ったのか」

「いや、町方*の調べがあるので、それが済むまで手がつけられないのです」

「なにかあったのか」

治兵衛はいやな顔をし、それから、声をひそめて語った。

裏の崖崩《がけくず》れの跡を均していたら、蒲団に包まれた死躰が出て来た。すっかり腐って、殆んど骨ばかりになっていたが、蒲団の綿がしっかりしていたためだろう、頭から手足まで揃《そろ》っており、若い女だということも、着物の残り切れや、たっぷりある髪の毛などですぐにわかった。――七年まえ、崖崩れで土が動いたから、元の場所ははっきりわからない。潰された長屋より上にあったと思えるが、その状態から察すると、殺して埋めたものに相違なく、今日は町方が調べに来る筈である、と治兵衛は云った。

「骨になっているようでは、よほど古い死躰なんだな」

「善能寺の墓掘りに見せたんですが、十五年くらい経っているだろうと云ってました」

「殺して埋めたと、どうしてわかった」

「棺桶《かんおけ》らしい物が見えませんし、病死したものならまさか蒲団に包んで埋める、なんということはないでしょう」と治兵衛が云った、「しかし、もし墓掘りの云ったように、十五年もまえのことだとすれば、こいつはちょっと調べようがないでしょうな」

戸口に人の声がし、五十ばかりになる男がひょろひょろとはいって来た。ずんぐりした軀《からだ》つきで、めくら縞《じま》の長半纏《ながばんてん》を片前さがりにだらしなく着、よれよれの平ぐけをしめていた。頬から顎へかけて、まっ白な無精髭《ぶしょうひげ》が伸びており、禿《は》げた頭は油でも塗ったように、てらてらと赤く光っていた。ひどく酔っているのだろう、絶えずよろめきながら、充血した眼でこっちを覗きこんだ。

「はいって来ちゃあだめだ」と治兵衛が手を振った、「病人の容態が悪いんだからだめだ、帰んな帰んな」

「いまね、町方の旦那《だんな》がたがね、来てますぜ」とその男は云った、「差配を呼んで来いってね、おまえさんたしか、まだ差配じゃなかったかい」

七

「よけいな口をきくな」と治兵衛はきめつけてから、登に向かって云った、「お聞きのとおりですから、私はちょっといって来ますが」

登は頷《うなず》いた。

治兵衛がその男と出ていくと、手伝いの老婆も、うちをみて来ると云って、裏口からたち去った。するとまもなく、治兵衛といっしょに出ていった男が、一人でふらふらと戻って来、あいそ笑いをしながら、上《あが》り框《がまち》へどしんと腰をおろした。

「だめよ平さん」若い女房が勝手から出て云った、「差配さんに怒られたばかりじゃないの、御病人に障《さわ》るから帰ってちょうだい」

「養生所の先生ですね」男は登に向かって云った、「おらあ平吉ってもんで、新出先生とは古い馴染です、ええ、このむじな長屋では佐八とおいらがいちばん古い店子《たなこ》でしてね、その佐八が重病だってえのに、おいらに会わせてくれねえ、――そこにいるお松なんぞはよそから来たくせにしやがって、病人に障るから帰れなんてぬかしゃあがる」

「酔ってなければ云やしないわ」と若い女房が云った、「酔ってる平さんは事のみさかいがつかないんだもの、差配さんだってそう云ったでしょ」

「うるせえうるせえ」平吉という男は首を振って遮った、「おらあ九つの年から飲み始めて、四十年ちかいあいだ酒の気の切れたことのねえ人間だ、素面《しらふ》のときは知らねえが、酔ってるときに事のみさかいのつかねえようなためしはありゃあしねえ、嘘《うそ》だと思うなら赤髯の先生に訊いてみろ」

平吉はそこでにやっと笑った、「——いつか赤髯先生がおれに云ったっけ、おれがやけ酒を飲みすぎて、妙な物を吐いてぶっ倒れたときだ、先生はこんなおっかねえ顔をして、病気になるほど飲む金があるんなら、ちっとは女房子のことも考えろってな、冗談じゃねえ、ええ、先生は外側からおれのことを見るからそんなことが云えるんだ、おらあそ云ってやった、いっぺんおいらのような人間の心の中へへえってみてくれって、……金持や学のある人なら、これはしちゃあいけねえとか、こうしちゃあ損だからこうしようとか、為《ため》になることとならねえことの区別ができるだろう、が、そいつは金や暇があるか、学のある人間のこって、おれっちにゃあそんな器用な芸当はできやあしねえ、そうじゃあねえか、おれっちのような人間は夜昼なしに稼いでも、満足におまんまも食えねえ、毎日々々、今日はどうやって食おうか、今日は凌《しの》ぎがついたが明日はどうする、嬶《かかあ》*がとやについた、がきが生れそうだ、店賃《たなちん》が溜って追い立てをくってる、どこでどうくめんしたらいいか、——毎日毎晩、何十年となくそんなくらしをしているんだ、ええ、外側から見ればただ飲んだくれてるようにみえるだろうけれども、心の中はそういったようなもんだ、冗談じゃあねえ、嬶やがきのことなんぞ考えてみろ、とたんに飲まずにゃあいられなくなるんだから」

佐八が呻《うめ》き声をあげ、なにか云った。登がすり寄って覗くと、あなたに話がある、としゃがれ声で囁いた。

「お松さんも、平さんにも帰ってもらって下さい」

登は頷いて、二人にそのことを告げた。

平吉は立たなかった。お松はうちに用もあるからと云って、すぐに帰っていったが、平吉はぐずぐず文句を並べ、しまいにはそこへごろっと寝ころんでしまった。

「そのままにしといて下さい」と佐八が云った、「それで眠ってしまうでしょう、――済みませんが水を一杯いただけませんか」

登は平吉の寝ぐあいを直してやり、それから病人の湯呑《ゆのみ》を取って、火鉢にかかっている鉄瓶《てつびん》の湯を注ごうとした。しかし佐八は水が欲しいと云った。

「もう、なにを飲んでもいいのじゃありませんか」佐八は弱よわしく微笑した、「どうぞお願いします」

登は勝手へいって水を汲《く》んで来てやった。

「私は貴方《あなた》が、その上衣を着て下さるようになったので、うれしく思ってました」

佐八は水を一と口すすってから云った、「それでまた何十人かの貧乏人が助かることでしょう」

登は来る途中のことを思いだし、おまえの云うとおりだった、と心の中で答えた。

「いま平吉の云ったことも、ただ飲んだくれのくだだと、笑ってしまわないで下さい、貧乏人はたいてい、あんなふうに考えているものです」と佐八はまた云った、「一日々々がぎりぎりいっぱい、食うことだけに追われていると、せめて酔いでもしなければ生きてはいられないものです」

「それもわからないことはないが、中には佐八さんのような人もいるからな」

「私ですか」

佐八はぼんやりとそう云い、湯呑を取って、寝たまま巧みにもう一と口水をすすった。

「私は、この長屋の人たちに、自分がなんと云われているか、知っています」佐八は湯呑を置いて云った、「差配の治兵衛さんが、新出先生や貴方に話したことも、みんな聞いていました、――とんでもない、勿体《もったい》ない、みなさんはなにも知らないから、私のことを褒めたりするんです、本当のことを知ったら、私がどんな人非人《ひとでなし》かということを知ったら、みんなは洟《はな》もひっかけやしないでしょう」

「話というのはそのことか」

「そうです」と佐八は頷いた、「これまでは誰にも云わなかったし、人に気づかれはしないかと、いつもはらはらしていました、しかしもう、私も長いことはない、今日のうちか、もっても明日いっぱいでしょう、いや、なにも仰《おっ》しゃらないで下さい、つまらないことを云うとお思いになるかもしれませんが、昨日から迎えが来ているんです」

登は黙っていた。佐八の口ぶりはむぞうさだが、ひやりとするほど実感がこもっていて、登は一種の圧迫を感じたのであった。

「聞いていただきたいのは女房のことです」と佐八は穏やかに話しだした、「名前はおなかといって、私とは三つ違い、知りあってから一年めに夫婦になりました」

のろけのように聞えるかもしれないが、そこを話さないとわかってもらえないから、不愉快だろうが、辛抱してもらいたい。そう断わってから、佐八は語りだした。

彼はもと下谷《したや》の金杉に住んでいた。親方の家に住込みで、やはり車の輻《や》を作る職人だったが、早く亡《な》くなった両親は、奥州《おうしゅう》のどこやらの出だと聞いただけで、彼は十五の年にみなし児《ご》になり、親方夫婦を親ともみよりとも頼んで育った。おなかは隣り町の「越徳《えちとく》」という呉服屋の女中で、知りあったときは二十一になっていた。初めて口をきいたのは春の早朝のことで、佐八は新吉原《なか》からの帰りだった。――友達とのつきあいで、前の晩おそく京町の妓楼《ぎろう》にあがり、友達は居続けときめたが、彼は親方の気を兼ねて、一人だけさきに帰った。外はようやく白みかけた時刻で、大音寺の前まで来ると、雨がぱらついて来、彼は裾《すそ》を端折《はしょ》って、小走りに道をいそいだ。

八

春の雨だとたかをくくっていたが、金杉の通りへ出ると降りが強くなり、やがてどしゃ降りになった。佐八はままよと思い、手拭をかむった頭からずぶ濡《ぬ》れになりながら、ゆっくり歩いていくと、若い女中が呼びかけ、印のある番傘を貸してくれたのである。

――どうせ濡れちまってるんだ。

――でも軀に悪いから。

そんなやりとりをしたうえ、彼はその傘を借りて帰った。それがおなかであった。傘を返しにいってから、佐八はおなかが忘れられなくなった。雨の中をとんで来て、「でも軀に悪いから」と傘を貸してくれたとき、すでにその眼顔や声にひきつけられたらしい。それからむりに呼びだして、幾たびか入谷《いりや》の田圃《たんぼ》で逢《あ》った。むりではあったが、おなかは拒まなかった。そのうちに休みの日ができて、二人は谷中の天王寺でおちあい、佐八は自分の気持をうちあけた。

——うれしいわ。

おなかは蒼《あお》ざめた顔でそう云った。その「うれしいわ」という単純な言葉が、まるで朝顔の花が咲くのを見るような、新鮮ですがすがしい感動を佐八に与えた。

——うれしいけれど、だめなの。

蒼ざめた顔のままで、おなかはそっとかぶりを振った。彼女には七人の弟妹があり、父が病身なので仕送りをしている。それに女中奉公にはいるとき、向う十年の年期で、給銀を借りているし、仕送りの金も他の奉公人よりも多かった。それはおなかの父がもと越徳の店に勤めていたことと、店を出て担《かつ》ぎ呉服をやって来たが、その品も越徳から仕入れていた、という縁もあったのだが、いずれにせよ自分のからだが自由にならないのだとおなかは話した。

——年期はどのくらい残ってるんだ。

——あと一年だけれど、仕送りの金が借りになっているから、年期が明けても出るわけにはいかないのよ。

——借りた金を返せばいいだろう。

——義理というものがあるわ。

——人間の一生を縛るような義理はない、おれに任せてくれないか。

おなかはかぶりを振った。店を出るにしても、病身の父と弟妹が多いから、いっしょになればあなたの重荷になるだけだ、というのであった。そのくらいのことはしようじゃないか、と佐八は云った。自分には親もきょうだいもない、おまえの親はおれの親、おまえのきょうだいはおれのきょうだいだ。親きょうだいに貢《みつ》ぐくらいのことはできるよ、と佐八は云ったのだ。

佐八はそれから精いっぱい稼いだ。月にいちど、入谷の田圃でおなかと逢った。おなかの家は浅草山谷《さんや》にあり、毎月いちど、暇が出て父のみまいにいく、その日にうち合せをして逢い、田圃道を山谷の近くまで送るのであった。佐八は酒の飲めるたちだったが、その酒もやめ、つきあいの遊びもやめた。ちょうど友達なかまで新内節がはやっていて、佐八も半年ばかり稽古《けいこ》にかよっていたときだったが、それもぴたりとやめて稼ぎに稼いだ。

こういうひたむきな気持が通じたのだろう、おなかもやがて心をきめ、年期があけたらいっしょになろうと約束した。佐八は家族に会いたいと云ったが、それだけはおなかが承知せず、家の近所へ近よることさえ、いこじなくらい強く拒みとおした。

――いまはどうしてもいやなの、いっしょになるまで待ってちょうだい。

理由はあんまりみじめだから恥ずかしい、ということであり、佐八もしいてとは云いかねた。けれども、あとでわかったことだが、もっと深い、ぬきさしならぬ理由がほかにあったのだ。

一年のち二人は夫婦になった。佐八が親方へすべてを話し、親方が越徳へいってくれた。越徳では渋ったが、借金をきれいに返し、自分が親代りになると云って、ようやく承知をさせたのである。二人は下谷の山崎町に家を持ち、佐八は親方の店へ働きにかよった。そうして約一年、穏やかでたのしい日が続いた。――佐八はしんそこおなかが可愛《かわい》かった。夫婦になるまえよりも、夫婦になってからのほうがずっと可愛く、云いようのないほどいとしい者になった。

「そして丙午《ひのえうま》の年の火事になりました」と佐八は静かに続けた、「――あれは二月末の昼火事で、下谷一帯から浅草橋まで焼けたものですが、私が金杉の店から駆けつけてみると、うちのあたりはいちめんの火で、近よることもできませんでした」

佐八はそこでまた水をすすった。

彼は気が狂いそうな思いで、おなかを捜し歩いた。そのとき金杉の店も飛び火で焼けたのだが、彼はそれさえも知らなかった。昼間ではあるし若い女一人の身軽だから、まさか焼け死ぬようなことはあるまい、どこかに逃げているのだと信じて、焼け出された人たちの集まっているところを、次から次と捜しまわった。そして明くる日、山谷は焼けなかったので、そこへ訪ねていったが、「おなかは来ない」というだけだった。それまで毎月の仕送りはしていたが、おなかが嫌うので、佐八がその家を訪ねたのは二度めであり、家族の態度は冷淡を極めていた。

「まるで、娘を一人ぬすまれた、とでもいうようなあんばいでした」

佐八はそう云って太息《といき》をついた。

金杉の店が焼け、親方夫婦は荏原《えばら》のほうの田舎へひっこんだ。佐八は友達の家に寝泊りをして、半月ばかり焼跡や、*お救い小屋をたずね歩いたのち、ようやくおなかは死んだものと諦《あきら》め、すると急に気落ちがして、そのまま友達の家で寝こんでしまった。

「このむじな長屋へ越して来たのは、その年の七月のことでした」佐八は遠いなにかを追い求めるような眼つきで云った、「やっぱり友達なかまの世話で、長屋の端に仕事場をくっつけ、注文を取るのも、仕上げた物を届けるのも自分でやり、めしもたいていは飯屋でかたづけるというぐあいで、どうやら暢気《のんき》にくらすようになりました」

嫁を貰《もら》えと、うるさくすすめられたが、いつもあいまいに話をそらして、彼は独りぐらしを続けていた。二年経って二十八の年の夏、佐八は浅草寺《せんそうじ》の境内《けいだい》でおなかと出会った。＊四万六千日の日で、境内は参詣《さんけい》の人たちでいっぱいだったが、念仏堂の脇の人混みの中で、二人は真正面から出会い、お互いを認めて立竦《たちすく》んだ。おなかは赤児《あかご》を背負っていた。少し肥えたうえに髪の形も違って、おも変りがしていたのに、佐八は一と眼でおなかだと気づき、彼女のほうでもすぐに彼だということを認めた。

——しばらくだったね、と佐八が云った。

——しばらくでした、とおなかが答えた。

混みあう人のために押されて、二人は奥山のほうへと歩いていった。

九

境内を一と廻りしたうえ、随身門《ずいじんもん》から外へ出ると、佐八は蕎麦屋《そばや》をみつけて、おなかといっしょにはいり、その二階へあがった。二階には客がいず、おなかは赤児をおろして、乳を含ませた。

——おまえの子だね。

——ええ、太吉っていうんです。

——もう誕生ぐらいか。

——九月めです。

佐八は胸を抉《えぐ》られるように感じた。

「鑿《のみ》かなんか突込まれて、ぐいぐい抉られるような気持でした」佐八はちょっと眉《まゆ》をしかめた、「——憎らしいとか、くやしいとかいうのではなく、ただもういじらしくって哀れで、……おかしなはなしです、自分の女房が他人の子を産み、眼の前でその子に乳を飲ませているんですから、本当なら思う存分やりこめたうえ、半殺しにでもしてやるところでしょう、それがただもう哀れで、哀れで、もしできることなら、抱き緊《し》めていっしょに泣いてやりたいような気持でした」

登はふところ紙を出して、そっと佐八の額の汗を拭《ふ》いてやった。

そのときはそれで別れた。佐八はなにも訊かず、おなかもなにも話さなかった。蕎麦が来たが、二人とも箸《はし》をつけないままで、やがて立ちあがり、佐八が赤児を背負わせてやった。

――仕合せにやってるんだね、と佐八が訊いた。

――ええ、とおなかは口の中で答えた。

――もう逢えないだろうな。

おなかは答えずに、背中の子をゆすっていた。蕎麦屋を出たところで別れ、佐八が見送っていると、曲り角のところでおなかが振返り、こっちを見ておじぎをした。

「それから五六日、私はまったく仕事が手につかず、久しいこと口にしなかった酒を飲んで、酔っては寝、酔っては寝るという始末でした」佐八はそっと頭を振った、「自分の軀の半分がおなかのほうへ取られて、おなかのやつといっしょに苦しんでいる、といったような気持でした、どういうわけなのか、やっぱり憎いとかくやしいという気は少しも起こらない、別れたときのうしろ姿、振返っておじぎをした姿が眼にうかぶと、ただもう哀れで哀れで、息が止まるように苦しくなるんです」

そして或《あ》る日の夕方、むじな長屋へおなかが訪ねて来た。

佐八は酔って寝ころんでいた。おなかは赤児を伴《つ》れていず、うちへはいるとその手で入口の雨戸を閉め、あがって来て、そっと佐八の側《そば》へ坐《すわ》った。佐八はおなかだということにすぐ感づいた。雨戸を閉める音でおなかだなと思い、それが少しも意外でないことに気づいて、却《かえ》っておどろいたくらいであった。

——車坂の利助さんに訊いて来ました、とおなかは囁《ささや》き声で云った。

——ああ、利助にはいろいろ世話になった。

——その話も聞きました、済みません、かんにんして下さい。

佐八は呻き声のもれるのを抑えるために、全身の力をふり絞った。彼は静かに起きあがって、行燈《あんどん》をひきよせた。すでに時刻でもあるし、表の雨戸を閉めたので、部屋の中は夜のように暗かったのだ。

——どうか灯をつけないで下さい。

おなかはそう云って泣きだした。

——かんにんして下さらないんですか。

——わからない、と佐八は呻くように云った。自分でもそこがわからない、けれども、生きていてくれてうれしかったとは思うよ。

——わけを聞いて下さいますか。

——おまえがつらくなければな。

おなかは沈黙した。嗚咽《おえつ》をしずめるためだったろう、暫《しばら》くしてそっと洟《はな》をかみ、そうして、感情をころした平べったいような調子で語った。

彼女には約束した男があったのだ。山谷にいる父の友達の子で、親の家をとびだして来、同じ町内に住んで、大工の手間取りをしていた。おなかと同い年だったが、十六七のころから「おれはこのうちの人間になるんだ」と云って、稼いだ物をおなかの家族に貢いでいた。二十歳になったとき、はっきりおなかが欲しいといい、彼女の親達はよろこんで承知した。

――あたしがそれを知ったのは、あなたから話を聞くちょっとまえのことでした。

彼女の気持はまだはっきりしていなかった。その男が嫌いではなかったし、自分たちの家族がして貰ったことに恩義も感じていた。しかし、その男の妻になるということは、まるでひとごとのように実感がもてなかった。そのとき佐八に会ったのである。おなかは佐八に強くひきつけられた。はっきり事実を云って、断わらなければいけないと思いながら、自分で自分がどうにもならず、なかば夢中で、佐八にひきずられていった。

――だってどうしようもなかったのよ。

おなかはそう云いながらまた泣きだし、声を忍んで、ながいこと嗚咽していた。

やがておなかは心をきめた。佐八といっしょになろう、恩義は恩義、あとでどうとでも返す法はあろうから。そう決心して、越徳の主人にも話し、山谷の親たちにも話した。自分でもこわいほど強い気持になり、涙もこぼさずにねばりぬいた。……佐八の親方が話しにいったとき、越徳の主人が渋ったのも、また佐八が山谷の家を訪ねたとき、家族の者がひどく冷淡だったのも、それだけの理由があったからなのだ。そして二人はいっしょになった。約一年の生活は、おなかにとって一生に代えても惜しくないほど、仕合せな、満ち足りたものであった。

——あなたとの一年で、あたしはこの世に生れて来た甲斐《かい》があったと思いました、こんなに仕合せでいい筈はない、このままではいまに罰が当るにちがいないって、独りのときはよく考えたものです。

火事のとき、おなかの頭に閃《ひらめ》いたのは、この「罰が当るにちがいない」という考えであった。そんなばかなことがと、火に追われて逃げながら、自分の愚かしい考えを否定したが、否定すればするほど、そのおもいは強くなるばかりだった。

もう人の一生分も仕合せにくらした、この火事がその証拠だ。

この火事が、区切りをつけろという証拠だ。そういう言葉が、誰かの囁きのように、頭の中ではっきりと聞えるようであった。佐八は自分が焼け死んだと思うだろう、それで一切のけりがつく、けりをつけるときが来たのだ。そんなふうに思いながら、ふと気がつくと、山谷のうちの前に立っていた。

――それからのあたしは、本当のあたしじゃあなく、べつの人間になったような気持でした。

本当の自分は佐八のところにいる、ここにいるのは自分とは違う人間だ、おなかはそう思った。事実、それからは腑《ふ》抜《ぬ》けにでもなったようで、親の云うままにその男と夫婦になり、本所《ほんじょ》のほうで世帯《しょたい》をもった。

十

それから二年、太吉という子供も生れて、その男との生活も、それなりにおちついて来たと思ったとき、浅草寺で佐八と出会った。

おなかは眼がさめたように思ったという。長いこと眠っていて、そのときふっと眼がさめたような気持だった。神隠しにあった者がひょいと自分の家へ帰った、とでもいうような気持で、火事からあとのことは、現実のものではないように感じられてきた。

――いまでもそうなの、いまこうして話しているのがあたしだということはわかるけれど、ほかに良人《おっと》や子供を持った自分がいるとは、どうしても考えられないのよ。

そう云っておなかは身もだえをした。

——あたしそれで、あなたのところへ帰って来たの、わかってくれるわね、あなた、あたし帰って来たのよ。

——それは本気で云うのか。

——抱いてちょうだい。

——また向うへ戻りたくなるんじゃあないのか。

——お願いよ、抱いて。

佐八はそっと、おなかを抱きよせた。おなかは片手でなにかを直し、それから双の腕を佐八に掛けて、力いっぱい抱きつき、同時に「ひ」と短く、するどい悲鳴をあげた。

——放さないで。

おなかはしがみついたまま云った。

——あたしを放さないで。

そしておなかは絶息した。

「左の乳の下を、匕首《あいくち》で一と突きでした」と佐八は云った、「医者を呼ぶまでもない、一と突きで即死です、……これでもうおわかりでしょう、あいつは放さないでくれと云いました、私も放したくはなかった、いちどはその匕首を手に取ってみたが、おなかのやつが死んではいけないと云っているようで、死ぬことは諦めました、そして、そうです」

佐八は咳《せき》こんだ。躰力《たいりょく》が消耗しきっているため、軀を折り曲げ、枕を両手で摑《つか》んで、いまにも息が絶えるかと思うほど、苦しげに咳いった。登はすり寄って、骨のあらわな背を撫《な》でてやり、咳がおさまるのを待って、そっと水をすすらせた。「そうです」佐八は暫くして、しゃがれた弱よわしい声で云った、「昨日この裏で掘り出されたのが、おなかです、崖崩れのあるまえには、あそこが私の仕事場でした、私は仕事場の下におなかを埋めて、ずっといっしょにくらして来たのです」

近所の人たちにしたことは、おなかに対する供養《くよう》の気持だった。決して感謝されたり、褒められたりするいわれはない。おなかの良人や子供がどうなったかは知らないが、自分はかれらに悲しいおもいをさせ、おなかを殺したも同然である。いつかはこの事実のあばかれるときが来るだろう、それまではおなかへの供養と、自分の罪ほろぼしのために、少しでも人の役に立ってゆきたいと思った。

「迎えが来た、と云ったのはこういうわけだったのです」と佐八は云った、「――昨日、裏で人の騒ぐ声を聞いたとき、私はああそうかと思いました、おなかが迎えに来た、これで本当に二人がいっしょになれる、これでやっと安楽になれるんだって」

上り框にごろ寝をしていた平吉が、とつぜん唸《うな》り声をあげ、水を持って来い、とばかげた高声で喚《わめ》きだした。

「差配の因業《いんごう》じじい、お梅ばばあのしみったれ」と彼は喚いた、「佐八のばか野郎、赤髯のへちゃむくれ、おめえらはみんな大ばかのひょっとこだ、へっ、どうせこの世は*二合五勺《こなから》よ、むずかしい面《つら》あしたって底は知れてらあ、酒でもひっかけて酔っぱらうほかに、——やい、聞えねえのか、水を持って来い」

「保本先生」と佐八が云った、「どうか、差配のところへいって、そう仰しゃって下さい、その骨はおなかで、私が埋めたものだって、——よけいな手数が省けますからね」

三度目の正直

一

梅雨があけて半月ほど経《た》ったころ、狂女のおゆみが自殺をはかった。まえにも記したとおり、彼女はお杉という若い召使と二人で、病棟から離れた住居にいる。それは彼女の親が新らしく建てたもので、窓には太い格子《こうし》があるし、一つだけの出入り口には鍵《かぎ》が掛かる。ぜんたいが座《ざ》敷牢《しきろう》のような造りになっており、召使のお杉はその出入りごとに、いちいち鍵を外し鍵を掛けるのであるが、その日、お杉が炊事場で夕餉《ゆうげ》の支度をしているあいだに、おゆみは窓の格子へ扱帯《しごき》をかけて、縊死《いし》しようとした。

そのとき保本登は養生所にいなかった。彼はいつものように、新出去定の供をして外診に廻ってい、その時刻には神田佐《さ》久《く》間町《まちょう》の、藤吉という大工の家で、猪之《いの》という男の診察をしていた。猪之はやはり大工で藤吉の弟分に当り、年は二十五歳だという。初め養生所へ頼みに来たのは、兄哥《あにき》分の藤吉であった。

——ほかの医者はみんな気が狂ったというんですが、私にはそうは思えない、猪之とは頭梁《とうりょう》の家で子飼いからいっしょだったし、頭梁の家を出たあとも、私が女房を貰《もら》うまでは、長屋の一軒でいっしょにくらしました。こうやって十年以上もつきあって来て、あいつの性分も癖もよく知っているんです。

だから気が狂ったなどとは信じられない。なにか病気があり、治す方法があると思う。ぜひいちど診に来て頂けまいか、と藤吉は熱心に頼んだ。去定は承知したが、急を要する病気が少なくないから、二三日のちにと約束をした。二三日というのが七日も経って、その日は呉服橋の近江屋《おうみや》という、商家の隠居を診にいったので、帰りに佐久間町へまわったのであった。

猪之は小柄な若者で、顔だちもきりっとしているし、いかにも腕っこきの職人、といった感じにみえたが、いまはぐあいが悪いからだろう、眼はとろんとして動きが鈍く、唇にもしまりがなく、去定に診察されていながら、診察されているということにも、はっきり気がつかないようであった。なにを訊《き》いてもなま返辞しかしないし、だらしなくにやにや笑ったり、診察が終るとすぐ横になり、怠けたような声で、藤吉の妻に茶をくれと云《い》った。

「あねさん」と彼はまのびした調子で云った、「済まねえが、茶をくんねえかな」

藤吉はまだ仕事から帰らず、おちよという女房が一人で応対していたのであるが、猪之にそう云われると、おちよはあいそよく立って、手ばしこく三人のために茶を淹《い》れ替えた。猪之は肱枕《ひじまくら》をしたまま、ぼんやりおちよのようすを見まもっていて、ひょいと去定に一種のめくばせをし、顔をしかめて囁《ささや》いた。

「へっ、女なんてもなあ、——ね」

軽侮と嫌悪《けんお》のこもった表情であった、去定は黙って、さりげなく猪之とおちよを見比べていた。藤吉の家を出ると、街は片明りに黄昏《たそが》れかけ、湯島台の家並が高く、紫色の影になって見えた。

「保本はどう思う」

神田川に沿って、聖坂《ひじりざか》のほうへ歩きながら、去定は前を見たままそう訊いた。登のうしろで、薬籠《やくろう》持ちの竹造が「へ」といった。自分が訊かれたと思ったらしい。登は彼に手を振ってみせて、それから去定に答えた。

「私は気鬱《きうつ》症だと思います」

「都合のいい言葉だ」と去定は云った、「高熱が続けば瘧《*おこり》、咳《せき》が出れば労咳《ろうがい》、内臓に故障がなくてぶらぶらしていれば気鬱症、——おまえ今日からでも町医者ができるぞ」

登は構わずに反問した、「先生はどういうお診たてですか」

「気鬱症だ」と去定は平気で答えた。

登は黙っていた。

「明日おまえ一人でいってみろ」と去定は坂にかかってから云った、「藤吉と二人の、昔からのことを詳しく訊くんだ、あのとおり当人はなにも云わないから、藤吉に訊くよりしようがない」

「どういうことを訊きますか」

「なにもかもだ」と去定が云った、「詳しく聞いているうちには、これが原因だと思い当ることがあるだろう、そうしたらその点を中心に納得のいくまで訊き糺《ただ》すのだ」

それほどの必要があるのか、登はそう問い返したかった。養生所の生活に馴《な》れるにしたがって、医者がまずなにをしなければならないか、ということを登もほぼ理解するようになった。そして現在、養生所はもとより外診でも、去定の手を待ちかねている病家がずいぶんある。それに比べれば、猪之などは病人ともいえないし、そんな手間をかけて治療する必要があるとは思えなかった。

——うっちゃっておけばいいじゃないか。

そう云いたかったのであるが、去定がそのくらいのことを知らないわけがないし、命ずるからにはそれだけの理由があるのだろうと思い返して、よけいなことは云わないことにした。

養生所へ帰ったのはちょうど夕食の時刻で、登は洗面し着替えをすると、森半太夫に声をかけて食堂《じきどう》へいった。半太夫の部屋からは返辞が聞えず、食堂へいってみると、彼はもうそこで食事を始めていた。

登が膳《ぜん》に向かうのを待って、半太夫はおゆみのことを話しだした。しかしすぐに、なにか気づいたようすで、ぶきように慌《あわ》てて、話をそらそうとした。おゆみと登とのことを、まだ気にしているのであろう。登にとってもそのときの傷は、まだ心に深く残っているが、そんなふうに遠慮されることのほうが、却《かえ》って重荷に感じられた。

「それでどうした」登はこっちから話を戻した、「助からなかったのか」

「いや助かった、危ないところだったが」と半太夫が答えた、「扱帯で縊《くび》れた痕《あと》がひどいし、声もすっかりしゃがれてしまった、顔も腫《は》れたままだが、腑《ふ》におちないのは、縊死しようとしたのは気が狂ったからでなく、どうやら正気でやったことらしいんだ」

登は箸《はし》を止めて半太夫を見た。

「あとで新出さんに診てもらおうと思うんだが」と半太夫は陰気に続けた、「私の診たところだと、だんだん正気でいる時間が長くなって来て、自分の狂っていることや、檻禁《かんきん》されているという事実がわかり始めた、そのために絶望的になって、自殺しようとしたのではないかと思うんだ」

登はちょっとまをおいて云った、「あれは頭が狂っているんではなく、躰質《たいしつ》からきたものなんだがね」

そして軽く笑いながら付け加えた、「今日はこっちも妙な病人を診て来たよ、もしあの娘が死んでいたら、代りにあの住居へ入れるかもしれないような男さ、――おまけに、明日から私はその男の診察を仰《おお》せつかってしまったよ」

二

翌日、登はまだ暗いうちに養生所を出た。

去定の供をしているあいだに、足のほうもかなり達者になり、佐久間町へ着いたときには、藤吉はまだ家で飯を喰《た》べていた。登はおちよに藤吉を戸口まで呼んでもらい、去定から命ぜられたことを告げた。

「猪之はまだ寝ていますが」と云って、藤吉は頭を掻《か》いた、「詳しい話をするには、うちではちょっとまずいんですがね」

「仕事場へいってもいいよ」

「仕事は代ってもらえるんですが」藤吉は気の毒そうに云った、「頭梁に断われば代ってもらえるんですが、堀江までいって下さいますか」

「仕事を休むことはないだろう」

「話すならゆっくり話したいし、なに、いまの帳場はあっしでなくってもまにあうんです、じゃあちょっと飯を片づけちまいますから」

登は外へ出た。

そこは佐久間町四丁目で、うしろが神田川になっている。家は二戸建てだが、格子戸のある小ぢんまりした造りだし、隣り近所も似たようなしもたやが多く、下町にしては閑静な一画をなしていた。——出て来た藤吉は、着流しにひらぐけをしめ麻裏をはいていた。仕事は休むつもりらしい、待たせて済みません、と云って歩きだしたが、ふと思いついたように立停り、ちょっと見ておいてもらいたいものがあると、家の脇《わき》を裏へまわっていった。裏にはもうひとかわ、神田川に面した家が並んでおり、こっちの家とのあいだに、幅九尺あまりの空地があった。そこは両方の家の勝手口が向き合っていて、井戸もあるし、手作りの棚に盆栽を飾ったり、竹垣《たけがき》をまわして、植木や花を育てていたりした。

「これを見て下さい」

藤吉は自分の家の勝手口のところで、そう云いながら、そこに並んでいる植木鉢を指さした。安物の素焼きの鉢が七つあり、それぞれなにか小さな苗木が植わっているが、登にはそれがなにを植えてあるのか、まったく見分けがつかなかった。

「猪之が植えたんですよ」と藤吉は勝手口のほうを気にしながら云った、「よく見て下さい、みんな逆さまです」

「逆さまとは」

「枝のほうを埋めて、根を上へ出してあるんです」

登はほうといった。なるほど、よく見ると鉢の土から出ているのは根である。もっともみな根を上にして植えてあり、それでなんの木かわからなかったのであった。

「どうしてこんな植えかたをしたんだ」

「それはあとで話します」と云って藤吉は歩きだした、「いきましょうか」

あたらし橋を渡って、日本橋のほうへ向かいながら、藤吉は話し始めた。

猪之は藤吉より二つ年下で、十二歳のとき、日本橋堀江の「大政《だいまさ》」という、大工の頭梁の家へ弟子入りをした。藤吉は三年まえから大政にいたが、六人いる弟子たちの中ではいちばん新参でもあり、年も若く、しぜん誰よりも猪之と親しくなった。

「猪之は頭のいいやつで、すばしっこいし手も口もまめで、半年と経たないうちに、大政のにんき者になり、猪之、猪之とみんなから可愛《かわい》がられるようになりました」

彼は大政の中だけでなく、近所の人たちにも評判がよく、ふしぎと女の子に好かれた。大政にはおしづとおさよという二人の娘があり、そのとき姉は十歳、妹は七歳だったが、姉妹はもとより、彼女たちの遊び友達もみんな猪之を好いていた。

――あたし大きくなったら猪之さんのおかみさんになるのよ。

――あらいやだ、あんたみたいなおかめを猪之さんが貰うもんですか、あのひとのお嫁さんになるのはあたしよ。

女の子が四五人で遊んでいると、よくそんな口喧嘩《くちげんか》をしたものである。それを云ってからかうと、猪之は赤くなって怒った。

――へっ、と猪之は云う。へっ、なんでえ女なんか、かみさんなんか貰うかい、女なんてみんなななっちゃねえや。

そして幾たびも「へっ」と云い、暫《しばら》くは彼女たちに近よらないのであった。お手玉、おはじき、毬《まり》つき、なんでもきようにやってのけるし、さっぱりした気性と顔だちがいいのとで、女の子たちに好かれるのは当然だが、猪之自身は誰にも特別な関心はもたなかった。おしづやおさよも例外ではなかったし、誰かが特に親しそうなふりでもすると、無情なほど手きびしくはねつけた。

「はたちになるまでそんなふうでした」と藤吉は云った、「つまらねえことを話すようですが、あとのことにかかわりがあるんで聞いてもらいます」

登は黙って頷《うなず》いた。

「職人のこってすから、としごろになると近所の娘とできたり、兄弟子たちにさそわれて遊びにでかけたりするもんです」と藤吉は続けた、「正直のところあっしもそのくちでしたが、猪之だけはべつでした、町内にずいぶん色眼を使う娘たちがいるのにてんで見向きもしない、兄弟のように仲の良いあっしがさそっても、いちどだって遊びにいったことがない、あいつは片輪だろうなんて、兄弟子たちがよく云ったもんでした」

藤吉が二十三、猪之が二十一の年に、二人は大政を出て家を持った。大政でおしづに婿《むこ》を取り、子供が生れたうえに、新らしく弟子が三人はいったり、子守が雇われたりしたので、寝起きがうるさくなったからでもあった。

住居は田所町の裏長屋で、大政に近く、飯は朝夕とも頭梁の家で喰べたし、洗濯などもみなやってもらった。払うのは店賃《たなちん》だけだから、一年ちかいあいだ二人は暢《のん》気《き》にくらしたが、猪之はやっぱり女をよせつけない。二人ぐらしで藤吉が遊びにでかけるのに、彼は独りであとに残った。酒は好きな性分とみえて、そのじぶんにはかなり飲むようになったし、酔うと陽気になるいい酒だったが、いくら酔っていても「＊くり込もうか」と云うときっぱり首を振る。

——あにきいって来いよ、おれはいやだ。

判で捺《お》すようにそう云うだけであった。ところが二十二になった年の二月、猪之はきおいこんで藤吉に云った。

——嫁に貰いたい娘がいるんだ、あにきいって話をつけて来てくれ。

頼むと云って頭をさげた。

「ここが頭梁の家です」藤吉は話をやめて立停った、「ちょっと待っていて下さい、断わってすぐに来ますから」

三

間口五間《けん》ばかり、二階建ての大きな構えで、二枚あけてある障子に「大政」と書いてある。はいっていった藤吉はすぐに出て来て、堀に沿った道を南のほうへ歩きだした。

「知っている船宿があるんです、そこで一杯やりながら話しましょう」

「こんな時刻にか」

「水を眺めながらの朝酒」と云いかけて、藤吉は苦笑した、「こいつは月並すぎたか」

船宿は小舟町三丁目の堀端にあった。古ぼけた小さな家で、それでも二階に二た間あり、とおされた表の六帖《じょう》の障子をあけると、堀の対岸に牧野河内《かわち》の広い屋敷があり、邸内の深い樹立《こだち》が眺められた。

「とにかく恰好《かっこう》だけつけましょう」

藤吉はそう云って酒を注文した。

「猪之が嫁に欲しいというのは、同じ田所町にある居酒屋の娘でした」と藤吉は話し続けた、「年は十七だったでしょう、お孝という名で、顔も軀《からだ》もまるまると肥えた、おそろしくがらっぱちな女でした」

藤吉は冗談はよせと云った。選りに選ってあんな女を貰うなんて、ばかにでもなったのか。冗談じゃねえ本気だ、と猪之はいきり立った。あにきにはあんな女かもしれないが、おれはどうしても女房にしたいんだ、頼むからいって話をまとめて来てくれ。そう云うようすが正《まさ》しくしんけんそのもので、眼の色さえ変っているようにみえた。

——本当に本気なんだな。

藤吉は念を押し、それからその話を持っていった。娘の親は大吉といい、これも初めは冗談だと思った。娘のお孝も「からかっちゃいやだよ」などと云っていたが、母親のおらくは藤吉を信じて、自分から亭主や娘をくどいた。それで大吉は折れたが、一人娘だから嫁にはやれない、婿に来るなら承知しよう、という条件を出した。そこまではこぶのに五日ばかりかかった。婿と聞いて、さすがに猪之も考えこんだが、すぐ意を決したといった顔つきで、婿でもいい、と云いきった。

——よく考えてみろ、猪之、おめえはまだこれからって云うからだぞ、いちにんまえの職人になるつもりなら、これからが腕のみがきどきだ、ここで二た親付きのかみさんなんぞ背負《しょ》いこんだら、一生うだつがあがらなくなるぞ。

――このおれがかい、へっ。

猪之はそう云って、肩を揺りあげただけであった。藤吉はその縁談をまとめた。話はきまった――祝言《しゅうげん》はいつにするつもりだ。

話がまとまったのでそう訊《き》くと、猪之はそうせかせるなと答えた。向うだって都合があるんだから、いそぐこたあねえさ。しかし、と藤吉は云った。話はきまった……およその日取を知らせるのはおれの役目だ、どうする。そうさなと猪之だろうし、およその日取を知らせるのはおれの役目だ、どうする。そうさなと猪之は首をひねった。そうさな、それなら秋ということにでもしておくか。秋だって。うん、おれにだって都合はあるからな、と猪之は云った。

「当分のうちみんなに黙っていてくれ、と猪之は諄《くど》く云いました」と云って藤吉はぬるくなった茶を啜《すす》った、「すると半月ばかりして」

船宿の女房が酒をはこんで来た。二つの膳にはそれぞれ燗徳利《かんどっくり》と、摘《つま》み物が三品ばかり並べてあった。勝手にやるから構わないでくれ、と藤吉が云い、女房はすぐに去っていった。

「一つだけいかがですか」

「私はだめだ」

「じゃあ、失礼します」

藤吉は手酌で、舐《な》めるように飲みながら、話を続けた。

半月ほど経った或《あ》る日、猪之は藤吉に向かって、あの縁談を断わってくれ、と云いだした。藤吉はいきなりどやしつけられたような感じで、猪之の顔をみつめたまま、暫くはものが云えなかった。

――あにきには済まねえが、あの娘はだめだ、てんでなっちゃねえんだ。

ちょっと待て、と藤吉は遮った。いったいどうしたんだ、なにがだめだ、あの娘のどこがなっちゃねえんだ。

――おれはゆうべ飲みにいった。

――念には及ばねえ、おれもいっしょにいったんだ。

――あにきは一と足さきに帰った、と猪之は云った。おれもすぐに帰ったが、お孝のやつが追っかけて来て呼びとめた、どうしたと訊くと、側《そば》へよって来て手を握りゃがった、それでおれは、また、どうしたんだと訊いた、お孝のやつはへんに気取った溜息《ためいき》なんかつきゃあがって、それから握っている手にぎゅっと力をいれて、一生捨てないで――って云やあがった。

猪之は右の掌《てのひら》を着物へこすりつけた。なにか粘った物でも付いているように、二度も三度もこすりつけ、そして顔をしかめた。

——それがなっちゃねえのか。

——おれは吐きそうになった。あにきは知らねえだろうが、あぶら汗で温かい、ぼってりした手でぎゅっと握られ、一生捨てないでなんて、それがまた甘ったるいへんな声なんだから、おれは断わりなしに背骨を抜かれちまったような、いやーなこころもちになって逃げだして来たんだ。

——これから夫婦になる者が、一生捨てないでくらいのことを云うのはあたりめえじゃねえか。

——あにきは云われたことがあるか。

——世間一般のことを云ってるんだ。

——云われてみな、一遍、そうすりゃあこの穴ぼこへおっことされるような気持がわかるから。

——いろいろなことを云やあがる。

吐きそうな気持だの、断わりなしに背骨を抜かれたようなこころもちだの、こんどは穴ぼこへおっことされるような気持だのって。やい、背骨なんてものは断わってから抜くものか。だからよ、と猪之は云った。抜かれねえさきに断わろうっていうんだ。

「勝手にしやあがれ、って私は云ってやりました」と藤吉は云った、「おれは話をまとめるために骨を折った、断わるんなら自分でやれ、おれはまっぴらだ」

猪之は断わったらしい。先方からなにも云って来なかったから、断わったものと思われるが、それでその居酒屋へはいきにくくなり、六丁もはなれた住吉町に河岸《かし》を替えなければならなかった。

「そいつがきっかけになったんでしょうか、それからはのべつ女にちょっかいを出すようになりました」藤吉は手で会釈《えしゃく》をして、登の膳にある燗徳利を取った、「しかもあいつらしく、向うからもちかける女には眼もくれない、まえにも云ったとおり、昔から女の子にはもてるやつでしたが、どういうわけかそういう女には決して手を出さない、つんとすまして、そっぽを向いてるような女に、こっちから熱をあげるんです」

四

その年の冬になってから、猪之はまた「嫁にもらいたい女がある」と云いだし、藤吉に口をきいてくれと頼んだ。ちょうどそのとき、藤吉にも縁談が始まっていた。相手は「大政」から出た大工の娘で、大政の頭梁から話があり、よければ仲人《なこうど》をする、と云われていた。それがいまの女房おちよで、藤吉は承知したものの、会ってみるとひどくまだ子供っぽかった。十六だというが、軀つきも細いし、気持も娘になりきっていないようで、夫婦になるのがいたいたしいように思えた。

——少し考えさせて下さい。

頭梁にはそう答えておいたが、そこへ猪之が話をもちだしたのであった。こんども居酒屋の女であった。住吉町の「梅本」という、ちょっとしゃれた店で、女はおよのといい、年ははたちぐらいにみえた。その店へ雇われてからまだ五十日足らずだったが、酒も強いし客あしらいも手に入ったもので、すっかりにんき者になっていた。

——あれはよせ、あれはいけねえ。

藤吉は首を振った。はっきり云いきることはできないが、あれはずぶの素人《しろうと》じゃあない。少なくとも男を知ってることは慥《たし》かだし、あんなに飲むようでは世帯《しょたい》がもたない。あれだけは思い切るほうがいい、と藤吉は強く反対した。

——あにき、おれはしんけんだぜ。

猪之は坐《すわ》り直した。酒は客の相手だから飲むが、自分の世帯を持てば飲まなくなるだろう。四日市の重平さんのかみさんをみてくれ、と猪之は云った。重平というのは、やはり「大政」から出た大工で、四日市町に住んでいる。女房のおつなは料理茶屋の女で、はたらいているあいだは浴びるほど飲んだというが、重平といっしょになったとたんに、ぴったり盃《さかずき》を手にしなくなり、世帯のきりまわしもうまいので、なかまうちの評判になっていた。

——それに、もう男を知ってるようだっていうけれども、と猪之は続けた。あにきは遊び馴れているくせに、世間のことを知らなすぎるぜ。

——おれがなにを知らねえんだ。

——女のことをよ、と猪之は云った。昔はどうだかわからねえが、当節はね、生《き》娘《むすめ》のままで嫁にゆく女なんて、千人に一人、いや、五千人に一人もいやあしねえぜ。

——おめえ知ってるのか。

藤吉はひらき直って反問した。おれも近いうちに嫁を貰うことになってる、相手が*蠣殻町《かきがらちょう》の娘のおちよだってことはおめえも知ってるだろう、おちよも生娘じゃねえっていうのか。冗談じゃねえ、と猪之は赤くなった。よしてくれ冗談じゃねえ、おらあそんな、だれかれと人をさして云ってるんじゃあねえ、うん、とそこで猪之は頭を反らした。

——おらあ世間一般のことを云ってるんだ。

――きいたふうなことを云うな。

――いつかあにきがいったことだぜ。

――なぞるにゃあ及ばねえや。

藤吉は「梅本」へ掛合いにいった。自分も縁談があったときだし、猪之のようすがきまじめなので、ついそうする気になったのだろう。およのは承知した。彼女は十八だといったが、やっぱりはたちにはなっていたようで、妹が一人どこかに奉公しているほか、面倒をみなければならないような者はなかった。

――あたしいいおかみさんになるわ。

およのはそう云って、しおらしく眼を伏せた。藤吉は「梅本」の主人夫婦にも話して、その縁談をまとめた。それから猪之にそのことを知らせると、彼はべそをかくような笑いかたをして、ありがてえ、と云った。

――おいどうしたんだ。

話はきまったんだぜ、嬉《うれ》しかあねえのか、と藤吉は訊いた。

――ありがてえって云ってるじゃねえか、ありがてえよ、ほんとだぜ。

――わかったよ。

藤吉は猪之の顔を見まもりながら、なんの理由もないのに、背筋がひやっとするのを感じた。

「年が明けたら祝言をしよう、ということになりましたが」と藤吉は云った、「正月の松が取れるとすぐ、あっしは水戸へゆくことになった、水戸の相模屋《さがみや》という、海産物商の隠居所を建てる仕事で、大工、左官、建具屋など、二十人ばかりの職人を使うことになったんです、その下準備ができて、江戸を立つ三日まえのことでしたが、猪之が急におれも伴《つ》れていってくれと云いだしました」

もう人選びはきまったからだめだ、頭梁が許しゃあしないと云いながら、ようすを見るとどうもおかしい。なにかあったのか、と藤吉は訊いた。うん、と猪之はもじもじしていたが、やがて、度胸を据えたという顔つきで云った。

――嫁に欲しい娘がいるんだ、済まねえがあにきに口をきいてもらいたいんだ。

藤吉は息をしずめてから訊き返した。

――もうその話はきまってるじゃねえか。

――いや、いま初めて頼むんだ。

――梅本のおよのじゃあねえのか。

――もちろんそうじゃねえさ。

藤吉は怒りを押えるのに暇がかかった。

——梅本のおよのはどうするんだ。

——断わっちまうさ、あんなあま、と猪之は唇を曲げた。いまになってみると、どうしてあんな女に惚《ほ》れこんだかわけがわからねえ、正直のところ自分で自分が訝《おか》しいくらいなんだ。

——おい、よく聞け猪之。

——わかってるよ、あにきが怒るだろうってことはわかってるんだ、と猪之はせきこんで云った。ほかの者ならこんなことを頼めやあしねえ、あにきだからこそ、怒られるのを承知で頼むんだ、三度目の正直、こんどこそまちげえのねえ娘なんだから。

藤吉はじっと猪之の眼をみつめた。

——そんな娘がいるのに、どうして水戸へゆこうというんだ。

——それあその、梅本のほうを暫く。

——暫くどうだってんだ。

猪之は頭を掻き掻き、つまり暫くほとぼりをさまそうと思うんだ、と云った。

「あっしはどなりました、どなりつけてやりました」藤吉は酒がなくなったのに気づき、登に向かって燗徳利を振ってみせた、「もうちっとやりてえが、御迷惑ですか」

「いいとも」と登は頷いた。

藤吉が手を叩《たた》くと、階下で返辞が聞え、ころあいを計っていたのだろうか、まもなく女房が燗徳利を二本持って来た。

「しかしつまるところ、どなるほうが負けというやつですかね」と手酌で一と口啜りながら藤吉は話し続けた、「やりこめるだけやりこめたあげくが、猪之の思う壺《つぼ》にはまったかたちで、だらしのねえ話だが、また掛合いにゆきました」

こんどの相手は近江屋という、足袋《たび》股引《ももひき》問屋の女中で、お松という十八の娘であった。

五

近江屋は浅草御門外の福井町にあり、奥座敷の模様替えをするため、去年の冬のはじめに一と月ばかり「大政」から職人をいれた。そのとき猪之は、お松にいろいろ親切にされ、すっかり好きになったのだが、嫁に貰うということは考えなかった。それが、「梅本」のおよのと縁談がまとまったとき、とたんにお松を思いだし、かみさんにするならお松だと肚《はら》をきめた、ということであった。

「幸いお松のほうでも猪之におぼしめしがあったようで、話はまとまるようすでしたが、こんどはあっしも用心した」と藤吉は云った、「それで、水戸の仕事が終って、帰ってから話をきめる、それまでは内談ということにしておこう、ということで、猪之にも納得させました」

藤吉は水戸へゆき、相模屋の普請《ふしん》にかかった。仕事のことは関係がないから略すが、隠居という人が例の少ない凝り性で、初めに契約した図面に幾たびも手を入れるし、普請場に付ききりで文句を云ったり、終った仕事をやり直させるという始末で、藤吉はいきりたつ職人をなだめたり、隠居を説き伏せたりするのに精をきらした。そんなふうだから仕事もはかどらず、雨の多い年でもあったが、棟上げまでに四十日近くもかかった。こうして三月になり、江戸から建具屋が職人を伴れて来たが、そのすぐあとで猪之がひょっこりあらわれた。

――頭梁がいけと云ったから来た。

彼はそう云った。大工の仕事はもう手が余っている、半分は江戸へ帰そうとしていたときなので、藤吉はおかしいなと思い、なにかわけがあるんだろうと問い詰めた。

――じつはおれから頼んだんだ、と猪之はばつが悪そうに云った。おれはあにきが側にいねえと、年寄りの男やもめみたようなこころもちになっちまうんだ。

——おい、正直に云え猪之、なにがあって江戸にいられなくなったんだ。

——あにきも疑ぐりぶけえ人間だな。

——云っちまえ、なんだ、梅本の話か。

——冗談じゃあねえ、あれからすぐに、あいつのほうははっきり断わっちゃったさ。

——じゃあなんだ。

藤吉は手を緩めずにたたみかけた。やがて猪之は隠しきれなくなり、それなら本当のことを云うが、あにき怒らねえか、と神妙な眼つきをした。わからねえ、と藤吉は答えた。怒るか怒らねえかは聞いたうえのことだ、云ってみろ。弱ったな、と猪之は云った。

——こいつは弱った、猪之は口の中で、しかし藤吉に聞えるように呟《つぶや》いた。こいつはまるで首の座*に直ったようなもんだ。

藤吉は黙っていた。それで猪之は、いかにも閉口したように、吃《ども》り吃り白状した。ひと口に云うと、近江屋のお松がいやになった、あの話は断わってもらいたい、というのである。藤吉はかなり長いこと眼をつむって、怒りのしずまるのを待った。

——おめえは三度目の正直と云った、と藤吉は忍耐づよく云った。こんどこそまちげえのねえ相手だと云ったろう。

——そう怒らねえで聞いてくれ。

猪之は手を振りながら遮った。慥かに自分はそう思った、ところがこのあいだ、お松に暇が出たので、さそい合わせて浅草寺へ参詣《さんけい》にゆき、その帰りに駒形《こまがた》の鰻屋《うなぎや》で飯を喰べた。鰻が焼けて来るまで、酒を飲みながら話をし、お松にも盃を差した。お松はいやがったが、盃に三つばかり飲み、すると顔がぼうと赤みを帯びて、身ごなしや眼つきがたいそう色っぽくなってきた。それはいい、そこまではいいんだが、やがてお松は酌をしながら、斜交《はすか》いにこっちをにらんで、浮気をしちゃあいやよといった。

——浮気なんかしないで、あたしはあなたのもの、、あなたはあたしのもの、、よ、よくって。

おらあ総身がぞっとなった。

——きまってやがら、と藤吉が云った。また背骨をどうかされたような気持がしたんだろう。

——あにきはなんとも感じねえか。

——夫婦になる者なら、そのくらいのことを云うのにふしぎはねえだろう。

——あなたはあたしのもの、うっ。

猪之は本当に肩をすくめて身震いをした。それはちょうど、毛虫の嫌いな者が衿《えり》首《くび》へ毛虫を入れられでもしたような、しんそこ肌が粟立《あわだ》つという感じであった。

「しょうがねえ、追い返すのも可哀《かわい》そうだから、そのまま水戸へ留めておきました」と藤吉は云った、「但《ただ》し、あっしは但しと念を押しました、もうこんどは女に惚れるな、おれは二度とふたたび縁談にはかかわらねえからって」

猪之はほっとしたように笑って云った。

——もう決して迷惑はかけねえ。

その代り近江屋のほうは頼む、と猪之はぬけめなくつけこんだ。いいだろう、と藤吉は引受けた。こんなこともあろうかと、正式な話は延ばしてあったので、断わるのもそれほど困難ではないと思ったからである。

相模屋の普請は長びき、二度も「大政」の頭梁が江戸から見に来たくらいだったが、それでも梅雨にかかるまえには仕上げることができた。だがこのあいだに、猪之はまたかみさんをみつけたのであった。自分からは云いださなかったけれども、水戸へ来て半月ばかりすると、ようすがおかしくなった。職人たちは普請場に建てた小屋で寝泊りをしていたが、藤吉は頭梁代理なので、相模屋が地内に家を一軒あけてくれ、食事なども賄《まかな》ってくれていた。

「猪之もあっしのところへ置きました、なにしろ側にいねえと年寄りの男やもめみてえな気持になるってんですからね」藤吉は酔い始めたらしく「ふざけた野郎でさあ」と云って笑った、「相模屋で晩飯に酒をつけてくれるんだが、猪之が盃に手を出さなくなった、初めは欲しくねえというんで、こっちはただそうかと思っていました」

そのうちにおかしいなと気がついた。

風呂《ふろ》からあがって膳に向かう。猪之はとぼんと坐ったまま、盃も取らずに膳の上を眺めている。どうした、飲まねえのか、と藤吉が訊くと、うん、となま返辞をするだけで、いつまでも膳の上を眺めている。

——どうしたんだ、飲まねえのか。

——うん、欲しくねえんだ。

——腹ぐあいでも悪いのか。

——腹に別状はねえ、おれはいいからあにきは勝手にやってくれ、おれのことはいいんだ。

そんなことが四五日続き、或る日、同じような問答をしながら、藤吉はふと、背筋がひやっとするような感じにおそわれた。あのときと同じだ、と藤吉は思い、それからできるだけ、猪之のほうを見ないようにしていた。

六

けれどもやがて、藤吉は辛抱がきれてきた。猪之は巧みに藤吉の気をひき、じわじわと攻めて、白蟻《しろあり》が柱の芯《しん》にくいこむように、藤吉の心の中にくいこんで来た。——はあっ、と猪之は溜息をつき、膳の上を眺めながら、しんとした声で、けれども藤吉には聞える程度に独り言を呟く。だめだ、そんなことはできねえ、約束したんだからな、男がいったん約束したんだから、いくらなんだってもういけねえ。そしてまた大きな溜息をつき、ぼんやりと膳の上を見まもっている、というぐあいであった。或る日、みすみす罠《わな》にかかると知りながら、ついに藤吉は口を切った。

——どこの女だ。

猪之はしらばっくれた顔で、「え」と不審そうに藤吉を見た。

——とぼけるな、また女だろう。

猪之は頭を垂れた。

「あいつも猾《ずる》いがあっしも利巧じゃあねえ、かたちからするとこっちが乗り出した恰好で、あいつの云い草じゃねえが、まったくなっちゃあいません」

猪之はしぶしぶ返辞をした。相手はせんたく町というところの小料理屋の女で、年は二十、名はおせいといった。その店へは藤吉もよく飲みにゆくので、おせいとも顔なじみだった。「いなば」というその店は堅い小料理屋だが、せんたく町は江戸の岡場所に似たようなところだから、そんなにむずかしく構える必要はない。自分で当ってみろ、と藤吉は云った。猪之は「うん」といったまま、しょげきった顔で溜息をつくばかりだった。どうしたんだ、自分じゃあやれねえのか。うんだめなんだ、顔を見るとものが云えなくなっちまう、名を呼ぶこともできねえんだ。

——断わっておくが、と藤吉は云った。こんどはおれを頼りにしねえでくれよ、おれはもうまっぴらだからな。

——わかってるよ、いいんだ、どうかおれのことは心配しねえでくれ。

そして猪之は口の中で、「三度目の正直なんだがな」と呟いた。藤吉は聞き咎《とが》めた。三度目の正直とはなんだ。なんでもねえ、と猪之は低い声で答えた。これまで好きになった女が幾人かいた、その中でいちばん好きになり、本当にかみさんに欲しいと思ったのはこれが三度目で、おまけにこんどこそ本物だということがわかったんだ。

――おい、よく考えてみろ、と藤吉は云った。なにが三度目だ、こんどはもう四たび目になるぜ。

――そんなこたあねえさ、いいか、およのにお松で二度だろう。

――初めのお孝はどうした。

――お孝だって、へっ、と猪之は肩をすくめた。あんなのは数の内にへえりゃあしねえや。

――だってお松のときに自分で、これが三度目の正直って云ったじゃあねえか。

――のぼせてたからそんな気がしたんだろう、こんどこそ本当に三度目の正直なんだ。

本当だぜ、と猪之は力をこめて云った。

「あっしはできるだけそっぽを向いてました」藤吉は盃をぐっと呷《あお》った、「けれども、つまるところはこっちの負けです、辛抱比べではてんで勝負にはならねえ、あっしはいなばへ掛合いにいきました」

それは普請の引渡しをする二三日まえのことで、おせいは承知をし、猪之と二人で話したいと云った。

おせいのほうでも猪之が好きで、猪之さんのような人とならどんな苦労をしてみたいと、「まえから片想《かたおも》いに想っていたんですよ」などと云うのであった。

——いい面《つら》の皮だ。藤吉はその話を猪之に告げてから云った。まるで人ののろけの使いをするようなもんだ、自分で自分のお人好《よ》しにあいそがつきたぜ。

——済まねえ、と猪之は頭をさげた。

——御挨拶《あいさつ》だな、それっきりか。

——まったく済まねえ。

見ると猪之はしらけた顔で、はずんだようなようすは少しも感じられなかった。いって話して来い、と藤吉は云った。もう二三日すると江戸へ引揚げるんだ、いそがねえと置いていってっちまうぜ。うん、そうしよう、と猪之は答えた。そうしよう、いってあいつと話して来よう。

「猪之はでかけてゆきましたが、半刻《はんとき》ばかりすると帰って来て、おれはこれからすぐ、一と足先に江戸へ立つ、と云いだしました」

藤吉はあっけにとられた。

——あいつがいっしょに江戸へゆくって云うんだ、冗談じゃあねえ、と猪之はそわそわしながら云った。猫を番《つが》わせやあしめえし、そうおいそれと背負わされて堪《たま》るかってんだ、冗談じゃあねえ、まっぴら御免だ。

──おい、おちついてわけを話せ、いったいどういうことなんだ。

そんな暇はない、と猪之は答えた。わけは江戸へ帰ってから話す、おせいのやつ怒ってたから、ここへ押しかけて来るかもしれない。もしやって来たら追い返してくれ、ともかくおれは先に立たせてもらうから。そう云《い》いながらさっと身支度をし、草鞋《わらじ》の緒もろくさましめずにとびだしていった。そして、藤吉が怒るにも怒れず、坐ったまま唸《うな》っていると、引返して来た猪之が戸口から覗《のぞ》き、べそをかくようなあいそ笑いをして、云った。

──あにき、江戸へ帰ったらおれを、気の済むまでぶん殴ってくれ。

おせいは来なかった。押しかけては来なかったが、職人が飲みにいったら、酔っぱらってさんざんに毒づいたそうである。あんなやつは男ではないから始まって、江戸の人間ぜんたいを泥まみれにし、粉ごなにし、「土足で踏みにじるようなあんばいだった」ということであった。

「これでひととおりの話は終りです」と藤吉は二本めの徳利を取って、手酌で注ぎながら云った、「江戸へ帰ってからまもなく、あっしのほうの縁談が急に進んで、五月の末におちよを貰《もら》い、あっしたちは佐久間町のいまのうちへ移りました」

「その」と登が訊《き》いた、「水戸のおせいとはどういうことがあったんだ」

「なんにもなかったんです」と藤吉は答えた、「猪之が話しにゆくと、奥に小部屋があるんですが、おせいはそこへ案内して、いきなりうれしいわと抱きついた、もうすぐ江戸へ帰るそうだけれど、そのときいっしょに伴れていってくれ、騙《だま》すと承知しないと云ったそうです」

「それでまたいやになったのか」

「まったく理屈に合やあしねえ」と藤吉は云った、「こっちから惚れていて、かみさんに欲しいとまで思いこんでいながら、相手がちょっとなにか云うと、――それも愛情が云わせるごくあたりまえなことなのに、その一と言でがらっと変っちまう、*おぞ毛をふるうほど嫌いになっちまうんですから、あっしにはその気持がどうしてもわかりません」

七

登はその夜、新出去定にその話をした。おそらく興味はもつまいと思ったが、去定は関心を唆《そそ》られたようすで、それからどうした、とあとを促した。

藤吉夫婦が佐久間町へ移ったあと、猪之はいちど頭梁《とうりょう》の家へ戻り、半年ほどして久右衛門町《きゅうえもんちょう》の長屋へ住みついた。藤吉の家へ出入りするのに、堀江にいては不便だからだろう。なにしろ三日と顔をみせない日はないので、新婚早々のおちよはずいぶん驚いたという。久右衛門町へ移ってからは、朝早く藤吉を迎えに来て、水を汲《く》みこんだり家のまわりの掃除をしたりする。それからいっしょに仕事にでかけるが、日が昏《く》れるとまたあらわれて、藤吉が寝ようと云うまで帰らない、というぐあいであった。

藤吉が世帯を持って以来、女のことで面倒は起こさなくなった。相変らず遊びにはいかないし、仕事さきや飲屋などで、女たちのほうからさそいかけるようなことがしばしばあるが、まったく知らぬ顔で見向きもしなかった。――ようすが変ったのは、去年の暮からであった。普請場へいっても仕事をせず、一日ぽかんと手を束《つか》ねている。どうしたと訊くと、どうもしねえと答えるだけで、やっぱりなんにもしない。ときたま鉋《かんな》か鑿《のみ》を持つと、棟上げの済んだ柱へ穴をあけたり、紙のように薄くなるまで四分板を削るというような、とんでもないことをやりだす。

――こいつはおかしい。

藤吉はそう気づいたから、頭梁に話して少し休ませることにした。するとこんどは長屋の差配が苦情を云って来た。べつに乱暴はしないが、ようすがおかしいので相長屋の者たちが気味わるがって困る。なんとかならないものかというのである。猪之は品川の漁師の三男で、実家にはまだ父親がいるし、兄が一人と妹が二人いた。親子きょうだいの縁がうすいとでもいうのか、何年にも往《ゆ》き来をしないけれども、親子には違いないのだから、品川のほうへ引取らせたらどうか、と藤吉が云った。ところが、それを聞いていたおちよが、「それは可哀そうだ」と反対した。

——そんな縁のうすい親許《おやもと》へいったって、劬《いたわ》ってくれるかどうかもわからない。猪之さんはあんなにおまえを頼りにしているし、実の親きょうだいよりも慕っているようだ。うちにはまだ子供もいないことだし、いっそうちへ引取ってあげるほうがいいでしょう。

それから約半年、医者に診せたり、おちよが熱心にそう云うので、正月中旬に佐久間町へ引取った。いろいろと薬をのませたり、祈禱《きとう》や呪禁《まじない》までやってみたが、少しもよくならない。尤《もっと》も、ひどく悪化するのでもなかった。着物を裏返しに着、三尺を前でしめたまま歩きまわったり、昼のうちぐうぐう眠って、夜は横にもならず、藤吉にどなられるまで独り言を云ったり、鼻唄《はなうた》をうたったりする。というふうな程度であるが、ただ一つ、どうしても仕事をしようとしないところに、病気のもとがあるのではないか、と藤吉は云った。

「植木を逆さまに植えたって」と去定が反問した、「おまえ見たのか」

「見ました、みんな根を上にして植えてあるのです」

去定は登を見た、「おまえはどう思う、やっぱり狂気だと診るか」

「わかりませんが、女のことが重なって、頭の調子が狂ったのではないかと思いました」

「違う、女ではない、藤吉だ」

登はけげんそうに去定を見返した。

「猪之は小さいじぶんから女にちやほやされた、おとなになってからも、女のほうから惚れてくるという、おれは診察をしながらようすをみたが、猪之はすっかり藤吉におぼれているのだ」と去定は云った、「女に好かれるあまり、女に向ける愛情が藤吉のほうにひきつけられた、これはむろん色情ではない、男が男に感じる愛情だが、猪之のばあいはそれが強く、複雑になっているだけだ」

「そうしますと、いまは藤吉といっしょにくらしているのですから、症状がよくなる筈《はず》ではないでしょうか」

「いや、反対だ、藤吉からはなさなければいけない」と去定は云った、「これまで猪之のして来たいろいろなことは、みんな藤吉を困らせるためにやったことだ、自分ではもちろんそうは思わないだろう、しぜんにそうなったと信じているだろうが、心の底では藤吉を困らせることで藤吉にあまえ、藤吉と自分とを繋《つな》いでおこうとしていたのだ」

登は黙って眼をおとしたが、やがてそっと、あいまいに頷《うなず》いた。

「明日こっちへ引取ってやろう」と去定は机のほうへ向き直って、筆を取りながら云った、「藤吉とはなして、暫く放っておけばよくなるだろう、――人間の頭脳のからくりほど、神妙でふしぎなものはないな」

翌日、猪之は養生所へ引取られた。

藤吉には去定の診たてを告げて、決してみまいに来ないように、と念を押した。登は去定の診断をあまり信じなかった。なんとなく理詰めすぎるし、都合よく付会しているように思われたので、登は登の立場から治療の手掛りをつけようと考えた。――猪之は一人だけべつの部屋へ入れた。当人がほかの者といっしょではいやだ、特に病人でも年寄でも、女のいるところは困ると云い張ったし、去定もそれがよかろうと、好きなようにさせたのである。

それから夏いっぱい、登は暇をみつけては彼の部屋へゆき、茶菓子をすすめたりしながら、さりげなく話しかけ、また彼から話をひき出すようにした。

「誰もみまいに来ないな」と或る日、登は暗示をかけた、「誰かみまいに来てもらいたい者はないのか」

猪之はむずかしい顔つきで考えこんだ。

「＊佐久間町が来そうなものじゃないか」と登はもう一と皮切り込んでみた、「来てくれるように使いを出そうか」

「いや、よしましょう」猪之はきっぱりと首を振った、「あにきはいそがしいからだだし、来てもらったってどうということもねえから」

登はそこでその話を打ち切った。

夏を越すころになってもようすに変化はなかった。殆《ほと》んど部屋にこもったきりで、夕方ちょっと庭へ出るほかは、なにもしないでぼんやり時をすごしている。以前のような奇矯《ききょう》なまねをしないというだけで、恢復《かいふく》に向かうという兆《きざ》しは少しも認められなかった。

「どうして女が嫌いなんだ」登はそう訊いてみた、「男でいて女が嫌いだなんておかしいじゃないか」

「嫌いじゃねえさ」と猪之は答えた、「女は嫌いじゃありませんよ」

「だってここへはいるとき、病人でも年寄でも女のいるところはいやだと云ったろう」

猪之はちょっと考えてから頷いた、「ああそうか、そんなところがおかしいんだな」

「おかしいとは、自分のことをいうのか」

「わけはあるんですよ」と猪之は云った、「こんなことは人に話すもんじゃねえだろうが、お医者の先生に話すんならいいでしょう」

「もちろんだ」と登は云った。

八

「あっしが十八の年のことでした」と猪之は云った、「頭梁のうちに娘が二人いるので、近所の女の子がよく遊びに来るんです」

登は藤吉の話を思いだしたが、むろんそんなけぶりはみせず、できるだけ無関心をよそおって聞いていた。

「その中に玉川屋という紺屋《こうや》の娘で、九つになるおたまという子がいたんです、からだも顔もまるくぽっちゃりとしていて、気性もおとなしいすなおな子でしたが、――いやだな」と云って猪之は赤くなった、「ここからが云いにくいんだ」

「私は医者だよ」

「悪く思わないで下さい」と猪之はうしろ頸《くび》を手で撫《な》でながら云った、「そのおたまがひどくあっしになついちゃって、まあそんなことはどうでもいいが、あっしのほうでも可愛《かわい》い子だと思ってました、それでまあいろいろあるんだが、或るとき抱きついてきたんで、ひょいと唇を吸ってやったんです、いえ、勘ちげえをしねえで下さい、決していやらしい気持でやったんじゃあねえ、いつも可愛いと思っていたし、抱きつかれたとたんなんの気もなく、ただひょいとやっちゃっただけなんですから」

「珍らしくはないさ」と登がいった、「誰にだってそのくらいの覚えはあるだろう」

「ところがそのあとがいけねえ」と猪之はひどく早口で続けた、まるで話しているそのことから逃げだそうとでもするように、「あっしが唇を吸ったとたんに、おたまがあっしの口へ舌を入れて来た、九つの子ですぜ」そして彼はぐいと唇を拭《ふ》き、唾《つば》でも吐きそうに顔を歪《ゆが》めた、「――あっしは十八だったが、そんなことはなんにも知らなかった、ことに相手はまだ九つだったし、ただおとなしくってすなおな、可愛い子だと思っていただけなんですから、柔らかくて熱い小さな舌がすべりこんできたときには、あっしはとびあがるほどびっくりして、おたまを突き放すなり逃げだしちまいました」

登は静かに笑いながら云った、「珍らしいことじゃあないさ」

「珍らしいことじゃあねえって」

「私にも覚えがある」と登は云った、「似たようなことが私にもあったよ」

猪之はいま眼がさめたというような顔で、へえといいながら登を見た。

「それで」と彼は問いかけた、「そんなことがあっても先生は、なんとも感じなかったんですか」

「ちょっとまごついたかもしれないがね」

「あっしはおっそろしくこわくなった」と猪之は云った、「九つぐらいでこんなことを知ってる、女なんておっかねえもんだ、ひでえもんだって、おぞ毛をふるいましたよ」

「下町育ちで職人のくせに」と登はまた笑いながら云った、「おまえはまたひどくおくてだったとみえるな」

「そうですかね、へえ」と猪之は首をかしげた、「そんなもんですかね」

「そんなものらしいな」と登は云った。

登はここが治療の手掛りだと思った。

去定の診断にも一面の理はあるが、それだけではない、女に惚れては逃げる、ということの繰り返しには、おたまとの出来事が深く頭にひっかかっている。

それさえ除けば恢復に向かうだろう、と登は信じた。――登の診断が正しかったかどうか、秋にはいってまもなく、登は庭で珍らしいことをみつけた。猪之は夕方にいちど、外へ歩きに出ていたが、登が偶然みつけたとき、彼は手籠《てかご》を提げて、一人の女といっしょに歩いていた。

「ほう」と登は思わず眼をみはった。

女はお杉であった。あるじおゆみの夕食を取りに来て、戻るところだろう、猪之の提げている手籠は食事を運ぶもので、まえから登は見馴《みな》れていた。

猪之はお杉となにか話しながら、おゆみの住居のほうへと去ってゆき、登はそのまま自分の部屋へはいった。

登は森半太夫に、猪之のすることを見張ってくれるように頼んだ。自分は去定の供で、外診に廻るときのほうが多いからである。半太夫もひまは少ないが、それでもよく注意しているらしく、その日その日のことを詳しく知らせてくれた。――猪之は明らかに変り始めた。部屋にこもっていることが少なくなり、外へ出てなにかかにかする、薬園へでかけていって、鋸《のこぎり》や鉋を借りだし、柵《さく》の毀《こわ》れを直したり賄所の羽目板を打付けたりする。

朝夕はきまって、お杉の手籠を持ってやるし、たびたび賄所へいって刃物を研いだり、俎板《まないた》を削ったり、ときには菜を洗う手伝いまでする、ということであった。

——それならもう安心だ。

まもなく元のようになるだろう、そう思ったので登はしぜんと猪之のことを気にかけなくなった。そうして九月中旬になった或る夜、外診から帰った登が着替えをして、おくれて食堂《じきどう》へはいろうとすると、猪之が追って来て呼びとめた。

「酒があるんですがね」と彼は囁《ささや》き声で云った、「一杯つきあってくれませんか」

「酒だって、——どうしたんだ」

「吉つぁんに頼んだんです」と猪之は唇で笑った、「貴方《あなた》もまえには、よく酒を買わせたそうじゃありませんか」

登は眼をそむけた、「おれは腹がへってるんだ」

「鮨《すし》もありますぜ」と猪之が云った、「まあ来て下さい、じつはちょっと話したいこともあるんだから」

登は彼の部屋へいった。

久しく来なかったが、部屋の中はきちんと片づき、掃除もゆき届いて、気持のいいほどきれいになっていた。

膳《ぜん》の上には定まった食事のほかに、折詰の鮨があり、脇《わき》には五合徳利が置いてあった。もちろん燗《かん》はできない、冷やのまま飲み始めていたらしく、猪之は坐るとすぐに、湯呑《ゆのみ》に残った酒を飲んで、それを登に差した。おれはだめだ、と登は手を振り、話というのを聞こう、と云った。

「じゃあ、もうちっと飲まして下さい」と猪之は云った、「もう少し酔わねえと、ちょっと云いにくい話なんだから」

登は静かに云った、「お杉のことか」

「うっ」と云って猪之は登を見た、「知ってらっしゃるんですか」

「詳しいことは知らないが、見当はつくよ」

「へえー驚いたな、そうですか、そんならもうかしこまるには及ばねえ、云っちまいましょう」猪之は湯呑に酒を注ぎ、それを両手で持ってまともに登を見た、「まず、あっしを当分ここに置いてもらいたいんだが、どうでしょうか」

「それはおれの一存にはいかないな」

「用はします、あっしで出来ることならなんでもするし、ここには大工の一人ぐらい雇っておく用が結構ありますぜ」

「そうらしいな」と登は云った、「それでその次はなんだ」

「いますぐっていうわけじゃあねえが」猪之の顔がさっと赤くなり、彼は湯呑の酒をぐっと飲んだ、「まだ相手にもなんにも云やあしねえんだが、——鮨を一つ摘《つま》みませんか」

登は思わずふきだした、「つまり、お杉を嫁に貰うというのか」

「可哀そうなんだ」と猪之は云った、「あんな気の違った主人に仕えて、飯のあげさげからおかわの世話まで、いつ終るとも知れねえことを辛抱してやっている、あっしは見ているだけで胸がきりきりしてくるんです」

「すると」と登が訊いた、「哀れだから貰ってやろうというのか」

「とんでもねえ、冗談じゃあねえ」猪之はむきになって云い返した、「可哀そうなことは慥《たし》かだが、嫁に貰いてえのは好きだからだ、あっしはこれまでいろいろ女を見てきたが、お杉のような女は初めてだし、お杉とならー生どんな貧乏ぐらしをしてもいいと思う」

登は黙っていた。

「ほんとですぜ」猪之の眼がうるんでき、彼は軀《からだ》を固くして云った、「——お杉を見てから、あっしはしっかりしなくちゃあいけねえと思いました、やいしっかりしろ、これまでのようなあまっちょろい考えでいては、この世の中を渡っちゃあいけねえぞって、……初めてです、生れてからこっち、こんな気持になったのは初めてなんです、あっしはお杉を仕合せにしてやりてえし、きっと仕合せにしてやれると思うんです」

「そう云いきってもいいのか」

「あにきに訊いて下さい、こんなことを口にするのは初めてだし、お杉さえいてくれたら、この気持は金輪際変りゃあしませんから」

そうだろう、と登は思った。

——彼は初めて愛する立場に立った。

これまでは藤吉に庇《かば》われ、女たちからさそいかけられた。いつも受身だったのが、こんどはお杉に憐《あわ》れみを感じ、お杉を仕合せにしてやろうと思い始めた。それは彼が、男として独り立ちになろうとする証拠であろう。登はそう思いながら、それでも念のために釘《くぎ》を刺してみた。

「三度目の正直というところか」

猪之は不審そうに見返した、「なんです、その三度目の正直っていうのは」

「いいよ」と云って、登は微笑しながら立ちあがった、「なんでもない、気にするな——いまの話は新出先生と相談してみる」

「お願いします」猪之は頭をさげ、それから昂然《こうぜん》と云った、「断わっておきますが、もしいけねえなんて云われたら、お杉を伴《つ》れて逃げますからね、これは威《おど》かしじゃあねえ本気なんだから、先生にもどうかそう云っといて下さい」

登は彼の眼に頷き、それから廊下へ出ていった。

徒労に賭《か》ける

一

「病人たちの不平は知っている」新出去定は歩きながら云《い》った、「病室が板敷で、莫蓙《ござ》の上に夜具をのべて寝ること、仕着《しきせ》が同じで、帯をしめず、付紐《つけひも》を結ぶことなど、――これは病室だけではなく医員の部屋も同じことだが、病人たちは牢舎《ろうや》に入れられたようだと云っているそうだ、病人ばかりではなく、医員の多くもそんなふうに思っているらしいが、保本はどうだ、おまえどう思う」

「べつになんとも思いません」そう云ってから、登はいそいで付け加えた、「却《かえ》って清潔でいいと思います」

「追従《ついしょう》を云うな、おれは追従は嫌いだ」

登は黙った。

「われわれの中で、もっとも悪いのは畳だ、昔はあんな物は使わなかった、水戸の光圀《みつくに》は生涯、その殿中に畳を敷かせなかったという、それは古武士的な質素と剛健をとうとぶためだと伝えられるが、そうではない、事実はそういう気取りだったにしても、住居のしかたとしては極めて理にかなっていた、現に畳というものが一般に使われるようになった*元禄《げんろく》年代まで、二千余年にわたって板敷の生活が続いていたことでもわかることだ」

「敷き畳という物はあったのですね」

「それは貴人の調度であり、儀礼とか寝るときに使うだけで、板敷という基本に変りはなかったのだ」と去定は云った、「板敷がもし合理的でなかったとしたら、すでに敷き畳があったのだから、もっと早く畳というものが一般化されていたに相違ない」

道は坂にかかっていた。七月中旬の午後三時、暦の上では秋にはいったのだが、暑さは真夏よりもきびしかった。その日は微風もなく、空は悪意を示すかのように晴れていて、うしろから照りつける日光は、まるで手に触れることのできる固体のように、立体的な重さが感じられるようであった。登はもちろん、薬籠《やくろう》を背負った竹造も、着物の背中や二の腕あたりは汗ですっかり濡《ぬ》れているし、額から顔、衿首《えりくび》などにながれ出る汗を拭《ふ》くのにいそがしかったが、去定はまったく汗をかいていない。——登はこのことを夏にかかるころから気づいていた。脂肪質ではないが、去定は固太りに肥えている。両腕や広い肩には筋肉が瘤《こぶ》をなしており、手も大きいし指も百姓のように太い、腰だけは若者のように細くひき緊《しま》っているが、ざっと見た眼には年老いた牡牛《おうし》のような感じを与える。——したがって、暑さも人一倍だろうと思うのだが、どんな日盛りの道でも平気で歩くし、決して汗というものをかかない。暑いなどと云わないことには驚かないが、汗を一滴もかかないということは、登にはわけがわからなかった。

——先生は暑くないのですか。

或《あ》るとき登はそう訊《き》いてみた。去定は言下に、暑いさ、と答えた。それがどうしたといわんばかりの返辞なので、登は汗のことまで訊く気にはならなかったのである。

「この国の季候は湿気が強い、畳はその湿気と塵埃《じんあい》の溜《たま》り場だ」と去定は続けていった、「ためしにどこの家でもいい、そしていま煤掃《すすは》きを済ませたばかりの畳を叩《たた》いてみろ、必ず塵埃が立つだろう、藁床《わらどこ》と藺《い》で編んだこの敷物は、湿気と塵埃を吸い、それを貯《た》めておくのにもっとも都合よくできている、もちろん、裕福な生活をしている者は、畳替えをしたりよく掃除させたりすることで、その不潔さをかなりな程度まで緩和できるが、貧しい者ではそんなわけにはいかない、保本もだいぶ裏長屋などを見て来たから知っているだろうが、十年以上も敷きっ放しで、畳替えはしないし掃除も満足にはやらないから、芯《しん》の藁床は湿気でぼくぼくになり、擦り切れた畳表のあいだからはらわたのようにはみ出している、そこは蚤《のみ》と虱《しらみ》の巣で、息をするたびに藁屑《わらくず》や塵埃を吸いこむことになる、床は低く、その下の地面はいつも湿っていて乾くひまがない、こんなところに寝起きをしていれば、病気にならないのがふしぎなくらいだ」

これを養生所のように板敷にすれば、床下からの湿気も防げるし、莫蓙はたやすく日光や風に当てることができる。これだけを比較してみただけでも、どっちが合理的かということは明瞭《めいりょう》ではないか、と去定は云った。ちょうど坂を登りきって、本郷一丁目の通りを右へ折れるところだった。登は去定の説明を聞きながら、その理論の当否よりも、そういうところに眼をつけ、それを是と信じ、他の反対や不平に頓着《とんじゃく》せず、すぐに実行する彼の情熱と勇気に感嘆した。

——先生のような人こそ、養生所という特殊な施設にはうってつけの人なんだな。

こう思いながら、登は手拭《てぬぐい》で汗を拭いた。そのときひょっと、向うから来る一人の若者が眼についた。洗いざらしの単衣《ひとえ》に三尺をしめ、藁草履をはき、片方の裾《すそ》を捲《まく》って、ひょろひょろと来たが、すれちがいさまにどんと去定に突き当った。うしろにいた登の眼にも、明らかにわざと突き当ったということはわかった。不意をつかれて、去定はちょっとよろめき、すると若者が喚《わめ》いた。

「やい老いぼれ、どういうつもりだ」

去定は相手を見、すぐに目礼して云った、「これはどうも、失礼した」

「失礼したあ」と若者は裾を捲っていた手で、こんどは片袖《かたそで》を捲りあげた、「やい、この広い往来で人に突き当って、失礼したで済むと思うのかよウ」

登はわれ知らず前へ出ようとした。しかし去定はそれを制止し、こんどは丁寧に頭をさげて云った、「見るとおりの年寄りで、考えごとをしていたために失礼をした、まことに申訳ないが勘弁してもらいたい」

「ちえッ」若者は眼を三角にして、去定を見あげ見おろし、だが、それ以上云いがかりをつける隙《すき》がないとみたのだろう、脇《わき》のほうへ唾《つば》を吐いて云った、「ちえッ、縁起くそでもねえ、感情悪くしちゃうじゃねえか、気をつけやがれ」

半丁あまり歩いてから、登がいまいましそうに云った。

「ならず者ですね、ひどいやつだ、私はわざと突き当るのを見ていましたよ」

「そうしたかったんだろう」と去定はあっさり云った、「人間はときどきあんなことをやってみたいような気持になるものだ、若いうちにはな、——おれにも覚えがあるよ」

私は殴りつけてやろうかと思いました、登はそう云おうとしたが、口には出さず、拳《こぶし》を握ったまま黙って歩いていた。

二

日光門跡《もんぜき》の下屋敷のあるみくみ町に、小さな娼家《しょうか》のかたまった一画がある。岡場所といわれるもので、棟割り長屋が並んでおり、一軒に女が二人ときめられていた。むろんそれは表向きのことで、停止されたかと思うと、いつか許可になったり、つねに取締りの寛厳が繰り返されるから、娼家の軒数も女たちの数も一定してはいなかった。

去定は十日に一度くらいの割で、その娼家街へ外診にいき、強制的に女たちを診察し治療してやっていた。それは二年まえからのことだそうで、森半太夫の話によると、一昨年の秋に、三人の娼婦が養生所へ救いを求めて来た。三人とも病毒に冒されているし、極度の栄養不足のため、殆《ほと》んど餓鬼のようになっていた。去定は応急の手当をしておいて、彼女たちの雇い主を呼びだしたが、そんな女は知らないといって出て来なかった。そこで町方の役人に同行を頼み、みくみ町へでかけていってみた。

——この世に悪人はない、この世界に悪人という者はいない。

養生所へ帰って来た去定は、独りでしきりにそう呟《つぶや》いていたそうである。それは「悪人がいない」ことを認めたのではなく、悪人などいる筈《はず》がない、ということを自分に云い聞かせているような調子だった、と森半太夫は語った。救いを求めて来た三人のうち、一人は死に二人は半年ばかり療養したうえ、ほぼ健康をとり戻し、一人は水戸在の実家へ帰ったが、残った一人は逃亡してしまった。——親きょうだいの身寄りもないというので、新出先生がここの賄所《まかないじょ》で手伝いでもしていろと云われた。

けれども女は逃亡し、どこへいったかいまだに不明だということであった。

これらのことは半太夫から聞いたし、養生所の病室にはいまでも二人、去定が引取って来て療養している女がいた。登はその二人の治療には助手を勤めているが、外診でみくみ町へいったことはなかった。——そしてその日、本郷の通りを湯島天神のほうへ曲ったとき、彼はようやく去定のいく先に見当がついた。

「保本は、——」門跡下屋敷の見えるところまで来たとき、去定は足を緩めながら登に問いかけた、「廓《くるわ》とか岡場所などへいったことがあるか」

登はちょっと口ごもった、「はあ、長崎にいたとき、三度ばかり」

「医者としてか、客としてか」

登は汗を拭いた、「学友にさそわれましたので、遊びにいったのですが、むろん」と彼は力をこめていった、「女には触れませんでした」

「ほう」と去定が云った。

「私には江戸に約束した娘がいたのです」登はむきになって云った、「その娘は私の留守ちゅうに他の男と、——いや、その娘は約束をやぶりましたが、私は待っていてくれるものと信じていたものですから、さそわれて遊里へはいっても、女に触れる気にはならなかったのです」

去定は暫《しばら》く歩いてから云った、「悪いことを訊いたようだな、いまの質問は取消しにしよう、忘れてくれ」

登はまた汗を拭いた。

みくみ町のその一画には、低い黒板塀《くろいたべい》が廻してあり、入口の門の脇には火の番小屋があった。黒板塀はすっかり古びて、ぜんたいに傾《かし》がっているし、板の剝《は》がれたところもあった。火の番小屋は油障子があいており、中に男が三人ばかりいるのが見えた。二人は肌脱ぎ、他の一人は裸であったが、通り過ぎる去定を認めると、一人がなにか囁《ささや》き、三人が一斉に、するどい眼つきで去定を睨《にら》み、そして登を睨んだ。

「こんな季節に」と登が訊いた、「ここでは火の番が昼から詰めているのですか」

「あれは表向きだ」と去定が答えた、「ここでも火の番の役は犬*がする、あの男たちはここの用心棒だ」

　登にはその意味がわからなかった。

「ここの客は武家の小者*や折助*などが多い」と去定が説明した、「中には武家の威をかりて、たちの悪いことをする者もあるが、そんなときにはあの男たちが出て片をつけるし、また、女たちが逃げるのを防ぐ役目もする、つまりこの一画の娼家に雇われているのだが、――その関係はなかなか複雑だから一と口には云えない、まあ、そのうちにわかるだろうが、――かれらがなにを云っても、決して相手になってはいけない、ということを覚えておくがいい」

「なにか云うようなことがあるのですか」

「ここではまだない」と去定は云った、「たぶんそんなことはないだろうが、用心のために云っておくのだ」

「わかりました」と登は答えた。

　去定は十七軒の娼家を訪ね、八人の女たちを診察した。その中には手伝いだという、十三歳の少女も一人いた。女主人は「親類から預かっている手伝いだ」と云い、少女自身は年を十五歳だと云っていたが、胸や腰のまだ平べったく細い軀《からだ》つきや、痩《や》せた子供っぽい顔などは、どうしても十三歳より上とはみえなかった。去定はまえから彼女に眼をつけていたらしく、むりやりに診察したあと、女主人をきびしく叱《しか》りつけた。

「こんな子供に客を取らせるやつがあるか、おれが届け出たら、おまえは臭いめしを食わなければならないぞ」

「なにを仰《おっ》しゃるんです、とんでもない」女主人は躍起になって否定した、「これはあたしの親類の子です、いくらこんなしょうばいをしていたって、親類から預かった子を客に出すなんて、あたしゃそんな女じゃありません」

「これは瘡毒《そうどく》だ」去定は少女の口尻《くちじり》にある腫物《はれもの》を指した、「おれはまえから見ていたんだ、からだにもこれができている、これは病毒持ちの客に接しなければできない病気だ」

「あたしは知りません」と云って、女主人は少女のほうを見た、「それとも、——

とよちゃん、おまえあたしに隠れて悪いことをしたんじゃあないかい」

少女は無表情に黙っていた。

「とよちゃん、返辞をしないの」

「よせ」と去定は女主人に云った、「こんな猿芝居はたくさんだ、それよりこの子を親許《おやもと》へ帰すがいい、親はどこにいるんだ」

「それがよくわからないんですよ」

去定は黙っていた。

「おと年の暮までは本所の業平《なりひら》にいたんです」と女主人は云った、「舟八百屋《やおや》をやってたんですけれど、子だくさんでくらしに困って世帯《しょたい》じまいをしたときにこの子を預けたんですが、そのままどこへいったか、いまだに行方知れずなんです」

去定はおとよに訊いた、「正直に云ってごらん、おまえのうちはどこだ」

「知りません」と少女はかぶりを振った、「かあさんの」と云いかけてすぐに云い直した、「おばさんの云うとおりもとは業平にあったんですけれど」

「嘘《うそ》を云ってはだめだ」と去定は遮った、「私が力になってやるから本当のことを云ってごらん」

決して心配はない、誰に遠慮することもない、私が付いていてやるから、と去定は云ったが、おとよは女主人と同じことしか云わなかったし、年も十五だと云い張った。そこで去定は、そういう事情なら養生所へ引取ると云いだした。女主人はどうぞと答えた。厄介者がいなくなるのは有難いくらいです、どうか伴《つ》れていって下さい。女主人がそう云っていると、おとよが急に泣きだしながら、あたしはいやです、と云って肩を左右に振った。

「あたいここのうちがいい」とおとよは子供がだだをこねるように叫んだ、「あたいどこへもいかない、ここのうちにいるんだ、伴れてっちゃいやだ」

それは本心のようであった。女主人を恐れるためではなく、本当にこの家にいたいという感じが、その声にも、涙のこぼれ落ちる眼つきにも、よくあらわれていた。

「よく聞け」と去定はなだめるように云った、「おまえは悪い病気にかかっている、このままこんなところにいたら、その病気のために片輪か気違いになってしまうぞ」

「いやだ、いやだ」とおとよは泣きながら叫んだ、「あたいこのうちにいる、あたいを伴れてっちゃいやだ、いやだ」

三

女主人は平然と、きせるで莨《たばこ》をふかしていた。隣りの部屋には女が二人いたが、これも息をころしているようすで、こそっとも物音がしなかった。だが、おとよの泣き叫ぶのを聞きつけたらしく、戸口の外で「なんだなんだ」という声がし、二人の男が暴《あら》あらしく土間へはいって来た。

「なんだ姐《ねえ》さん」と男の一人が云った、「どうしたんだ、なにかあったのか」

二人はどちらも若い、おそらく二十一か二くらいであろう、はけ先を曲げた流行の髷《まげ》に結い、しゃれた浴衣《ゆかた》に平ぐけをしめて、新らしい雪駄《せった》をはいていた。

「なんでもないのよ、騒がないでちょうだい」と女主人はきせるを置きながら云った、「養生所の先生がこの子が病気だからって、伴れてって治してやろうと仰しゃるのに、この子がいやがって泣いてるだけなんですよ」

「泣くほどいやがる者を伴れていこうというのかい」と若者の一人が云った、「病気を治すんなら、なにも養生所でなくったっていいじゃねえか、この土地にはこの土地の医者もいることだしよ、なあ鉄」

「おうよ」と伴れの若者がしゃがれた声で云った、「なにも養生所の医者ばかりが医者じゃあねえ、養生所の医者だからどんな業病《ごうびょう》でも治せるってわけのもんじゃねえだろう、そんならなにも世の中に死ぬ人間なんかありゃしねえ、病気は病気、医者は医者、死ぬ人間は死ぬ人間、なにもよけえな者がでしゃばることたあねえんだ」

「あたいはいやだ、いやだ」とおとよは身もだえをしながら泣き叫んだ、「どこへいくのもいやだ、あたいこのうちにいるんだ」

「竹造」と去定が云った、「薬籠をよこせ」

竹造は上《あが》り框《がまち》のところで、二人の若者を睨んでいた。いまにもとびかかりそうな顔で、拳を握っていたが、去定に呼ばれてはっとし、薬籠を登のほうへ押しやった。

「安心しなおとよちゃん」と初めの若者が云っていた、「おれたちが付いているからな、誰にだって指一本差させやしねえ、こっちは命を投げだしてるんだから」

「おうよ」とその伴れも云った、「このしまのためにゃあこちとらあ命と五躰《ごたい》を張ってるんだ、なにもだてにこのしまに住んでるんじゃねえんだから」

去定は女主人に薬を渡していた。貝入りの膏薬《こうやく》と煎薬《せんじぐすり》とで、その用いかたを入念に教え、膏薬のほうは自分でおとよに貼《は》ってみせた。おとよはぴたっと泣きやんだ。いままで泣き叫んでいたのが嘘のように、泣きじゃくりさえ残らなかった。

「はっきり云っておくが」と去定は女主人に云った、「今後は決して客を取らすな、もし客を取らせるようなことがあると届け出るぞ、わかったな」

「わたしは大丈夫ですがね」女主人はきせるを取りあげながら云った、「一日十二刻《とき》この子にくっついているわけにはいきませんから、この子はませてるし、あんなことは障子の蔭《かげ》で立ったままでもできるこってすからね」

「そんな理屈がとおると思うのか」

「こんな子でも人間ですよ、まさか金鎖《かなぐさり》で繋《つな》いどくわけにもいかないでしょ」そして彼女は二人の若者たちに云った、「もういいよ、鉄さんに兼《かね》さん、御苦労さま」

若者たちは出ていった。腰抜け医者だとか、ふるえてたぜ、などと云うのが聞え、二三間《げん》いくとばか笑いするのが聞えた。同時に竹造の顔が赤ぐろくなるのを、登は見た。去定はまったく無関心に、十日ばかりしたらまた来ると云い、まもなくその家を出た。

みくみ町から下谷《したや》へまわり、根岸の寮で寝ている穀物問屋の隠居をみまった。それから神田の商家、鍛冶橋《かじばし》御門の中の松平隠岐《おき》邸と、次つぎに八カ所回診したが、その途中、歩いているあいだは休みなしに、登に向かって話し続けた。

「人間ほど尊く美しく、清らかでたのもしいものはない」と去定は云った、「だがまた人間ほど卑《いや》しく汚《けが》らわしく、愚鈍で邪悪で貪欲《どんよく》でいやらしいものもない」

あの娼家の主人たちは、女に稼がせて食っている。その善悪はともかく、現に女で食っているのだから、せめてそれだけの償いをしなければならない。だが事実は多く反対で、稼がせるだけは稼がせるが、病気になってもろくろく養生もさせず、特約している町医と結託して、倒れるまで客を取らせ、いよいよ寝込んでしまうと、薬はおろか食事も満足には与えない、いわば早く片のつくのを待つというような、無慚《むざん》なことを平気でする。そんな例はざらにはないだろうが、養生所へ逃げて来た三人の女たちがそうだったし、現在もみくみ町で幾軒かそういう家がある。

「おれは売色を否定しはしない、人間に欲望がある限り、欲望を満たす条件が生れるのはしぜんだ」と去定は云った、「売色が悪徳だとすれば料理茶屋も不必要だ、いや、料理割烹《かっぽう》そのものさえ否定しなければならない、それはしぜんであるべき食法に反するし、作った美味で不必要に食欲を唆《そそ》るからだ」

もちろん料理茶屋はますます繁昌《はんじょう》するだろうし、売色という存在もふえてゆくに違いない。そのほか、人間の欲望を満たすための、好ましからぬ条件は多くなるばかりだろう。したがって、たとえそれがいま悪徳であるとしても、非難し譴責《けんせき》し、そして打毀《うちこわ》そうとするのはむだなことだ。むしろその存在をいさましく認めて、それらの条件がよりよく、健康に改善されるように努力しなければならない。

「こんなことを云うのは、おれ自身が経験しているからだ」と去定は云った、「どんなふうにと説明することはないだろう、おれは盗みも知っている、売女《ばいた》に溺《おぼ》れたことをあるし、師を裏切り、友を売ったこともある、おれは泥にまみれ、傷だらけの人間だ、だから泥棒や売女や卑怯者《ひきょうもの》の気持がよくわかる」

そして急に舌打ちをした。

「ばかな」と去定は足踏みをした、「なにをいきまくんだ、今日はどうかしているぞ」

登は殆んどあっけにとられていた。

――盗み、裏切り、友を売った。

いったいどういうことだろう。現実にそんな経験をしたのか、それとも観念的な話だろうか。いずれにしても、なぜ突然こんなことを云いだしたのだろう、登はそう思いながら、黙って去定に付いて歩いた。

四

その夜、――例によっておそい晩飯が済んでから、登は去定に呼ばれてその部屋へいった。去定は机の脇にある包みを取って、登のほうへ差出し、長いあいだ済まなかったと云った。

「なんでしょうか」と登は訊いた。

「いつか借りた筆記と図録だ」

登は頷《うなず》いた。それは彼が長崎へ遊学したときのもので、各科の病理や解剖、治療、調剤にわたる記録で、この養生所の見習医になったとき、去定に求められて呈出したものであった。

「必要なところを筆写させてもらった」と去定は云った、「これは自身のためではなく、病人たちのために役立てるのだ、不服かもしれないが了解してくれ」

登は腋《わき》の下に汗のにじむのを感じた。それは、初めにその筆記図録を出せと云われたとき、彼は頑強に「これは私のものだ」と拒んだ。特に本道《ほんどう》の部門には、彼なりにくふうした診断法や治療法があり、それによって医界に名を挙げることができる、と信じていたからである。登は「内障眼《そこひ》の治療法だけで天下の名医といわれた人さえあるではないか」とまで云ったものだ。

「おれは今日、盗みもやったと云ったが」と去定は苦笑しながら云った、「これも盗みの一つだろうな」

「どうぞおゆるし下さい」登は低頭した、「あのときは分別がなかったのです、いま考えると恥ずかしくってたまりません、お願いですからもう仰しゃらないで下さい」

「おれも今日の自分が恥ずかしい」去定は髯《ひげ》をごしごし擦《こす》った、「筋もとおらぬあんなたわ言を並べ、独り偉そうにいきり立ったことを思うとわれながらあさましくなる」
「先生は怒っていらしったのです」と登が云った、「あのおとよという娘の家で二人のならず者が暴言を吐いた、そのときがまんなすった怒りが、下谷へゆく途中から出はじめたのだと思います」
「それは少し違う、おれはあの二人には同情こそしたが、決して怒りは感じなかった」
「——同情ですって」
「数年まえから、ああいう若いやくざがふえるばかりだ」と云って、去定は太息《といき》をついた、「その原因の一つは幕府の*倹約令にある、無用の翫物《がんぶつ》と贅沢《ぜいたく》を禁じたのはいいが、その取締りが度を越したために、商取引が停滞し、倒産する者や職を失う者が多数に出た、また大きな埋立て工事や、川堀の*普請《ふしん》の中止などで、稼ぎ場をなくした者も少なくない、——それでも年配の家族持ちや、才覚のある者ならなんとか生きるみちを摑《つか》むだろうが、まだ気持のかたまらない若者などはぐれてしまい易《やす》い、生れつきやくざな性分を持っている者はべつとして、ふつうの人間なら誰しもまっとうに生きたいだろう、やくざ、ならず者などといわれ、好んで人に嫌われるような人間などいる筈はない」

おれは今日の二人に限らず、街をうろついている若者たちを見ると、可哀《かわい》そうでたまらない気持になる、と去定は云った。

「娼家の主人たちも同様だ、女たちを扱う無情で冷酷なやりかたを見ると、捉《つか》まえて逆吊《さかづ》りにでもしてやりたいと思う、初めのうちはいつもそうだったし、いまでもしばしばそういう怒りにおそわれるが、よく注意してみると、かれらも貪欲だけでやっているとは限らない、やはり貧しさという点では、雇っている女たちに劣らないような例が少なくないことがわかる」去定はそこでちょっと口をつぐみ、こんどは自分を責めるような調子で続けた、「――世間からはみだし、世間から疎《うと》まれ嫌われ、憎まれたり軽侮されたりする者たちは、むしろ正直で気の弱い、善良ではあるが才知に欠けた人間が多い、これがせっぱ詰まった状態にぶっつかると、自滅するか、是非の判断を失ってひどいことをする、かれらにはつねにせっぱ詰まる条件が付いてまわるし、その多くは自滅してしまうけれども、やけになって非道なことをする人間は、才知に欠けているだけにそのやりかたも桁外《けたはず》れになりがちだ、それは保本もずいぶん見て来たことだろう」

この世から背徳や罪悪を無くすることはできないかもしれない。しかし、それらの大部分が貧困と無知からきているとすれば、少なくとも貧困と無知を克服するような努力がはらわれなければならない筈だ。

「そんなことは徒労だというだろう、おれ自身、これまでやって来たことを思い返してみると、殆んど徒労に終っているものが多い」と去定は云った、「世の中は絶えず動いている、農、工、商、学問、すべてが休みなく、前へ前へと進んでいる、それについてゆけない者のことなど構ってはいられない、――だが、ついてゆけない者はいるのだし、かれらも人間なのだ、いま富み栄えている者よりも、貧困と無知のために苦しんでいる者たちのほうにこそ、おれは却《かえ》って人間のもっともらしさを感じ、未来の希望が持てるように思えるのだ」

人間のすることにはいろいろな面がある。暇に見えて効果のある仕事もあり、徒労のようにみえながら、それを持続し積み重ねることによって効果のあらわれる仕事もある。おれの考えること、して来たことは徒労かもしれないが、おれは自分の一生を徒労にうちこんでもいいと信じている。そこまで云ってきて、急に去定は乱暴に首を振った。

「おれはなにを云おうとしているんだ、ばかばかしい」そしてまた髯をごしごし擦った、「今日はよっぽどどうかしている、保本を呼んだのはこんな話をするためじゃない、ほかに云いたいことがあったからだ」

登は去定を見た。

「天野の娘のことだ」と去定は眼を脇へそらしながら云った、「わかっているだろう」

「はい」と登は答えた。

「おれは詳しい事情は知らない、源伯は話そうとしたが、おれは事情は聞かなかった、むろんおよその察しはつくが」去定は言葉を続けるまえにちょっと休んだ、「要点を云えば、天野は妹娘を保本に貰《もら》ってくれというのだ、年は十八で、名は、なんとかいったな」

「まさをといった筈です」

「当人を知っているのだな」

「顔かたちを覚えているくらいです」

「姉娘のほうは義絶になったままだという、保本が妹娘を貰ってくれれば諸事まるくおさまる、これはおまえの両親も望んでいるそうだ、もしそうする気があるのなら、いちど＊麴町《こうじまち》の家へいって来るがいいだろう」

「まだ修業ちゅうですから」と登は答えた、「結婚のことなど考えたくありません」

去定は登を見た、「まだ姉娘のことにこだわっているのか」

「いや、と申せば嘘になるでしょうが」と登は云った、「いまの私には修業のほうが大事であり、また張合いがありますから、当分のうちはそういうことを考えたくないのです」

「では約束だけでもしておいたらどうだ」

登の顔がするどく歪《ゆが》んだ。

「せっかくですが」と彼は顔をそむけながら云った、「私にはそういう約束はできません」

去定はじっと登の顔をみつめていたが、やがて机のほうへ向き直り、低い咳《せき》をして云った。

「話はそれだけだ」

登は辞儀をし、記録の包みを持って立ちあがった。

五

自分の部屋に帰って、記録の包みを戸納《とだな》へしまってから、登は森半太夫の部屋を訪ねた。半太夫は机のそばに行燈《あんどん》をひきよせて、日記を書いているところだった。入所患者に関する毎日の記事を書くのが、半太夫に任された事務の一つだったのである。

「いま終るところだ」と半太夫が云った、「そこに円座《えんざ》がある、ちょっと待っていてくれ」

　登は脇にある円座を取って坐《すわ》った。

　半太夫を訪ねたのは、去定のことを知りたかったからである。盗みをした、ということはともかく、師を裏切ったとか、友を売った、などという言葉には意味がありそうだし、大名諸侯や富豪から、礼をつくして迎えられるほどの腕を持っていて、いまだに妻も娶《めと》らず、養生所で独り不自由なくらしをしていることにも、なにか仔《し》細《さい》がありそうに思えた。半太夫は古参でもあり、去定とはもっとも近しいので、その経歴なども知っているだろうと考えたのだが、訊いてみると殆んどなにもしらなかった。

「先生は決して自分のことは話さない方だから」と半太夫は云った、「私の聞いたところでは、*馬場轂里《こくり》の門下で、*鍛冶橋の*宇田川榕庵《ようあん》は先生の後輩だということだ」

「馬場というと、洋学の、――」と登は意外そうに反問した、「そして宇田川榕庵と同門の先輩に当るって」

「先生からじかに聞いたのではないから、どこまで真実かはわからないが、馬場氏がもっとも信愛していたのは新出先生だったそうだ」と半太夫は云った、「それで馬場氏は先生を自分の後継者にするつもりでいたところが、先生はそれを嫌って門下をはなれ、長崎へいって蘭方《らんぽう》の医学をまなばれたということだ」

登はどきんとした。いつか膵臓《すいぞう》の癌腫《がんしゅ》で死んだ患者があったとき、去定が蘭語ですらすらと病状を云った。登はそれを、自分の筆記で覚えたのだろう、と思ったのであるが、長崎へ遊学したことがあるというと、自分などより新らしい知識を持っているかもしれない。語学の秀才だったとすれば、こっちにいても蘭語の医書が手にはいるし、実地に病人の治療をして来たのだから、自分の筆記などから覚えるようなことはない筈である。

――では筆記や図録を写したのはなぜだろう。

おそらく、と登は思った。おそらくそれは、どんなものからもまなぶ、という謙《けん》遜《そん》な気持なのだろう。登は心の中で激しく、自分の軽薄さを罵《ののし》った。

「どうしてそんなことを訊くんだ」と半太夫が云った、「先生になにかあったのか」

登は今日あったことを話した。

「わからないな」と半太夫は云った、「師を裏切ったというのは、馬場氏の門下を去ったことかもしれない、たぶん、語学の後継者にという師の望みにそむいたことをさすのだろうが、盗みとか友を売ったなどということは、現実的な意味ではないのじゃあないか」

「そうも思ったのだが」と登は頷いて云った、「ひどくしんけんに、告白するというような口ぶりだったのでね、しかし、たぶん言葉どおりではないだろうな」

「自分には特にきびしい人だからね」

登はまもなく立ちあがった。

次にみくみ町へいったのは、まえの日から七日めに当る、雨もよいの午後のことであった。梅雨でもかえったように、湿っぽくむしむしする日で、六カ所回診するうち、三度めにいやなことがあった。それは日本橋白銀町《しろがねちょう》の、和泉屋《いずみや》徳兵衛《とくべえ》という質両替商で、四十一歳になる妻女が中風になり、半年ほどまえから診察にかよっていたのだが、去定は例のように高額な薬礼を取ってい、それを徳兵衛が不当だと思っていたらしい。診察をし薬の調合を変えて与えると、側《そば》で眺めていた徳兵衛が茶をすすめながら皮肉な顔で去定に話しかけた。

「つかぬことをうかがいますが、医は生死のことにあずからず、ということがあるそうでございますな」

「あるようだな」と去定は答えた。

「するとなんですかな」と徳兵衛はそらとぼけた声で云った、「治る病人は治る、死ぬ病人は死ぬ、医者の知ったことではない、というわけでございますかな」

「そういう意味もあるだろうね」

「するとその、藪《やぶ》医者も名医も差別はない、高価な薬も売薬も同じことだ、というわけになるのでしょうかな」そこで徳兵衛はわざとらしく付け加えた、「もちろん新出先生のような御高名な方はべつとしてですが」

「私をべつにすることはない」と去定は答えた、「おまえさんの云うとおり、医者にも薬にもたいした差別はないというのが事実だ、名医などという評判を聞いて高い薬礼を払ったり、効能も知れぬ薬を買いあさったりするのは、泥棒に追い銭をやるよりばかげたことだ——なにかそのほかに訊きたいことがありますか」

「これはどうも、御機嫌を損じたようでございますな」

「いやなかなか」と去定は立ちあがりながら笑った、「このくらいのことで肚《はら》を立てるようでは、金持のたいこ医者が勤まるものではない、その懸念《けねん》は御無用」

外へ出るとすぐに、去定は「吝嗇漢《りんしょくかん》」と云って唾を吐いた。それから三軒廻ったのだが、機嫌の直るようすはなかった。登もこれまで外診の供をしていて、去定がそんなことを云われるのを見た例はなかった。町家はいうまでもなく、大名諸侯でさえ、相当以上の礼をつくして迎えるのがつねであった。

——ひどいやつがあったものだ。

徳兵衛の皮肉な、そらとぼけた口調や、色艶《いろつや》の悪い顔にうかべた卑《いや》しい表情などを思い返すと、登もまた唾を吐きたいような、いやな気持になるのであった。

六軒めの回診が終って出たとき、去定は空を見あげて、「さて」と呟き、そのまま暫く立停っていた。竹造は背負った薬籠《やくろう》をゆりあげながら、うかがうように登を見た。登は眼で、黙っていろという合図をした。

「まだ帰るには早いな」と去定はわれに返ったように云った、「よし、みくみ町へ廻ってやろう」

そして元気よく歩きだした。

まるで軀《からだ》の中から不機嫌を叩《たた》き出そうとでもするように、力のこもった大股《おおまた》で、*御成道《おなりみち》を横切ると、松下町から武家屋敷のあいだをぬけ、細くて急な坂を登ってみくみ町まで、ぐんぐんと休みなしに歩き続けた。薬籠を背負っている竹造は汗だらけになり、登に向かってそっと苦情を云った。

「あのけちんぼの仇《かたき》を、こちとらで討たれるようなもんだ、こんなつまらねえ話はありませんぜ」

登は黙って振向いた。竹造はぐしゃぐしゃになった手拭《てぬぐい》で額を拭《ふ》き、それを両手で絞ってみせた。手拭はいま水からあげでもしたように、信じ難いほどの量の汗が絞り出された。登は苦笑して、「よせ」と云いかけながら、ふと、すれちがってゆく男のほうを見た。それは娼家街のほうから来たのだが、すれちがうときに変な眼でこちらを見た。一種のするどさを帯びたいやな眼つきだったので、登が振返ると、その男もこちらを振返って見てい、だがすぐに顔をそむけると、小走りに横丁へ曲っていった。

「いつかのやつですぜ」と竹造が吃《ども》りながら云った。

六

「いつかのやつって」

「このまえ本郷の通りで、わざと先生にぶっつかって文句をつけたやつです」

「そうかな、私は気がつかなかったが」

「あっしはあの面《つら》で覚えてましたよ」と竹造は云った、「野郎こそこそ逃げていったじゃあありませんか」

「そうらしいな」と登が云った。

去定はその日、十七軒ある娼家をぜんぶ診てまわった。中には拒む家もあったが、去定は相手の云うことなど聞きもせず、強引にあがって女たちを呼びだし、ちょっとでも疑わしい者は遠慮なく診察をし、病気に冒されていれば投薬したうえ、症状に応じてその雇い主たちに注意を与えた。

「この女は十日休ませろ」とか、「この次おれが診に来るまで客を取らせるな」とか、ごくひどい者は「生家へ帰らせろ」と命じたりした。たいていはうわべだけにしろ、はいはいとすなおに聞いた。診察も治療も只《ただ》でしてくれるのだから、むしろ感謝するのが当然であろう。けれども中には反抗する者もあった。

「うちではこの女一人が稼ぐんですよ」とやり返す女主人がいた、「こっちの女はお茶ばかりひいて、三日に一人の客も取れやしない、肝心の稼ぎ手に十五日も休まれたら、それこそ口が干あがっちゃいますからね、それとも十五日間の食い扶持《ぶち》を下さろうっていうんですか」

「十五日休ませろ」と去定は云《い》った、「さもなければ、口が干あがるぐらいでは済まないことになるぞ」

その女主人は顔をひきつらせ、睨み殺そうとでもいうような眼つきで、去定をねめつけた。

おとよという少女のいた家では、「もうあの子はいない」と云った。養生所へ伴れてゆかれるかもしれないということばかり心配していたが、三日まえの朝早く、誰も気がつかないうちに逃げだしてしまった。ゆく先のあてもないのだから捜しようもない、ということであった。真偽はわからない、事実はよそへ売ったのではないか、と登は思った。このまえのときおとよは、女主人のことを「かあさん」と呼びかけて、慌《あわ》てて「おばさん」と呼び直した。親類の子を預かっているというのも嘘だったらしいから、いま話していることも真実ではないだろう、そう思って去定を見たが、去定はべつに詮索《せんさく》もせず、黙って聞いていて、やがて立ちあがった。

十七軒めを済まして出たとき、去定が口の中で「医者にかかってくれればいいが」と呟くのが聞えた。外は黄昏《たそが》れかかっていて、早くも酔っているらしい客が、あちらこちらに一人二人と、娼家の軒先で女たちと話したり、ふざけた声で笑ったりしていた。そして去定たちが門へかかろうとすると、その前を塞《ふさ》ぐように、二人の男があらわれて道の上に立った。どちらも若く、一人は双肌《もろはだ》ぬぎ、一人は褌《ふんどし》に白い晒木綿《さらし》の腹巻だけで、その裸の男のほうが去定に呼びかけた。妙にへりくだった、あいそのいい口ぶりで、眼だけに凄《すご》みをきかせながら、今後はこの土地へ近づかないほうがいい、という意味のことを云った。

去定は若者をじっとみつめていて、それからごく穏やかに訊《き》いた、「どうして、おれが来てはいけないのだ」

「土地がさびれるんだそうですよ」と若者は答えた、「おまえさんは初めに町方を伴れておいでなすった、それは一度っきりだったそうだが、なにしろ養生所はお上《かみ》の息がかかってるし、おまえさんはそこの先生だ、しぜんおまえさんのような人が出入りをすると、客がこわがって寄りつかなくなる」

去定は遮って云った、「そんな持って廻ったことを云うな、おまえは誰かに頼まれて来たのだろう、頼んだのは誰だ」

「このしまぜんたいですよ」

「正直に云え」と去定はたたみかけて云った、「おれは二年あまりここへかよっている、しょうばいの邪魔になるなら、もうとっくに文句が出ている筈だ、誰に頼まれたか正直に云え、誰だ」

「威勢のいいじじいだな、ええ」若者は伴れのほうへ振向いた、「せっかくためを思って云ってやるのに、これじゃあ穏やかにゃあ済まねえらしいぜ」

「あまくみてえるんだ」肌ぬぎの男は手をあげて叫んだ、「おい、みんな来てくれ」

登は振返った。するとうしろのほうに三人若い者がいて、こっちへ走って来た。二人はこのまえ、おとよのことでやりあった相手であり、他の一人は来るときにすれちがった、竹造に云わせれば「本郷一丁目で突き当った」男だということを登は認めた。

「保本、――」と去定が云った、「竹造といっしょにさがっていろ、手出しはならんぞ」

「それはいけません、先生」

「いや構うな」と去定は登を遮った、「おれは大丈夫だからさがっていろ、ええ、さがっていろというんだ」

登と竹造は脇へさがった。登は足ががくがくし、唾がのみこめなくなった。竹造を見ると、怒りのためだろう、顔が赤くふくれていたが、不安そうなようすはみえなかった。

「やいじじい」と裸の男が云っていた、「年を考げえて引込んだらどうだ、いまのうちなら見逃がしてやるが、へたに意地を張ると一生片輪者になるぜ」

「きさまこういう地口《*じぐち》を知っているか」と去定は云った、「医者と喧嘩《けんか》をして逃げるやつが云うんだ、あの医者の手にかかると命が危ない、——きさまたちもよく考えるほうがいい、おれは命は取らないが、それでも手足の二本や三本、へし折るぐらいのことはやりかねないぞ」

裸の男、たぶんこの中のあにき分だろうか、ふんとせせら笑いをしながら、みくびったようすで去定のほうへ近よった。

「じじい」と彼は問いかけた、「てめえ本当にやる気なのか」

「よしたほうがいい」と去定が云った、「断わっておくがよしたほうがいいぞ」

男は突然、去定にとびかかった。

登はあっけにとられ、口をあいたまま茫然《ぼうぜん》と立っていた。裸の男がとびかかるのははっきり見たが、あとは六人の軀が縺《もつ》れあい、とびちがうので、誰が誰とも見分けがつかなかった。そのあいまに、骨の折れるぶきみな音や、相打つ肉、拳《こぶし》の音などと共に、男たちの怒号と悲鳴が聞え、だが、呼吸にして十五六ほどの僅《わず》かな時が経《た》つと、男たちの四人は地面にのびてしまい、去定が一人を組伏せていた。のびている男たちは苦痛の呻《うめ》きをもらし、一人は泣きながら、右の足をつかんで身もだえをしていた。

「さあ云え」と去定は組伏せた男――それはあにき分とみえる裸の若者だったが、その男の首を片手で責めながら云った、「誰に頼まれてした、誰だ、云え、云わぬとこのまま絞めおとすぞ」

男はぜいぜいと喉《のど》を鳴らし、首を左右に振りながら云った、「ごあんさまです」

「誰だと、はっきり云え」

「御《お》徒町《かちまち》の」と男は喘《あえ》ぎながら云った、「――井田の若先生です」

七

井田五庵、なにを云うか、と登は思った。井田五庵は養生所の医員である、父の玄丹とともに、御徒町で町医を開業しているが、親子二人とも、かよいで養生所の診療に当っている。ばかな云いぬけをするやつだと登は思ったが、去定は手を放して立ちあがった。

「それに相違ないだろうな」

「ほかにもいます」男は起き直って、苦しそうに喉を押えながら云った、「この湯島の荒巻っていう人と、天神下の先生などにもまえから頼まれていました」

「それも医者か」

男は頷いて咳をした、「二人ともお医者です、こんどは井田先生にせっつかれてやったんですが、井田先生はともかく、荒巻さんと天神下の石庵《せきあん》さんは、このしまでくらしを立ててるようなもんですから、へえ」

「わかった、もうよせ」と去定が遮った、「きさま立って、その辺から板切れを二三枚捜して来い」

幅と長さはこのくらい、と去定は手で寸法を示し、男はよろよろ立ちあがった。

去定はのびている四人を診てまわった。二人は腕が折れてい、一人は気絶、一人は脛《すね》の骨に罅《ひび》が入っていた。そして四人とも、眼のまわりや頬骨のあたりに痣《あざ》ができていたり、裂けた唇から血が流れていたり、瘤《こぶ》だらけだったりした。去定はまず気絶した男に活をいれ、竹造に薬籠をあけさせて、すばやくそれぞれに手当をしてやった。——これだけの騒ぎにもかかわらず、娼家はみな表を閉めているし、あたりには人の姿もなかった。むろん、かかりあいになるのを怖《おそ》れているのだろう。去定はすばやく手当を済ませ、裸の男が板切れを持って来ると、登に晒木綿を裂かせて、二人の折れた腕に副木《そえぎ》を当ててやった。

「少しやりすぎたようだな、うん」手当をしながら、去定はしきりに独り言を云った、「もう少しかげんすればよかった、うん、こいつはひどい、こんな乱暴はよくない、医者ともある者がこういうことをしてはいけない」

登は竹造を見た。

「初めてじゃありませんよ」と竹造は吃りながら囁《ささや》いた、「こいつらの知らないほうがふしぎなくらいです、まえに幾度もありましたよ」

登は嘆息しながら首を振った。

「よし、伴れてゆけ」去定は立ちあがって、裸の男に云った、「これは仮の手当だ、井田のところへ伴れていってやり直してもらえ」

「しかし」とその男は渋った、「こういうことになった以上、まさか井田先生のところへは、どうも」

「いやなら養生所へ来い」と去定は云った、「傷の手当だけではなく、仕事が欲しければ仕事の相談もしよう、いつまでやくざでいられるものじゃあないぞ」

「へえ」と男は頭を掻《か》いた。

「少し度が過ぎたようだ」と去定がまた云った、「勘弁してくれ」

そして登に振向いて、歩きだした。

「かなしいものだ」黄昏の街を歩いてゆきながら、去定は登に云った、「あの医者どもは娼家と結託して、女たちを不当にしぼる、ろくな薬もやらず、治療らしい治療もせず、ごまかしで高い薬礼をしぼり取っている、おれはまえから知っていた、正当な治療もせずに、ああいう哀れな女たちをしぼるのは、強盗殺人にも劣らない非道なやつだ、今日はその怒りが抑えきれなくなったのだ、――がこういうことはむずかしい」
「なにがですか」と登は挑みかかるように反問した、「井田親子は養生所の医員ではありませんか、養生所医員という看板で町医を稼ぎながら、あんなやくざ者を使ってまで」
去定は手をあげて制止した、「井田のことはべつだ、井田親子のことはやがて始末をつける、おれはほかの二人、荒巻とか石庵とかいう者のことを考えたのだ」
「その二人にしろ、非道な点に変りはないでしょう」
「だが、かれらもまた、人間だ」くたびれはてたような口ぶりで、去定は云った、「かなしい哉《かな》、かれらも人間だということを認めなければならない、おそらく家族もあることだろう、医者としての才能がないとわかっても、ほかに生きる手段がなければどうするか、――妻子をやしないその日のくらしを立てるためには、たとえ非道とわかっても、ならい覚えた仕事にとりついているよりしようがない」
「しかしそれは理屈に合っていません」

「おれにはわからない、まるでわからない」と去定は首を振った、「おれには理屈などはどうでもいい、かれも人間、これも人間、かれも生きなければならないしこれも生きる権利がある、ただ、どこかでなにかが間違っている、どこでなにが間違っているのか、——ふん、おれの頭はすっかり老耄《おいぼ》れたらしいぞ」

登は喉でくすっといった。すっかり老耄れたという言葉が、(意味は違うにせよ)さっき五人のならず者を投げとばした、豪快な姿を思いださせて、ふと可笑《おか》しくなったのである。去定が不審そうな眼で登を見た。

「いや、なんでもありません」と登は首を振りながら云った、「なんでもありません」

鶯《うぐいす》ばか

一

俗に「伊豆《いず》さま裏」と呼ばれるその一帯の土地は、松平伊豆守《いずのかみ》の広い中屋敷と、寛永寺《かんえいじ》の塔頭《たっちゅう》に挟まれて、ほぼ南北に長く延びていた。表通りには僅《わず》かばかりの商店と、花やあか桶《おけ》を並べた寺茶屋があるほかは、商家のつつましい隠宅とか、囲い者、かよい番頭などの、静かなしもたやが多く、だが、五筋ある路地へはいると、どの路地も左右の棟割り長屋が軒を接していて、馴《な》れない者にはうっかり通ることができないほど、いつもうす暗く、狭く、そしてとびまわる子供たちでごたごたしていた。戸数は全部で四十七あるが、すっかり毀《こわ》れて人の住めないところが十二戸もあり、そのほかにも借り手のない空き店《だな》が七戸か八戸あるので、実際の住人は二十七か八家族、合わせて百五十人から百七八十人を前後していた。

保本登が、去定の供でその長屋へいったのは、「鶯《うぐいす》ばか」と呼ばれる男を診察したときのことであった。九月中旬の風の強い日で、五カ所を回診したあとだから、もう日は昏《く》れかかってい、路地の中は煮炊《にた》きの煙でいっぱいだった。むろん、去定はもう馴染《なじみ》なのだろう、尊敬をこめた挨拶《あいさつ》や、親しげに呼びかける声が、強い風に煽《あお》られる炊事の煙の中で、右から左からと、殆《ほと》んど絶えまなしに聞えた。いちどなどは屋根の上から呼びかけたので、案内に立っていた差配の卯兵衛《うへえ》が叱《しか》りつけた。

「そんなところからなんだ、弥助《やすけ》だな、このばか野郎」と卯兵衛はどなった、「屋根の上から先生に声をかけるという法があるか、*馬方をしていたってそのくらいの礼儀は知っているだろう、おりて来い」

「屋根が飛んじまうがいいかい」

「屋根がどうしたと」

「この風だよ、うへえ」と屋根の上の男がどなり返した、「怒っちゃいけねえよ、差配さん、いまのうへえってのはおまえさんの名めえじゃあねえ、おそれいったときの合の手だからね、うへえ」

「ふざけるなこの野郎」

「あがって来てみな、わかるから」と屋根の上の男がどなった、「この屋根は半刻《はんとき》もめえからばきばきいってるんだ、おれがこうして重石《おもし》になってるからいいようなもんの、おれがどいてみねえ、いっぺんにひん捲《ま》くられて飛んでっちまうから」

去定が笑って云《い》った、「弥助、するとおまえは、風のやむまでそこにそうやっているつもりか」

「どうもしようがねえ」と屋根の上の男が云った、「店賃が溜《たま》ってるし、この長屋を出るあてもねえんだから、まあ、わっちのことはしんぺえしねえでおくんなさい、先生」

「呆《あき》れた野郎だ」と卯兵衛が云った、「そんなことを云って、屋根を踏み抜きでもすると承知しねえぞ」

屋根の上の男がなにか云い返したが、「うへえ」という言葉しか聞きとれなかった。卯兵衛は舌打ちをし、まだ狭い路地の中でふざけている子供や、軒下で魚を焼いている女房などに小言を云いながら、去定たちを十兵衛の住居へ導いていった。

十兵衛は四十一歳、おみきという妻に、おとめという七歳の女の子があり、十兵衛は古くから小間物の行商をしていた。馬喰町《ばくろちょう》に森口屋といって、足袋、股引《ももひき》、小間物などの卸屋がある。十兵衛はその店で勤めあげたが、二十一でお礼奉公の終るちょっとまえ、女に騙《だま》されてかなり多額な金を遣いこんでしまった。それで暖簾《のれん》を分けて貰《もら》うこともできず、十年ちかい奉公を水の泡にして、その店を逐《お》われた。店の主人の情けで、縄付きにはならなかったが、それから五六年のあいだは職を転々と変え、蕎麦屋《そばや》の出前持ちをしているときに、おみきと知りあって夫婦になった。世帯《しょたい》を持つとなると肚《はら》もきまり、馬喰町の店へいって事情を話した。森口屋の主人は承知をし、六十日限《ぎり》で品物を貸してくれることになった。

それから約十五年、市中は云うまでもなく、*朱引《しゅび》き外まで、品物を担《かつ》いで根気よくしょうばいして歩いた。十五年というとしつき、ただもう「根気」一つにしがみついて稼いだが、三人生れた子の上二人が、一人は五つ、一人は四つで死に、おみきの産後が悪かったりというぐあいで、いまだにこの長屋から出ることができなかった。——ところがつい七日ばかりまえ、娘のおとめを伴《つ》れて銭湯へいったところ、そこで急におかしくなってしまった。おとめを裸にさせ、いっしょに流し場へはいってゆくと、おとめが足を滑らせて転んだ。そのとたんに十兵衛は、脇《わき》で軀《からだ》を洗っていた男を殴りつけた。男を殴りつけておいて、娘を抱き起こしながら、十兵衛はおちついた声でおとめに云った。

——それみろ、おまえ転んだりするから、よそのおじさんが心配するじゃないか、気をつけて歩きな。

そのようすがあんまりおかしいので、殴られた男は怒ることも忘れ、あっけにとられて眺めていたという。そして銭湯から帰ると、一尺四方ばかりの板きれを捜しだし、勝手から目笊《めざる》を持って来て、部屋の隅の鴨居《かもい》のところへ板を渡し、その上へ目笊を伏せて、坐《すわ》りこんだ。なんのことだかおみきにはわからない、どうしたんですかと訊《き》くと、「しっ」と制止し、声をひそめて囁《ささや》いた。

――静かにしな、千両の鶯だ。

――鶯ですって。

――とうとう手に入れた、ほら、鳴いてるだろう、あれが千両の囀《さえず》りだ。

十兵衛は鴨居の隅を見あげ、いかにも嬉《うれ》しそうに、その「鶯の声」に聞き惚《ほ》れながら、おみきに向かって囁いた。

――これでやっと貧乏もおさらばだ。

それから今日まで、十兵衛は稼ぎにも出ず、寝るときと食事をする以外は、坐ったままじっと目笊を眺め続けている。ときには夜なかに起きあがって、心配そうに耳を傾け、すぐ安心したように独り頷《うなず》いて、そのまま朝まで坐っている、などということもあった。おみきが稼ぎにいってくれるように頼むと、彼はけげんそうな顔をし、もうそんな必要はない、この鶯が売れればおれたちは一生安楽にくらせるんだ、と繰り返すばかりであった。

以上のことは差配の卯兵衛から聞いたのであるが、十兵衛の住居へゆき、去定が診察してみると、どこにも疾患と思えるところがみつからなかった。去定に促されて登も診た。登は竹造に提灯《ちょうちん》用の蠟燭《ろうそく》を出させ、それに火をつけて十兵衛の眸子《ひとみ》をしらべた。

「おまえさん方は私を気違いだと思っているんですね」と十兵衛は憐《あわ》れむような口ぶりで云った、「お気の毒だがそれは見当ちがいだ、私は生れてこのかたいちどもお医者の世話になったことのない人間ですからね、こんなことをなすってもまるっきりむだですよ」

そのとき戸外で「やあい泥棒」という子供たちの声がした。三人か四人で囃《はや》したてているらしい、「長次のぬすっと」とか、「長の野郎やっつけちまえ」などと叫び、がたがたとどぶ板を踏み鳴らす音が聞えた。

「またやってやがる」上《あが》り框《がまち》にいた卯兵衛は舌打ちをして云った、「どうしてああ長ばかりいじめるんだか、しょうのねえがきどもだ」

そして路地へと出ていった。

診察を終った登は、去定に向かってそっと頭を振った。去定は鴨居のほうを見あげた。すっかり昏れてしまったらしいし、行燈《あんどん》が煤《すす》けているため、家の中は陰気に暗かった。貧しい家具に仏壇、ほかには大きな角張った包み（商品であろう）が三つ積んであるだけの、がらんとした部屋の一隅の鴨居に、渡してある板と、その板の上に伏せてある目笊とが、ぼんやりと見えていた。

「あそこに」と去定は十兵衛に訊いた、「あの目笊の中にはなにがいるんだ」

「しっ」と十兵衛は制止し、それから声をひそめて云った、「そんなばかな声を出しちゃあ困りますよ、なにがいるかって、おまえさんには見えないんですか」

「おれにはなにも見えない」

「眼が悪いんだな、そうはみえないが」と云って、十兵衛は片手の指を立て、頭をかしげながら去定に囁いた、「そらあれです、眼が悪くっても耳は聞えるでしょう、そら、あれを聞いて下さい、聞えるでしょう」

去定は黙っていた。

「千両の囀りですよ」と十兵衛は去定に囁いた、「もうすぐ買い手がつく筈《はず》です」

去定はまもなく立ちあがり、また来て診よう、とおみきに囁いてから、土間へおりた。そこへ卯兵衛が戻って来、いっしょに路地を出たが、外はもう夜の景色で、竹造は提灯に火をいれた。

「いま長次の泥棒と騒いでいたようだが」と通りへ出たところで、去定が訊いた、「いつか診た五郎吉のところの子供か」

「さようです」と卯兵衛が答えた、「どうもこの長屋に悪い女が来やあがって、いろいろよけいな口をきくもんですから、*金棒曳《かなぼうひ》きの嬶《かかあ》やがき共がその尻馬《しりうま》に乗りましてね、弱い者いじめばかりしてしようがありませんや」

「五郎吉のかみさんはあれから達者か」

「なにしろあのくらいですから、寝ているわけにもいかねえんだろうが、まあどうやらやっているようです」と卯兵衛は云った、「ときに、――十兵衛のようすはいかがでしょう」

「なんとも云えないな」と云って去定は、吹きつける砂埃《すなぼこり》から顔をそむけた、「ときどきこの保本をよこすが、もう少しようすをみてからでないとわからない、とにかくあれ以上ひどくなるような心配はないだろう」

そして去定たちは帰途についた。

二

養生所へ帰る途中、登が十兵衛の眼をしらべたのはなぜだと、去定が訊いた。登は長崎にいたとき、蘭医から教えられたのだ、と答えた。頭の中に腫物《はれもの》ができたりすると、似たような症状を起こす。そのときは眼に光を当ててみると、眸子に不規則な*震顫《しんせん》が認められるという。それでしらべてみたのだが、十兵衛にはそれがなかった、と云った。

「では病気はなんだと思う」

「見当がつきません」と登は答えた、「軀にはまったく異状がありませんし、瘡毒《そうどく》などの*痼疾《こしつ》があるとも認められませんし、ことによると無意識の仮病ではないかと思います」

「想像の診断は絶対にいけない」

「いいえ想像ではなく、くらしの条件からそう考えたのです」

十五年あまり稼ぎとおして、いまだに生活が苦しい。二人の子を亡《な》くしていることや、いつになったら楽なくらしができるという当てもない。年も四十一になって来ていることなどで、「現在の生活からぬけ出よう」という、不断の願いが重なって来て、自分では意識せずに頭の変調を起こした。千両の鶯、などという妄想がそれをあらわしているように思う、と登は云った。去定は黙っていたが、やがて、暇があったら診にいってやれ、とあっさり云っただけで、登の診断についてはなにも意見を述べなかった。

それから五六日して、登がその長屋へいくつもりであると云うと、去定は例の金包みを渡して、これを卯兵衛に遣《や》ってくれと云い、また、同じ長屋の井戸の脇に、五郎吉という日傭取《ひようとり》がいて、みんな軀が弱いから、そこへも寄って診てやるがいい、と付け加えた。――それから十月のはじめまでに五回、登は伊豆さま裏のその長屋へかよった。十兵衛は長屋の人たちから「鷲ばか」と呼ばれるようになり、相変らず坐ったきりで、鴨居の目笊を眺めくらしていた。

五郎吉の家族とも、このあいだに馴染になったのであるが、二男の長次をべつにして、五郎吉も女房のおふみも、他の三人の子供たちも、引込み思案で弱気らしく、なかなか登とうちとけなかった。五郎吉はおふみより一つ年上の三十一、長男の虎吉《とらきち》が八歳、長女のおみよが六歳、二女のおいちが四歳、おみよまでが年子で、――長次は七歳だった。――長次は初めてのときから登になつき、登の顔を見るととびついて来て、帰るまで側《そば》からはなれなかった。二度目に訪ねたときのことだが、長次は銀杏《ぎんなん》の実を笊にいっぱい拾って来たところで、登にそれを見せ、この次に来たら先生にあげるよ、とないしょで云った。

「そんなにどうしたんだ」

「伊豆さまの屋敷だよ」と長次は云った、「伊豆さまの屋敷に大きな銀杏の樹《き》があるだろう、風が吹くと、実が塀の外へ落ちるんだ」

「ずいぶんたくさんあるな」

「おれが一番さ」と云いながら、長次は勝手口の横の地面を掘って、その青臭い匂《にお》いのする実を埋めていった、「みんな拾いにいくけれど、おれにかなうやつはいやあしねえ、明日もまたいくんだ」それからまた力んで云った、「これいい値で売れるんだぜ」

登は戸惑ったような顔をし、ゆっくりと話をそらした。

「土に埋めてどうするんだ」

「こうやって六七日おくとね、上のこの臭い皮が腐って剝《む》けちゃうんだ、そうしたら中から実を出して洗って干すんだよ」

そのとき一人の女が通りかかって、露骨ないろ眼をつかいながら登に会釈《えしやく》した。年は二十八九だろう、肥えて肩幅が広く、胴がくびれておらず、広い肩幅がそのまま大きな腰へ続いている。頰骨の張り出た平べったい大きな顔には、いやらしいほど厚化粧がしてあり、赤茶けた少ない髪で結った髷《まげ》も、安油でびたびた光っていた。

「保本先生って仰《おっ》しゃるんですってね」と女はどきっとするほど太い、しゃがれた声で話しかけた、「あたし向う長屋の端にいるおきぬという者ですが、このごろ頭痛が続いてどうしようもありませんの、おついでのときいちど来て診て下さらないでしょうか」

登は黙って頷き、すぐに五郎吉の家へはいってしまった。その帰りに差配へ寄ると、卯兵衛の女房のおたつが、あの女はいけません、と首を振った。

「まったくとんでもねえあまです」と卯兵衛も側から云った、「こつ（千住《せんじゅ》の遊廓《ゆうかく》）で年期いっぱい勤めあげたという古狐《ふるぎつね》で、知らねえもんだから店《たな》も貸したんですが、あいつのおかげで四月からこっち、長屋内にいざこざの絶えたことがねえ、まったく始末におえねえあまです」

「名はおきぬというそうだな」

「まったく」と卯兵衛が云った、「うわばみみてえな恰好《かっこう》をしてやがっておきぬもすさまじい、そのうちに刃物沙汰《ざた》でも起こりゃしねえかと、こっちはびくびくものですぜ」

おきぬの身辺は複雑であった。

彼女は千住で勤めているうち、深い馴染《なじみ》客が三人できた。その一人と夫婦約束をしたのであるが、年期があけても、その男にはまだ世帯を持つ力がない。そこで留吉という客をうまく騙し、彼の囲い者というかたちで、この長屋に家を持った。留吉は池之端七軒町《いけのはたしちけんちょう》で畳屋をやっており、年も五十二か三になるが、珍らしいほど人の好《い》いうえに、こんな長屋に囲っておくということで、すっかり女に押えられている。しょうばいのほうもあまり景気はよくないようだが、女の我儘《わがまま》には逆らえず、いろいろくめんしては金や物を運んでいる。女はそれをもう一人の、夫婦約束をした男に貢《みつ》ぐのだが、留吉は少しも感づいていないという。その片方の男は遊び人ふうで、年も女より五つ六つ若く、ちんと手洟《てばな》をかむところなどはなかなかあくぬけがしていた。おきぬはそれが大自慢で、「うちの人」などと相長屋の人たちにのろけているが、どこに住んでいるかも、職業も、名前さえも口にしたことがない、「うちの人」が来るのはたいてい昼のうちだが、おきぬは彼を見るとたちまちうわのそらのようになって、酒肴《しゅこう》の支度に走りまわったあとは、あぶら照りの土用ちゅうでも雨戸を閉めてしまう。それでも静かにしているのならいいが、殆《ほと》んど野放しといったあんばいで陽気にふるまう。やわになっている根太が抜けるかと思うほど、どしんばたんとひどい音を立てたり、咆《ほ》えたり、泣き喚《わめ》いたりするので、たいていあけすけなことに馴れている隣り近所の人たちも胆《きも》をぬかれ、わけのわからない子供などはしばしば、「おばさんが殺されるよ」と怯《おび》えた。おまけにそのあと、おきぬはさばさばしたような顔で、あたし、「うちの人」を怒らしちゃってひどいめにあわされちゃったわ、泣いたの聞えたかしら、などと云ってまわりのかみさん連中をくさらせるのであった。

それだけではない、彼女はこの長屋の男たちにもちょっかいを出した。老若《ろうにゃく》も好き嫌いの差別もなく、隙《すき》さえあれば誘いかけるし、使いにゆけば見知らぬ男をくわえて来る。そして、その弱味をごまかすためだろう、長屋じゅうを廻っては人の蔭《かげ》口《ぐち》をきいた。それもおそろしく毒のある蔭口で、「あそこのおかみさんが誰それと寝ていた」とか、「どこそこの誰かは臭いめしを食ったことがある」などと云う類《たぐ》いで、その相手は長屋内でも特に貧しい家とか、気の弱い家族に限られており、「誰それは泥棒だ」と云う例がいちばん多かった。

「ここのところかかって、五郎吉一家のことを悪く云ってるようです」と卯兵衛が太息《といき》をついて云った、「なにしろ男出入りだけでも、いまに一騒動ありゃあしねえかと思って気が気じゃあねえ、まったく弱ったもんです」

そんな女ならどうして追い出さないのか、と登が訊いた。すると女房は向うへ立っていき、卯兵衛はなんと云いようもない一種の身振りをした。

「そんななまやさしいあまじゃありません」と卯兵衛は吐き出すように云った、

「それができるくらいならとっくにやってますよ」

おきぬという女の、臼《うす》のような頑丈な軀つきや、油で光る赤毛の小さな髷や、まっ白に塗りたてた平べったい、頬骨の尖《とが》った顔や、露骨なながし眼を思いだして、登は背中がぞくぞくするのを感じた。

——そういう女はいるものだ。

あまりにあくの強い話を聞いて、殆んど憎悪《ぞうお》におそわれながら、登は自分をなだめるようにそう思った。どこの長屋にも十兵衛と似たような、頭のおかしい者が一人や二人はいるものだし、またおきぬのように、ふしだらで恥知らずで、近所にもめごとを起こすような女もいるものだ。

——当人の罪じゃない。

去定ならそう云うであろう、年月は知らないが、遊女などで年期を勤めあげるうちには、人の想像も及ばないようなことを経験するだろう。生れつきの性分によっては、豊かな境遇や勝手気ままな生活の中でも、おきぬに劣らずたちの悪い女がいる。おきぬ独りの罪ではない、貧困と無知と不自然な環境とが、ああ云う性分をつくりあげたのだ。そう云うであろう去定の言葉が、現実に聞えるように思い、登は力のない苦笑をうかべた。

十月下旬の或《あ》る日、登は去定の許しを得て、麹町《こうじまち》三番町の父母を訪ねた。十日ほどまえ、母が足を病んで寝ている、という知らせがあった。母の八重は四十六であるが、三十前後から右足の痛風が持病になっていて、季候の変りめには痛みが起こり、半月、一と月と寝るようなことがよくあった。去年、長崎から帰るとすぐ、養生所へはいってから約一年、登は頑固に家へは帰らなかったので、三番町を訪ねるのはかなり気が重かった。しかし、いつまで頑張っているわけにもいかないし、天野との話もあるため、思いきってでかけたのであった。

家へ着いたのは午《ひる》ころで、父の良庵は患家へでかけて留守、登の知らない書生が玄関にいた。母は寝ているというので、そのまま寝間へいってみると、母親の枕許《まくらもと》で、若い娘がなにか読んで聞かせていた。登はすぐに、それが天野のまさをだと気づいておどろいたが、まさをのほうでも思いがけなかったのだろう、登の顔を見ると大きく眼をみはり、「あ」といいたげに口をあいたが、読んでいた合巻本《ごうかんぼん》をそこへ置くなり、顔をまっ赤にして逃げだした。

三

登は一刻《とき》ちかくいただけで、父の戻るのを待たずに三番町の家から帰った。

母はやはり持病の痛風であったが、まえには右足の膝《ひざ》がしらだけだったのに、こんどは太腿《ふともも》から腰にかけて痛みがひろがり、立ち居も不自由になった。それを聞いて、天野から、身のまわりの面倒をみようと、まさをがすすんで来たのだ、ということであった。——まさをが養生所へ訪ねて来たとき、登はついに会わなかったので、少女時代の記憶しかないが、姉のちぐさとは軀つきも顔だちも違っていた。瘦《や》せがたで小柄だが、いかにも健康そうであり、動作は若い牝鹿《めじか》のようにすばしこく、ちょっとしゃくれた、愛嬌《あいきょう》のある顔には、清らかな渓流の面《おも》に見られるような、敏感で変化のある表情が、絶えずあらわれたり消えたりした。

——姉妹でもこんなに違うことがあるんだな。

縹緻《きりょう》もぬきんでているし、挙措《きょそ》もおっとりと優雅で、色や香りの濃厚な花を連想させるちぐさとは、あまりに違っているし、そのうえふしぎなことに、いまの登にはちぐさよりもまさをのほうがはるかに好ましく、むしろ強くひきつけられたことに自分で驚いた。彼はそれが自分でも恥ずかしかったようで、母がそれとなく縁組のことに触れたとき、もう少し経《た》ってから返辞をします、とぶあいそに答えただけで、すぐにまた養生所の話に戻った。

——あなたのようすでやっと安心しました。

母は別れるときに云った。登の熱心な話しぶりで、彼が養生所へ入れられたのを、いまではもう怒っていないということがわかったらしい。さも安堵《あんど》したといいたげに、母は弱よわしく微笑しながら云った。

——留守にあんなことがあって、あなたの気性が心配でしたし、ちょうど新出先生からのお話が出たものだから、さぞ怒るだろうとは思ったけれどね。

——それはもう済んだことです。

養生所へ入ったことは、却《かえ》ってよかったと思っています、と登も笑いながら云った。それから、痛風には患部を温めるのもいいが、両便の通じ、特に排尿を規則正しくしなければならないこと、また食事のとりかたなども注意して、登は別れを告げた。玄関まで送って来たまさをに、彼は、「母を頼みます」と云い、まさをは、どうぞまたみまいに来てくれるようにと云って、登の眼をじっと見あげた。

外へ出て、歩いていきながら、登は幸福な気分に包まれているのを感じた。玄関へ両手を突いてこちらを見あげたとき、まさをはその眼をぱちぱちと大きく二三度またたかせた。すると彼女の顔いちめんが、露をはらったなにかの葩《はなびら》のように、みずみずしい精気を発するのが感じられた。

「あの眼だな」と歩きながら彼は呟《つぶや》いた、「よく気のまわる、賢さと敏感な気性が、あの眼にそのままあらわれている」

ちぐさはどうだ。そう思って彼はおそろしく決然と首を振った。ちぐさの印象はすっかり色褪《いろあ》せたばかりでなく、いまの彼には些《いささ》かのみれんも残らず、むしろ嫌悪を催すくらいであった。

「これはおれが成長したことだろうか」と登はまた呟いた、「そうだ、養生所で経験したことが、たぶん幾らかでもおれを成長させたのだろう、そうだ、おれにとってはこのほうがよかった」

各種各様な意味で、人間生活の表裏を見て来た。ことに不幸や貧困や病苦の面で、そこにあらわれる人間のはだかな姿を、現実に自分の眼で見て来たのである。その経験から、ちぐさとまさをとの差を見分けるだけの、判断力を持つようになったのだ。

「だがまあ、そういきまくな」暫《しばら》くして登は、去定の口まねで呟いた、「まさを認めたいまのいま、にわかにそういきまくことはない、みっともないぞ」

彼は自分の顔が赤くなるように思い、そこで気を立て直すために、残った時間を有効に使おうと決心した。時刻はまだ午後二時ちょっとまえである。登は養生所へは帰らずに、そのまま「伊豆さま裏」へまわった。

登はまず十兵衛のようすをみようと思ったのだが、差配の家の前をとおると、卯兵衛がとびだして来て呼びかけた。

「いま養生所へ使いをやろうとしていたところです」と卯兵衛はうろたえた声で云った、「ひどいことになりました、すぐにいってやって下さい、一家心中をやりましてね、孝庵《こうあん》さんがいちおう手当だけはしてくれたんですが、ええ、いやそうじゃない、十兵衛じゃありません。十兵衛はちゃんと鶯をにらんでます、ええ、五郎吉のところです」

「なんでやった、刃物か」

「毒です」路地へ駆け込みながら、まだうろたえた声で卯兵衛が云った、「孝庵さんの話では鼠取《ねずみと》りの毒だろうということですが、吐いた物も臭いし、家の中じゅうおっそろしく臭《にお》ってむせるようです」

四

五郎吉の家族は殺鼠剤《さっそざい》をのんだのであった。いわみ銀山しかじかの鼠取りといわれるもので、夫婦はどうやら助かるもようだが、末子のいちは死に、登がいってみたときは、他の三児も重態であった。部屋の中は硫黄と物の酸敗したような臭気が充満していて、うっかりするとこっちが嘔吐《おうと》しそうになった。

「ごめんね」長次は登を認めるとすぐに、ひどくしゃがれた声で、とぎれとぎれに云った、「ごめんね、先生、かんにんしてくんなね」

「なにをあやまるんだ」登は笑ってみせながら云った、「なにも悪いことなんかしてないじゃないか」

長次は喉《のど》を詰まらせて、「ぎんなん」とかすかに云った。よく声が出ないらしい、登は少年のほうへ耳を近づけた。銀杏の実をあげると約束したのに嘘《うそ》をついてしまった、と長次は云った。彼は忘れたのではない、ちゃんと覚えていたのだが、かあちゃんが*碾割《ひきわり》を買うのに足りなかったので、ついみんな売ってしまったのだ、という意味のことを云った。

「よせよ、長」と登は首を振り、できるだけ乱暴に云った、「銀杏なんか好きじゃないし、おれはすっかり忘れていたくらいだ、そんなことを気に病むなんて男らしくないぞ」

「こんど取ったらあげるね」と長次は云った、「今年じゃなければ来年、げんまんだよ」

「よし、げんまんだ」

二人は右手の小指を絡《から》ませて振った。長次の指が火のように熱く、けれども力のないのが登に感じられた。来年だぞ、と心の中で登は呼びかけた。そのためには生きなければならない、頑張るんだぞ長、こんなことで死んじゃあだめだぞ。——登は調剤すべき薬品の名を書き、使いに持たせて養生所へやった。使いの者にはわけを話して、今夜はこっちで泊るかもしれない、という伝言も頼んだ。午後四時ころに六歳のおみよが死に、日が昏《く》れてから長男の虎吉が死んだ。死ぬとすぐに、他の者にはわからないように注意して、死躰《したい》を差配の家へ運んだ。残った子供は長次だけになったが、五郎吉や女房のおふみは、これらのことを知っているらしいのに、どちらもなにも云わなかった。養生所から届いた薬を、登は自分で調合し、煎《せん》じてのませた。長次はまったく受けつけなかったし、夫婦は黙って拒絶した。

「みんながこんなに心配してくれているのがわからないのか」登はしまいに本気でどなった、「こんな迷惑をかけたうえに、みんなの心配を無にするつもりか」

それでようやく、五郎吉もおふみも与えられた薬をのんだ。

日が昏れてからまもなく、野原孝庵という医者がみまいに来た。四十がらみの肥えた男で、そこにいる登には構わず、夫婦と長次をざっと診察し、渋い顔をしながら帰っていった。まもなく差配の卯兵衛が、「晩めしをあがって下さい」と迎えに来た。登も空腹になっていたので、手伝いに来ている近所の女房たちにあとを頼み、卯兵衛といっしょに彼の家へいった。麦飯に、煮魚と味噌汁《みそしる》、香の物という食事であった。卯兵衛もいっしょに喰《た》べながら、その日の出来事を語った。

朝の七時ころ、五郎吉は妻子を伴れて、「浅草寺へ参詣《さんけい》にいって来る」と断わり、戸閉まりをして出ていった。べつに変ったようすはなかった。そもそも家族そろって浅草へいく、ということが常にないことなので、なにか変ったようすがあったとしても、近所の人たちが気づかなかったのは当然であろう。

「浅草へいくと云ったのは嘘で、すぐに戻って来たんですな」と卯兵衛は云った、「戻って来たのも、うちへはいったのも見た者はありません、両隣りの者も知らなかったんですが、そのじぶんは井戸端が賑《にぎ》やかで、うちにいる者は少ないもんですから、そのつもりになれば、人の眼につかずにうちへはいるのもそうむずかしいことじゃありません」

午すぎに、隣りのおけいという女房が、五郎吉の家でへんな呻《うめ》き声や、子供の暴れるような物音を聞きつけ、それから大騒ぎになったのであった。

「しかしどうして」と登が箸《はし》を置きながら訊いた、「急にそんな、一家心中などをする気になったのだろう」

「わかりませんな」と卯兵衛はあっさり答えた、「こういうくらしをしている人間は、死にたくなるような理由を山ほど背負ってますからな、まったくひどいもんです、ちょっとしたきっかけさえあれば、すぐにでも死にそうな人間が幾らもいますよ」

登は食事の礼を述べて、立とうとしてふと思いだした。

「あの孝庵という医者はここへ寄らなかったろうか」

「寄りました」と卯兵衛は顔をしかめた、「薬礼は誰が払うかって、たしかめに来たんですが、病人のことはなんにも云わねえ、薬礼はこれこれ、いつ誰が払うかってね、急場でしょうがねえから頼んだんだが、——匙《さじ》かげんはへたくそだが、銭勘定だけはうめえって、この辺では評判の医者なんです」

「そんなことはない、いい手当だった」と登は云った、「あれだけの処置を手早くやれるのは珍らしい、悪く云うのは間違いだよ」

登は外へ出た。空は曇って、肌寒い風が吹いていた。長屋の多くは戸を閉め、もれてくる灯も疎《まば》らで、歩いていくどぶ板の鳴る音が、おどろくほど高く響いた。五郎吉の家の少し手前までいったとき、登はぞっとしながら立停った。——向うのほうから、まるで現実のものとは思えないような、ひどくくぐもった、ぶきみな声が聞えて来たのである。それは陰気な響きをもって、地面の下のほうから、誰かに呼びかけているように聞えた。

「どうしました」とうしろで声がした。

登は殆んどとびあがりそうになった。それが卯兵衛だということはわかっていながら、とびあがりそうになり、全身が粟立《あわだ》った。

「ああ、あれですか」卯兵衛は向うの声に気がついて、笑いながら云った、「貴方《あなた》がたは御存じないかもしれませんな、いってみましょう、長屋のかみさん連中ですよ」

卯兵衛が歩きだし、登もついていった。すると井戸端に、提灯を持った女たちが六、七人いて、二人ずつ代る代る、井戸の中へ向かって呼びかけるのであった。

「長坊やーい、長次さんやーい」

ひと言ひと言を長く引いて、ちょうぼうやあーい、というふうに呼ぶのであるが、平常とは違うもの悲しげな、訴えるような哀調を帯びた声で、それが井戸の中にこもった反響を起こすため、眼の前に見えていてさえも、背筋が寒くなるようなぶきみさを感じた。

「長次を呼び返しているんです」と卯兵衛が囁いた、「井戸は地面の底へ続いてますからね、死にかかっている者をああやって呼べば、こっちへ帰って来るっていうんですよ」

空には星一つ見えず、暗い路地に風が吹いている。風は強くはないが、たしかに冬の来たことを示すように、しみるほど冷たかった。登は井戸の中に響く女たちの嘆き訴えるような呼び声を、やや暫く黙って聞いていた。——使いの伝言で、来るかと思った去定は来ず、登は十一時ごろまで五郎吉の家にいたが、ひと眠りするようにと云われ、差配の家へ戻って寝床にはいった。枕が変ると寝にくいたちで、どうせ眠れはしないだろうと思ったが、まさをの姿を想《おも》い描き、どういう機会に縁談を承知しようか、などと考えていると、幸福感で軀ぜんたいが温かく包まれるように思われ、いつかしらうとうとと眠りこんでしまった。

午前三時に、登は呼び起こされた。

「面倒でしょうがちょっと起きて下さい」と卯兵衛が云った、「長次のやつが先生に会いたいと云ってきかないそうです」

登は起き直った、「容態でも変ったのか」

「わかりません、そいつは聞きませんが、ただぜひとも先生に会わせてくれと云って、承知しないいんだそうです」

「なん刻ごろだ」

「八*ツ半です」と卯兵衛は寝衣《ねまき》の衿《えり》を掻《か》き合わせた、「弥平《やへい》の女房がお迎えに来ていますが、いって下さいますか」

「うん、着替えよう」登は立ちあがった。

待っていたのは、弥平という縁日あきんどの女房で、名はおけい、年は四十二、三になっていた。彼女は五郎吉一家と隣り同士であり、かれらの心中を発見したのもおけいで、それ以来ずっと付きっきりで世話をしている。男まさりで向っ気が強く、幾人かの女房たちをてきぱきと指図しながら、子供たちの死躰の始末から、残っている五郎吉夫婦と長次の面倒をみ、さらに湯茶のことまでぬかりなくやってのけていた。ただ登の閉口したのは、彼女がおそろしくあけっ放しで、これまでかつて聞いたためしのないほど、乱暴な口をきくことであった。

――なんだいその腰っつきは。

五郎吉の寝床を片よせるとき、向うの端を持った女房の一人に、おけいは男のような声でどなった。

――そんな腰っつきじゃあ××も満足にできやしめえ、もっとそのけつをあげな、けつを。

そのとき登は頬が赤らむのを感じたものである。だが、いま提灯で足もとを照らしながら、登を案内していくおけいは、人が変ったように温和《おとな》しく、しょんぼりとしていた。

「あの子は助かるでしょうかねえ、先生」とおけいは歩きながら訊いた、「長は助かるでしょうか」

「朝が越せれば助かると思う」

「はあ」とおけいは深い溜息《ためいき》をついた、「ひとこと相談してくれればよかったのに、おふみさんも水臭い、どうしてこんなことをする気になったんだろう」

五

おけいはふと立停って、前掛で顔を押えながら、怨《うら》めしそうに登に訴えた。

「あたしとおふみさんは、きょうだい同様につきあって来たんですよ、先生、こっちもその日ぐらしだから、力になるなんて口幅ったいことは云えやしない、けれどもこれまではどんな些細《ささい》なことでもうちあけあい、相談しあって来たんです、本当に一皿の塩、一と匙の醤油《しょうゆ》も分けあって来たのに」おけいは嗚咽《おえつ》をかみころすために、ちょっと黙った、「きょうだいより仲良くやって来たのに、生き死にという大事なことがどうして云えなかったんでしょう、子供まで伴れて死ぬほどのわけがあったのなら、一言ぐらいこうだと云ってくれてもいいじゃありませんか」

登は黙っていた。彼はこういう人たちをよく見て来た。貧しい人たちはお互い同士が頼りである。幕府はもちろん、世間の富者もかれらのためにはなにもしてくれはしない。貧しい者には貧しい者、同じ長屋、隣り近所だけしか頼るものはない。しかしその反面には、やはり強い者と弱い者の差があるし、羨望《せんぼう》や嫉妬《しっと》や、虚飾や傲慢《ごうまん》があった。そのうえ、いつもぎりぎりの生活をしているため、それらは少しの抑制もなく、むきだしにあらわされるのが常であった。——いつもは一と匙の塩を気楽に借りる仲でも、極めてつまらない理由、——たとえば、こっちへ向いて唾《つば》をしたとか、朝の挨拶が気にいらなかったとか、へんにつんとしていた、などというたぐいのことで、いっぺんに仇敵《きゅうてき》のように憎みだすのである。かれらがお互いに、自分を捨てても助け合おうとする情の篤《あつ》さは、生活に不自由のない人たちには理解ができないであろう、と同時に、かれらの虚飾や傲慢や、自尊心や憎悪などの、素朴なほどむきだしなあらわしかたも、理解することはできないに相違ない。

——一と匙の塩まで借りあい、きょうだい以上につきあっていながら、死ななければならないという理由は話せない。

貧窮しているための、相手に対する必要を越えた遠慮か、それとも頑迷な、理屈に合わない自尊心のためか、いずれにせよ、五郎吉夫婦には他人に話せない理由があったのだろう。おけいが責めるのは当っていないし、当っていないということはおけい自身も察しているに違いない、と登は心の中で思った。

「ねえ先生」とおけいは歩きだしながら云った、「お願いですから長坊だけは助けて下さい、死んじまった三人はしようがないけれど、せめて長坊だけは助けてやって下さい」

「やってみよう」と登は答えた、「私にできる限りのことはするよ」

五郎吉の家には、おけいのほかに二人、近所の女房が寝ず番をしていた。長次は眼を大きくみひらき、口をあいて、短い急速な呼吸をしていた。仰向きに寝たまま、ときどき頭を左右に振り、そして力なく呻いた。

「長次——」枕許に坐《すわ》った登は、行燈《あんどん》を近よせるように頼んで、長次の顔を覗《のぞ》いた、「私だよ、どうした」

「おれ、泥棒したんだよ、先生」と長次はぞっとするほどしゃがれた声で云った、「そのことを先生に云いたかったんだ」

「そんなことはあとでいいよ」

「だめだ、いま云わなくちゃ、いまだよ、だから先生に、来てもらったんだ」まるでおとなの話すような調子であった、「おれ、島屋さんの裏の垣根をね、先生、聞いてるかい」

「聞いてるよ、長次」

「島屋さんの裏の垣根をね、ひっぺがして、持って来ちゃったんだ」と長次は云った、「おれが悪かったんだ、おれ、そのほかにも泥棒したことがあるもの、だから、とうちゃんとかあちゃんが怒って、もうだめだって、おれのような、泥棒をする子が出ちゃって、近所で泥棒だって云われちゃえば、もうおしまいだって、それでみんなで、死ぬことになったんだ。水を飲まして」

登は女房たちを見た。おけいが湯呑《ゆのみ》を取ろうとし、登は「きれいな晒木綿《さらし》を」と云った。毒物を吐くときに喉を爛《ただ》れさせているし、もうごくりと飲む力はないと思ったのだ。おけいが手拭《てぬぐい》をきれいに洗い、その端に水を浸《し》みこませて持って来た。

登はその尖端《せんたん》を小さくまるめて、長次の口へ入れてやった。

「吸ってごらん」と登は云った、「舌でそっと吸うんだ、静かに、そう、静かに」

だが、長次は激しく噎《む》せ、僅《わず》かばかり吸った水といっしょに、悪臭のあるものを嘔吐し、脱力した軀《からだ》をねじ曲げてもがいた。

「おれが悪いんだからね、先生」少しおちついてから、長次はまた云《い》った、「とうちゃんや、かあちゃんのこと、勘弁だよ、ね、勘弁だよ先生、わかったね」

「わかった」登は長次の手を握った、「よくわかったから少し眠るんだ、話をすると苦しくなるばかりだぞ」

「水が飲みたい」と長次は云った、「でもだめだ、あとでだ、ね」

「すぐだ、すぐ飲めるようになるよ」

長次は眼をつむった。しかし瞼《まぶた》は合わさらず、白眼が見えていた。鼻翼の脇に、紫色の斑点《はんてん》があらわれ、呼吸はさらに早く、小刻みになった。

「先生」とおけいがぎょっとしたように囁《ささや》いた、「この息は死ぬときの息じゃありませんか、あたしこの息を知ってますよ先生、そうでしょ、死ぬときの息でしょ、どうにかして下さい先生、どうにかならないんですか」

「そのまま死なしてやって下さいな」と向うからおふみが云った。

みんなとびあがりそうになって、振向いた。五郎吉もおふみも、これまで一と言も口をきかず、寝床の中で横になったきり、殆んど身動きもしなかった。それがいま急に、人間の声とは思えないような、かさかさにしゃがれた声で呼びかけたのである。振返ってみると、おふみはじっと仰向きに寝ており、眼はつむったままであった。

「その子が泥棒したことは知ってました」とおふみはだるいような口ぶりで、ゆっくりと云った、「おきぬさんに云われなくっても、あたしはちゃんと知ってたんです、しょうがなかったもの、長が悪いんじゃない、どうにもしょうがなかったんだもの」

「おきぬだって」とおけいがすり寄っていった、「あの女がなにか云ったのかい」

「あの子を死なしてやって」とおふみは云った、「そのままそっと死なしてやって下さい、あの子のためにもそれがいちばんなのよ」

「おふみさん」おけいは覗きこみ、いきごんで訊《き》いた、「おまえはっきり云っとくれ、あのすべたあまが長坊のことをなにか云ったのかい、え、あいつがなにか云ったのかい、おふみさん」

おふみは顔をしかめた、「うちの人が島屋さんに呼ばれたの、そうしたらおきぬさんが店にいて、長のすることを見ていたって、証人になるって云ったそうよ」

「あのいろきちがいがかい」

「いいのよ、悪いのはこっちだもの、おきぬさんに罪はないわ」

「ちくしょう」と云っておけいは身を起こし、ぎらぎらするような眼で宙をにらんだ、「さかりのついた淫乱《いんらん》な雌犬みたような、あのちくしょうあまが、そんなしゃ*れたまねをしやがったのか」

「ごしょうだよ、おけいさん」とおふみが哀願するように云った、「迷惑をかけて済まないけれど、もうあたしたちのことはそっとしておいておくれ、長のやつもそのまま、死なしてやっておくれよ」

長次は明けがたに死んだ。

五郎吉もおふみも眠っていたようだ。女房たちは眼顔で語りあい、おけいが長次の死躰を抱いて、差配の家へ運んでいった。死んだきょうだいの四人は、差配の家で湯灌《ゆかん》をし、みんなで死装束をしてやってから、卯兵衛の隣りにある空店《あきだな》に移した。登はそれをあとで知ったのだが、長次が運ばれていったとき、彼は心の中でそっと云った。

——これできょうだいが揃《そろ》ったな、さあ、いっしょに手をつないで、仲よくおいで。

上り端《はな》の煤《すす》けた障子が、うっすらと明るくなった。気温がさがって、坐っている膝頭《ひざがしら》や足の指先に、こごえそうな寒さを感じた。登は行燈の火を消し、火鉢に炭をついだ。

「先生、——」とおふみが云った、「あの子は苦しみましたか」

「いや」登は火鉢から手を引いた、「いや、苦しみはしなかった、らくに息をひきとったよ」

「苦しみませんでしたか」

「死ぬときはもう苦しくはないそうだ」と登は云った、「頭*が死ぬ毒でやられるから、見ている者には苦しそうだが、当人はもうなんにも感じてはいないということだ、長次は苦しそうなけぶりもみせなかったよ」

おふみは良人《おっと》のほうを見た。暫く見ていて、また仰向きになり、済まないが水をもらいたい、と遠慮した口ぶりで云った。登は煎薬《せんやく》の土瓶《どびん》を取ったが、思い直して、冷たくなっている湯沸しから、空になっている急須《きゅうす》へ少し注ぎ、おふみに持っていってやった。

「気をつけて、少しずつ啜《すす》るんだ」と登は注意を与えた、「急須の口からじかのほうがいい、用心しないと喉にしみるよ」

おふみは顔をするどく歪《ゆが》めたが、噎せはしなかった。五郎吉は軽い寝息をたて始めた。それは疲労し尽したというより、精神も肉躰も解放され、安楽にのびのびと眠りこんでいる人の寝息のようであった。おふみは静かにそちらを見、長いこと良人の寝顔を見まもっていた。

「こんなふうに寝ているのは初めてですよ」とおふみはしゃがれた囁き声で云った、「いっしょになってから、そこそこ十年にもなるけれど、この人がこんなに、いい気持そうに寝ているのは初めてですよ」

六

「どうしてあたしたちを死なしてくれなかったんでしょう」

暫くしておふみがそう云いだした。

「どうしてでしょう先生」とおふみは天床《てんじょう》を見まもったまま云った、「考えに考えたあげく、そうするよりしようがないから、親子いっしょに死のうとしたんです、そのほかにどうしようもなかったのに、なぜみんな放っといてくれなかったんでしょう」

「こんなふうに」と云って、登はちょっとまをおいた、「こんなふうに死ぬのはよくない、持って生れた寿命を、自分で捨てるなどということは罪だ、ことにこんな小さな子供まで道伴《みちづ》れにするというのはね、——みんなが見殺しにできなかったのは当然のことだよ」

おふみは口をつぐんだ。ずいぶん長いあいだ、身動きもせずに黙っていたが、やがて、喉のかげんをして軽く咳《せ》き、独り言のように細い声で、ぽつりぽつりと話しだした。

五郎吉は深川、おふみは板橋で生れた。どちらも家が貧しく、五郎吉は七つ、おふみはもう五つのときから、子守に出された経験があった。二人の親たちも同じような育ちかたで、五郎吉の父はぼて振《ふり》の魚屋であり、おふみの父は屑屋《くずや》や、人足や、手伝いなどを転々としていた。五郎吉は十二の年から薬種問屋に奉公にいったが、十七のとき、倉で荷箱をおろしていると、それが崩れて来て、ひどく頭を打った。当座はなんでもなかったが、半年ほどすると、思いがけないときに一種の発作が起こるようになった。とつぜん意識が昏《くら》んできて、ものごとの判断ができなくなる。薬の箱をしまいにいって、棚の前に立ったとたんに、なにをしなければならないか、なにをするためにそこへ来たのか、まったくわからなくなってしまう。荷を受取るために車を曳《ひ》いてでかけて、途中でその発作が起こり、車を曳いたまま二日も飲まず食わずで、市中を迷い歩いたこともあった。

おふみは浅草並木町のめし屋に奉公していたとき、五郎吉と知りあった。彼は薬種問屋から暇を出され、そのときは蔵前で荷揚げ人足をしていた。五郎吉が二十一、おふみが二十のときのことである。――知りあってからまもなく、二人は江戸を出奔して水戸へいった。おふみが岡場所へ売られることになったので、彼にその事情を話すと「いっしょに逃げよう」ということになったのだ。あたしが唆《そそのか》したようなものです、とおふみは云った。

「水戸に三年いて、そのあいだに虎吉と長次が生れたんですけれど」とおふみは続けた、「うちの人は気も弱いし、持病もあるし、知らない土地のことで、どうにもくらしてゆけなくなり、とうとうまた江戸へ帰って来てしまいました」

ああ、とおふみは思いだしたように微笑した、「水戸を立退《たちの》くまえに、親子で大《おお》洗《あらい》さまへいきました、弁当を持って半日、親子で暢《のん》びり海を見て来ましたが、あとにもさきにもあんなに気持の暢びりした、たのしいことはありませんでしたよ、生れてっから今日まで、ええ、あのときがたったいちどでした」

江戸へ帰ってからもいいことはなかった。この三年ばかりこっち、五郎吉はあの発作こそ起こさないが、だんだん飽きっぽくなって来た。もともと眼はしのきくほうではないし、手に付いた職もないので、なにをやっても永続きがせず、あいだにおみよ、おいちと口がふえたので、彼女がどんなに内職で補っても、着て喰べることさえ満足にはできなかった。虎吉はぼんやりした子で役に立たず、女の子はまだ小さかった。その中で長次だけはよく気のまわる性分で、三つ四つのころから、ない知恵をしぼって母親を庇《かば》おうとして来た。

「ほんの三つ四つのころからなんです、とても先生なんかにはおわかりにならないでしょう」とおふみは云った、「晩めしのときに喰べる物がたりない、あたしはいつもみんなが済んでから喰べるようにしているんですけれど、喰べ物がたりないなと思うときに限って、長次も喰べないんです、おなかがすかないとか、腹が痛いから、なんて云いましてね、気をつけてみていると、少しでもあたしの口にはいるように、残しておこうとするんです」

「三つ四つの年でですよ」とおふみは繰り返し、「可愛《かわい》い子だった」と、うっとりするように呟いた。

くらしはいつもぎりぎりいっぱいで、五郎吉の稼げない日が三日も続くと、たちまち粥《かゆ》も啜れなくなる。冬でも粉炭の量り買いだし、煮炊《にた》きの薪《まき》に困ることなどしょっちゅうだった。長次はそれを知っていて、焚木《たきぎ》になりそうな物があると拾って来る。木っ端《こっぱ》、板切れ、枯枝、米俵や蓆《むしろ》などまで拾って来た。中には普請《ふしん》場からくすねて来たような板や、よその木の枝を折ったと思えるものなどもしばしばあった。しかし、現実にその日の焚木に困っているおふみには、叱ることはおろか、こんなことをしてはいけない、と云うことさえできなかった。

そして島屋のことが起こったのだ。島屋というのは表通りにある雑貨商で、五郎吉もときどき手伝い仕事を頼まれ、幾らかの銭を貰っていた。大掃除とか、家の羽目板のあく洗いなどというたぐいの、年に幾たびと数えるほどしかないことだったが、それでさえ心待ちにする稼ぎの内にはいっていた。島屋は店の奥に隠居所があり、小さいけれども庭を囲って、板塀がまわしてある。その塀の下半分、横に桟になっているところの木が古くなり、釘《くぎ》も腐ってとれたりして、がたがたに緩んでいた。長次はその桟の板を外して持って来た。幅は二寸、長さは（折ったので）五寸から七寸くらい、薪の小束が出来るくらいの量である。——するとその明くる日、島屋から呼びに来られ、また仕事かと思いながら五郎吉がいってみた。仕事どころではない、店にはおきぬがいて、長次が塀の板を剝《は》がして持っていった、見ていたあたしが証人だ、あの子はまえから手癖が悪い、泥棒根性のある子だ、などとまくしたてた。島屋の主人はやかましいことは云わず、これから気をつけてくれと、注意しただけであった。五郎吉は島屋から戻ると、稼ぎにも出ずぼんやりと坐りこみ、やがて肱枕《ひじまくら》をして、寝ころんでしまった。

「それが五日まえ、もう六日になりますね」とおふみは眼つきで日を数えた、「その日の晩、子供たちが寝ちゃってから、初めてうちの人がその話をしました」

五郎吉は話しながら泣いた。おふみは絶望した。まえにも近所の子供たちは、長次のことをよく「どろぼう」などとはやしたてた。けれどもこんどのことはまったく違う。おきぬという者がみていた「証人」であり、よその塀の板を「剝がして」来たのだ。まえから手癖が悪かったとか、泥棒根性があるなどと、人の前ではっきりと云われたのである。

「その晩と明くる日いっぱい、あたしたちはよく話しあいました、そして相談がきまったので、子供たちに云って聞かせましたが、子供たちもそのほうがいいって、云ってくれたんです」おふみはうつろな、殆《ほと》んど無感動な口ぶりで云った、「——でもまちがわないで下さい、あたしたちはおきぬさんに云われたことを怨《うら》んで、それで死ぬ気になったんじゃありません、生きていてもしようがない、生きているだけ苦労だということがわかったからなんです」

あたしたちは親の代から、息をつく暇もないほどの貧乏ぐらしをして来た。二人ともあきめくらで、子供も人並に育てることはできない。育てるどころか、長次にはぬすみを教えて来たようなものだ。親たちからあたしたち夫婦、そしてこのままいけば子供たちまで、同じような苦労を背負わなければならない。もうたくさん、もうこれ以上は本当にたくさんだ、とおふみは弱々しくかぶりを振った。

「子供たちは死んでくれました、うちの人とあたしの二人なら、邪魔をされずにいつどこででも死ねますからね、子供たちが死んでくれて、しんからほっとしました」おふみはそこで、訝《いぶか》しげに云った、「——こんなこと云っては悪いかもしれませんが、どうしてみんなは放っといてくれなかったんでしょう、放っといてくれれば親子いっしょに死ねたのに、どうして助けようとなんかしたんでしょう、なぜでしょう先生」

登は辛うじて答えた、「人間なら誰だって、こうせずにはいられないだろうよ」

おふみは笑った。笑ったように登は感じた。それは聞き違いだったろう、単に呼《い》吸《き》が喉を擦《こす》った音かもしれない。だが登には、彼女が笑ったように思えた。

「生きて苦労するのは見ていられても、死ぬことは放っておけないんでしょうか」

おふみは枕の上でゆらゆらとかぶりを振った、「——もしあたしたちが助かったとして、そのあとはどうなるんでしょう、これまでのような苦労が、いくらかでも軽くなるんでしょうか、そういう望みが少しでもあったんでしょうか」

登は黙って、頭を垂れた。

この問いに答えられる者があるだろうか、と登は心の中で云った。これは彼女だけの問いかけではない、この家族と同じような、切りぬける当てのない貧困に追われ続けて、疲れはてた人間ぜんたいの叫びであろう。これに対して、ごまかしのない答えがあるだろうか。かれらに少しでも人間らしい生活をさせる方法があるだろうか。登は爪《つめ》が掌《てのひら》にくいこむほど強く両の拳《こぶし》を握りしめていた。

「先生、——」暫くしておふみが云った、「あの人たちがなにかしているようですね」

登は頭をあげた。戸外で大きな物音と、女たちの喚《わめ》きたてる声が、朝の静かな路地いっぱいに騒がしく聞えていた。

「あの人たちですよ」とおふみが云った、「きっとおきぬさんになにかしているんでしょう、いってとめてあげて下さいな」

登は立とうとしなかった。

「お願いですからとめにいって下さい」とおふみが熱心にせがんだ、「おきぬさんの罪じゃありません、あたしたちが悪かったんですから、どうか先生いってやって下さい」

七

夜はすっかり明けたが、濃い霧がおりていて、二、三間《げん》さきの見透《みとお》しもつかなかった。路地の左右では、戸外で煮焚《にた》きをする者が多く、その火の側《そば》には男たちか、老婆《ろうば》の姿しか見えなかった。赤く霧を暈《ぼ》かしている火の側から、男たちは登に呼びかけ、笑いながら、向うで聞える騒ぎのほうへ肩をしゃくってみせた。

「かかあ連中のお慰みでさ、へっ」と男の一人は云った、「みんなこういうことになるのを待ってたんですからね、ああいう女はかかあ連中には仇《あだ》がたきみてえなもんだ、うっちゃっときなせえ先生、へたにとめようとでもするとひっ搔《か》かれますぜ」

「そうらしいな」登は立停った。

霧でわからないが、おきぬの家のあたりで、家財でも投げだしているらしい、器物の毀《こわ》れる音がし、女たちが揉《も》みあい喚きあっていた。中でもいちばんよく聞えるのはおけいと、当のおきぬの声であった。

「殴りゃがったな、うぬ」というのはおきぬの声である、「人の頭へ手を当てやがったな、こいつら、きっ」

「これが人間の頭か、これが」というのはおけいの声で、「てめえにあるのは腰だけだろう、この腰で男をちょろまかしゃあがって、この口で人を殺しゃあがった、この淫乱の人殺しあま、こうしてくれるぞ」

「なにが人殺しだ、いっ」とおきぬがどなり返す、殴りあう音といっしょだが、張りのあるいさましい声だ、「泥棒だから泥棒だって云ったんだ、それがなんで人殺しだ」

「長が泥棒ならうぬは男ぬすっとの男強盗の*はっつけあまだ、こう、こう、こう」殴る音と同時におけいが叫ぶ、「出ていけ、てめえなんぞにいられちゃあ長屋ぜんたいの恥っさらしだ、うせろ、出てうせろ」

「出ていけこのあま」他の女房の声が聞えた、「うちの*宿六にまでいろ眼なんぞ使やあがって、こんちくしょう、*かっちゃぶいてくれる」

「きっ、やりゃあがったな」

「かっちゃぶいてくれる、このいろきちげえめ、死んじまえ」

登は踵《きびす》を返して差配の家へいった。

半月のち、五郎吉夫婦は長屋を去った。四人の子の遺骨を持って、どこへいくとも云わず、世話になった礼廻りをすると、夫婦でより添うようにしてたち去ったということだ。養生所の印をついた届書と、差配や長屋の人たちの口書《くちがき》とで幸い町方のほうは咎《とが》めなしに済んだが、それには一つの代償を払わなければならなかった。

——というのは。

或《あ》る日、「伊豆さま裏」を通りかかって、ふと十兵衛をみまう気になり、差配の家に寄ると、「卯兵衛は内職のことで、十兵衛のところへいった」という。それで路地へはいっていくと、向うから来た女が声をかけた。見るとおきぬなので驚いたが、例のとおり厚化粧をし、小さな赤毛の髷《まげ》から、安油の匂《にお》いをぷんぷんさせながら、彼女は満面に媚《こび》を湛《たた》えて頰笑みかけた。

「あら先生、お久しぶり」とおきぬは嬌《なまめ》かしく云った、「よく御精が出ますことね、あたしもこのところ、また頭痛が続いて困ってるんですの、いちどぜひうちへ来て——」

登は聞きながして歩きだしたが、毒のある毛虫にでも触ったように、軀《からだ》じゅうがちくちくするほどのいやらしさと、嫌悪《けんお》感《かん》におそわれた。十兵衛の家へいくと卯兵衛がいたので、いまおきぬに会ったことを告げ、「まだ此処《ここ》にいたのか」と訊いた。

「あいつには手をあげました」卯兵衛はうんざりしたように云った、「長屋を追い出すんなら、五郎吉一家の心中、子供四人の死んだことを町方へ訴えて出るってんでね、——あいつのことだからやりかねませんや、そんなことになれば長屋じゅうの迷惑ですからね、みんなにも因果を含めて、とうとうそのままということになったんです、いやもう、まったくたいした女があったもんでさ」

登は胸がむかついて来た。その胸のむかつきから逭《のが》れるように、十兵衛のようすを診よう、と彼は云った。

おみきは立って茶の支度にかかり、十兵衛はいつものところに坐ったまま、じっと鴨居《かもい》を見あげていた。初めのころより肥えたらしく、肩などどまるまるとしていたし、頬などもずっと肉づいていた。登は側へいって坐り、ぐあいはどうだ、と云いかけたが、すぐ十兵衛に「しっ」と制止された。十兵衛は鴨居のほうへそーっと耳を傾けた。そうして、静かにそっちを指さしながら、登に向かって頷《うなず》いた。

「聞いてごらんなさい、いい声でしょう」と十兵衛はたのしそうに云った、「この鶯《うぐいす》は千両積んだって売れやしません、なんていい鳴き声でしょうかね、あの囀《さえず》り、――心がしんからすうっとするじゃありませんか」

おくめ殺し

一

十二月にはいってまもない或《あ》る日の午後八時過ぎ、——新出去定は保本登と話しながら、伝通院《でんづういん》のゆるい坂道を、養生所のほうへと歩いていた。竹造が去定の先に立って、提灯《ちょうちん》で足もとを照らしながらゆき、薬籠《やくろう》は登が負っていた。一人の使用人に二つの仕事を同時にさせてはならない、と去定はつねに云《い》っている。医員たちはべつであるが、下男下女、庭番などにはこの内規が固く守られていて、これまでにも登が薬籠を背負うことは珍らしくなかったし、去定その人も例外ではなかった。

——疲れているんだな。

去定の話を聞きながら、登は心の中でそっと首を振った。去定は疲れてくると怒りっぽくなる。その日はことに病人が多く、十五カ所も診察に廻ったあとで、帰りがいつもより一刻《とき》ちかくもおくれ、疲労と空腹のためにいっそう苛立《いらだ》っていたらしい。「かよい療治の停止」について、役人たちの無道さを激しく非難した。

養生所の経費削減と、かよい療治の停止令が出たのは夏のことであった。そのとき去定はずいぶん抗議をしたが、結局どうにもならず、去定がその費用を負担するという条件で、かよい療治を黙認することになった。そのため去定は、従来よりも多く、大名諸侯や富豪、大商人などの依頼に応じ、その収入で削減された経費や、かよって来る病人の投薬をまかなって来たのであるが、数日まえまた養生所付きの与力から呼ばれて、「かよい療治は一切ならぬ」ということ、同時に、入所している病人でも、身内に多少でも稼ぐ者がある場合には「食費を取る」ように、ということを云われたのであった。

「富者の万燈《まんどう》より貧者の一燈《いっとう》ということがある」と歩きながら去定が続けた、「これは貧者の信心こそ仏の意志にかなうという意味らしいが、じつはまったくのたばかりだ」

万燈を献ずる富者には限りがあるし、いつも万燈を献ずるものではない。だが、一燈しか献ずることのできない貧者は多数であって、しかも、一燈くらいの寄進ならいつでも応ずるだろう。「仏への供養《くよう》」は来世へのつながりであり、安楽往生のみちだという。この世で貧苦にいためつけられ、一生うだつのあがらない人たちは、せめて安楽往生、来世での成仏《じょうぶつ》ということに頼りたくなる。その弱身をつかんで、一燈をたばかり取るわる賢さは、政治にそのまま通じているようだ。

「幕府の経済が年貢《*ねんぐ》運上によって成り立つことはいうまでもない」と去定は云っていた、「しかし、それを支えているものはつねに、もっとも多数の小商人や小百姓や職人たちだ、その例をここで並べる必要はないだろうし、その是非については一概に云えない面もある、それにしても、かれらが日雇い人足の僅《わず》かな賃銭にまで運上を課することや、施療《せりょう》を受けているような病人から食費を取る、などという無道さにはがまんがならぬ」

去定はどしんどしんと、ちから足を踏んで歩いた。

「むろん、おれがここでどう頑張ったところで、役人どもを動かすことはできない」と去定は云った、「たとえ二三の役人を動かすことができたとしても、幕府の政治まで動かすことはできない、だからこんなことを喚《わめ》きたてるのはばかげたぐちだ、*源氏であれ*平家《し》であれ、人間がいったん権力をにぎれば、必ずその権力を護《まも》るための法が布かれ、政治がおこなわれる、いついかなる時代でもだ、——保本はおれの、こういうぐちを幾たびか聞いている、さぞうんざりしていることだろう、また始まったかと思うだろう」去定は声を高めながら、まるで登がなにか云おうとしたかのように、暴《あら》あらしく遮った、「いや、なにも云うな、おまえがどう思おうと構わぬ、誰がなんと思おうと構わない、たとえこれがばかげたぐちであろうとも、おれは生きている限り喚きたててやる、お、――」

お、と云いかけて去定は急に足を停めた。そこは伝通院の土塀が終ろうとするところだったが、竹造がへんな声をあげ、土塀に沿っている溝のほうへ提灯をさし向けた。

「なんだ」と去定が訊《き》いた。

竹造は「人が倒れています」と云い、溝の中を覗《のぞ》きこんだ。

「おい」と竹造は呼びかけた、「どうした、おい、どうかしたのか」そして、もっと覗きこんであっと叫んだ、「ああ血だ、ひどいけがをしているようですよ先生」

「触るな」と去定が云った。

近よってみると、溝の中に若者が一人倒れていた。石でたたんだその溝は、幅も深さも三尺たらずで、水はないが、横に倒れこんだ男の軀《からだ》は身動きもできないようであった。去定は提灯の光を寄せて男のようすを眺めた。年は二十七八にみえる、めくら縞《じま》の長半纏《ながばんてん》にひらぐけをしめているが、着崩れで胸も足も裸同様であり、元《もと》結《ゆい》が切れてさんばら髪になった頭から、顔の半面、胸まで血に染まっていた。男は荒い息をし、低く呻《うめ》いていたが、去定が声をかけると、軀ぜんたいがぴくっと動き、いきなり仰向けになると、右手を胸の上で構えた。その手は九寸五分*を握ってい、それが提灯の火で氷の断面のように光った。

「おちつけ」と去定が云った、「おれは小石川養生所の医者だ、おまえはひどいけがをしているがどうしたんだ、喧嘩《けんか》か」

男は顔をあげた、「誰かそこらに、そこらに人はいませんか」

「誰もいないようだ」

「やりそくなった、ちくしょう」と男は呻いた、「もうちっとのところだったのに」

「喧嘩だな」

「野郎を一人殺すつもりだったんですが」と男は答えた、「向うに用心棒がいて、こっちのほうがこのざまです、済みませんが立たしてくれませんか」

去定が「竹造」と云い、提灯を受取った。竹造は溝の中へはいり、男の両腕へ手を入れて、そっと抱き起こした。男は辛うじて立ちあがったが、右足ががくんとなり、するどく呻きながら、崩れるように坐《すわ》りこんだ。去定は提灯を登に渡し、男の側《そば》へ寄って、右の足をしばらせた。

「脛《すね》の骨だな」と去定が云った、「折れてはいないようだ、たぶん罅《ひび》でも入ったのだろう、竹造、おぶってやれ」

「どうするんですか」と男が不安そうに訊いた。

「どうするって」と去定が怒ったように云った、「おれは医者だと云ったろう」

「しかし、あっしは」

「竹造」と去定が云った、「おぶってやれ」

竹造は男を背負い、去定は大股《おおまた》に歩きだした。

二

男の名は角三《かくぞう》といい、年は二十五。住居は小石川音羽《おとわ》の五丁目、藪下《やぶした》と呼ばれるところにあった。養生所へ伴《つ》れていって診ると、傷は頭に二カ所、肩から背中、腰、足などに五六カ所あって、頭だけは刃物の傷だが、ほかはみな棒かなにかで撲《なぐ》られたらしく、脛の骨には罅が入っていた。

藪下の長屋は去定も知っていた。いまでもときどき寄っているが、角三というその男のことは知らなかった。

「あっしは十二の年からよそへ出ていたんです」と角三は云った、「おやじは加吉といって、二年まえに死にました」
「加吉」と去定は眼をほそめた、「――あそこは八軒長屋が三棟並んでいた、加吉というと、端の長屋で畳職人をしていたと思うが」
「そうです、足の痛風で立ち居が不自由なくせに、おっそろしく強情なおやじでした」角三は寝返ろうとして顔をしかめ、痛みをこらえるために歯をくいしばった、「先生は、――」と彼は痛みをそらすように、わざと平気な声で訊いた、「先生は多助っていうとしよりを知ってますか」
「夜鷹《よたか》そばをやっていた老人だな」
「そうです、済みませんがあそこへ使いをやってもらいたいんですが」と角三は云った、「おたねっていう娘に来てもらいたいんです、話さなくっちゃならないことがあるから、すぐ来てくれって云ってもらいたいんですが」
「明日になったら呼んでやろう、今夜はこのまま眠るがいい」
「今夜はだめですか」
「おまえは誰かを殺そうとしたんだろう」と去定が云った、「*町木戸で咎《とが》められたとき、もし気づかれたらどうする、朝になったら使いをやるから、今夜はおとなしく寝るがいい、さもないと傷に障《さわ》るぞ」

角三は眼をつむって云った、「わかりました、どうか朝になったらお願いします」

去定は登を見て立ちあがった。登は付いていてやろうかと思ったが、去定の眼つきで、その必要がないことを悟り、立ちあがってその病室を出た。去定は自分の部屋へゆこうとしていたが、登の出て来るのを見ると、「済まないが握り飯を持って来るように云ってくれ」と云った。その言葉で、急に登も空腹だったことに気づき、いそいで廊下口から賄所《まかないじょ》のほうへ出ていった。

食堂《じきどう》は八時に閉まるので、それ以後は賄所へいくよりしかたがなかったのである。登がはいっていくと、賄所も灯が一つ残っているだけだったが、うす暗くてがらんと広い土間に、男が一人、箱のような物を作ってい、その脇《わき》にお雪が立って、それを眺めていた。登はお雪に二人前の握り飯を頼みながら、男が猪之《いの》であることに気づいた。

「猪之じゃないか」と登が呼びかけた、「ばかに精をだすな、なにをやってるんだ」

「へえ、なにちょっとその」猪之はあいまいに口を濁した、「先生がたもこんなじぶんまでたいへんですね、外は寒いでしょう」

「話をそらすな、なにを作ってるんだ」

「その、おまるの腰掛なんです」そう云いながら猪之は赤くなった。

「おまるの腰掛だって」

「御存じでしょう、おゆみさんていう頭のおかしな娘さん」と猪之が云った、「あの人がすっかり弱っちまって、おまるを使うにも軀がふらふらするっていうんです、それで腰掛を拵《こしら》えたら幾らからくだろうっていうもんで、ためしに作ってみているんです」

「そうか」と登が云った、「お杉に頼まれたんだな」

「あっしの役ですからね」と猪之はひどくいきごんだ高い声で云った、「こういう仕事をする約束でお世話になってるんですから、誰に頼まれたからするってわけのもんじゃねえ、へんなこと云わねえでおくんなさい」

「気に障ったのか」と登は笑った、「それは悪かった、勘弁してくれ」

「とんでもねえ、そんな」猪之はまた赤くなり、まごついたように頭を掻《か》いた、「先生にあやまられたりしちゃあ*ぼくめんがねえ、へえ、大きな口をたたいて済みません、あっしこそ勘弁しておくんなさい」

「お互いに礼儀は正しいわけだ」と云って、登はまた笑った、「お杉によろしく云ってくれ」

猪之はやけに金槌《かなづち》の音をさせた。登はお雪から手提げの籠《かご》を受取り、あとから茶を持っていく、というのを聞きながら賄所を出た。

夜の明けるのを待って藪下へ使いがゆき、おたねという娘を伴れて来た。おたねは十九という年よりふけてみえるし、気性もしっかりしているらしく、頭を晒木綿《さらし》で巻かれた角三を見ても、とり乱したようすは少しもなく、去定の話すことをおちついて聞いていた。

「十日もすれば起きられるだろう」去定は傷のもようを説明してから云った、「足のほうはようすをみないとわからない、たぶん一と月もすれば治るだろうと思うが、それまでは立ち歩きをしないほうがいい」

「うちへ伴れて帰ってはいけないでしょうか」

「五六日はこのままのほうがいいだろう」と去定が云った、「手当をするにも都合がいいし、また、なにかまちがいがあったようだから、いま伴れ帰っては悪いのじゃあないか」

「はい、そのことなんですが」

「おたね」と角三が云った、「なにかあったのか、高田屋からなにか云って来たのか」

「ええ」とおたねが答えた、「ゆうべおそく、伊蔵《いぞう》が男たちを三人伴れて来て、水*

戸さまのところで若旦那《わかだんな》を殺そうとした者がいる、この長屋の人間に違いないから出せって」
「やっぱりそうか」
「一軒一軒みて廻るので、あたし」とおたねはちょっと口ごもり、それから角三の気をかねるように云った、「あたしあんたが豊島《としま》の親類へいったって云いました、豊島の奥の親類に不幸があって、今夜は泊って来る筈《はず》だって云ったんですけれど」
「よく云った、だがやつらは信じやあしない、信じやあしなかったろう」
「だと思うけれど、帰らなければもっとひどいことになるわ」
「威《おど》したのか」
「帰らなければあんたがやった証拠だし、長屋じゅうの共謀だって云うの」おたねは唾《つば》をのんだ、「長屋じゅうの者を訴えるって云ってるのよ」
「よし、おらあ長屋へ帰る」
「まあ待て」と去定が遮った、「しだいによっては相談に乗ろう、これはいったいどういうことなんだ」
「どうかなんにも訊かないで下さい」と角三が云った、「これ以上ご迷惑をかけたくはありませんから」

「迷惑か迷惑でないかはおれがきめる、とにかく話すだけ話してみろ」

「あんた」とおたねが云った。

角三は横へ寝返ろうとしたが、「う」といって顔ぜんたいを歪《ゆが》め、苦痛をこらえるために下唇を噛《か》んだ。そこへ、森半太夫が来て、入所患者の診察をする時刻だと告げた。

「よし」と去定は頷《うなず》き、立ちながら登に云った、「おまえ話を聞いておいてくれ」

三

音羽五丁目の、藪下と呼ばれるその長屋は、三棟で二十四戸あり、二十一家族が住んでいた。家主は牛込神楽坂《うしごめかぐらざか》の、高田屋松次郎という。先代は与七といって、ずっと以前にはその音羽の五丁目で、小さな質屋を営んでいた。俗に「*戸納質《とだなじち》」という、土蔵もないささやかな店だったが、しょうばいがうまく当って、安い売家や土地を買い溜《た》めた。運もよかったのだろう、また、質屋の店をひろげずに、土地や家を買い溜めたことが、与七の性に合っていたのかもしれない。しだいに資産を積み、十五年ほどまえ、質屋をやめて神楽坂へ移り、*地所と*家作を専業にするようになった。

　藪下の三棟の長屋は、与七がまだ五丁目で質屋をやっているじぶん、正確にいうと十九年まえから、店子《たなこ》に無償で貸していた。店賃を取らないばかりでなく、直すところがあれば、高田屋で直し、店子には一文の負担もかけなかった。

「しかもそれは」と角三が云った、「与七という旦那の代だけではなく、伜《せがれ》の松次郎の代まで続ける約束で、差配の元助が証人だったそうです」

「なにかわけがあったのか」

「あったんでしょう」と角三は云った、「なにかわけがなければ、そんな約束をする筈がありませんからね」

「理由はわからないのか」と登が訊いた。

「わからないんです」と角三が答えた、「差配も代が替りましたし、そのじぶんのことを知っているのは、このおたねのじいさま一人だけで、それもすっかりぼけちゃってるもんですから」

　だが約束のことはみんな知っていた。いまの差配は助三郎といって、その界隈《かいわい》にある高田屋の地所や家作の管理をしているが、死んだ父親の元助からちゃんと聞いていた。親から聞いただけでなく、与七の手で書いた店賃の帳面も残っている。元来、長屋というところは住人の出替りが多く、五六年もすればたいてい顔ぶれの変るものだが、店賃なしという珍らしい条件と、護国寺関係の仕事をする者が多かったからだろう、空家になっている三軒のほかに、人の変ったのは七軒しかなかった。——当時からすでに二十年ちかくも経《た》つので、老人といえば多助一人になったし、その多助もぼけてしまったが、高田屋との約束は、みんなが知っていた。

「ところが、急にそれが変ったんです」

その年の五月、高田屋では与七が死に、一人息子の松次郎が跡を継いだ。彼は二十三歳であるが、去年の秋に嫁を取り、男の子が一人できていた。

「先月、いや十月の月ずえにその松次郎が来て、長屋をあけろと云いだしました」角三は続けた、「ならず者みたような男を三人伴れて来て、この長屋は取毀《とりこわ》すことになったから、二十一軒ぜんぶ出ていけって云うんです」

「約束を知らなかったのか」

「約束は知ってると云いました、けれども証文があるわけではないし、十九年も只《ただ》で住んで来た、親の代のことはおれは知らないから、そんな反古《ほご》のような約束を守るわけにはいかねえって、突っぱねました」

登は渋い顔をした、「それはむずかしい、むずかしい話だと思うな」

「それは、あいつの云うことにも理屈はあるでしょう、けれども、松次郎があっしたちを追い立てるのは、金に困ったとかどうしたとかいうわけじゃあねえ、ちゃんとこんたんがあるんです」と角三が云った、「——ってえのは、藪下一帯の家を取払って、そこへ新地をつくり、料理茶屋とか岡場所を集めようというもので、護国寺の役僧も承知しているようなんです」

ありそうなことだ、と登は思った。宗教と花街はふしぎに付いてまわる、浅草寺、根津《ねづ》権現《ごんげん》、赤坂の氷川《ひかわ》神社、芝の神明《しんめい》、ちょっと数えただけでも、これらの周辺には花街がある。護国寺は元禄《げんろく》年間の建立《こんりゅう》で、幕府から千三百石の寺領を付けられている。ひところ、なにがしとかいう将軍家の未亡人が熱心に帰依《きえ》したと伝えられるが、場所が寂しいのと寺歴が新らしいのとで、それほど繁昌《はんじょう》はしていなかった。しぜん寺僧たちの中で、近くに新地などができたら、などと思う者もあるに相違ない。したしかにそれはありそうなことだ、と登は思った。

「そうだとするとなおむずかしいな」と登が云った、「むろん新出先生に話してみるが、十九年も只で住んで来たとすると、この辺でいっそ引越したほうがいいじゃないか」

「へえ、それはまあ、そうです」

「そんな面倒なことにかかわっているより、新らしい土地へ移って、さっぱりと新規蒔《ま》き直しにやるほうがいいと思うな」

「たぶんそのほうがいいんでしょう」と角三は力のぬけた声で云った、「しかしあの野郎、あんまりあこぎなまねをしやがるから」

「あんた」とおたねが云った、「帰るんならもう帰らなければいけないわ、あたしがうちをあけてるんですもの、あんまりおそくなると諜《しめ》し合わせたことを勘づかれてよ」

「ちょっと待て」と登は立ちあがった、「とにかく先生に話してみる、先生の意見を聞いてみるから、そのまちょっと待っていてくれ」

登は二人を置いてそこを出た。

去定の診察が終るまで、少し待たなければならなかった。登は食堂へいって茶を啜《すす》り、それから去定の部屋へいった。去定は上衣《うわぎ》を着替えながら、登の話を黙って聞いてい、次に机へ向かって、その日の調剤を書き始めた。入所患者の一人一人に、病状と投薬を記した帳面があり、容態によって薬を変える分は、そのたびに調剤の配合を書きつけるのであった。

「続けていい」と去定は書きながら云った、「それからどうした」

登は話し続けた。話が終っても、去定は黙って筆を動かしていたが、やがて最後の帳面が済むと、筆を置きながら、深く大きくまるで唸《うな》るような溜息《ためいき》をついた。

「高田屋のほうはわかった」と云って、去定は登を見た、「だが角三のほうの事情はどうなのだ」

登は「それは」と云って口をつぐんだ。

「相手を殺そうとまで思い詰めるのは尋常ではない、なにかそれだけの仔細《しさい》があるのだろう」

「それは聞きませんでした」

「肝心なのはそこではないか」と去定はふきげんに云った、「――まあいい、向うへいってからでもおそくはないだろう」

四

去定も角三を長屋へ帰すことにきめた。さもないと高田屋は、本当に長屋ぜんたいの者を、共謀といって訴えるかもしれない。そんな訴えを、町方で取りあげるかどうかは疑わしいが、高田屋で金を撒《ま》くことも考えられるし、いずれにせよ事が面倒になる。それよりも、角三は豊島郡の親類へいって来たことにし、帰り道に崖《がけ》から落ちていたところを去定がみつけた。それから養生所へ運んで手当をした、ということにしよう、と云った。去定はてきぱきと手筈をきめ、よく口を合わせてから、おたねは先に帰し、戸板の支度をして角三を乗せると、少しおくれて養生所をでかけた。去定と登、それに薬籠《やくろう》を背負った竹造もいっしょで、伝通院の裏を大塚へぬけ、寺と武家の小屋敷の多い町を、音羽のほうへと向かっていった。——途中で角三が、戸板の蔽《おお》いの中から「忘れ物をした」と云い、去定がすぐに、あんな物は忘れてしまえと云った。登はなんのことかわからなかったが、暫《しばら》くして、ゆうべ持っていた匕首《あいくち》だなと気づいた。角三はそれっきりなにも云わなかった。

音羽五丁目の裏通りへ来ると、路地へはいるところで角三が「その左の角です」と云った。長屋のその角の家は新らしく模様変えをしたらしい、裏通りに面して入口と連子窓《れんじまど》があり、雨戸も戸袋もまだ新らしく、ちょっと見ると居酒屋のような作りであるが、その出入り口の雨戸には、幅五寸ばかりの板が斜十字に打ちつけてあった。

「どこからはいる」

「裏に勝手があります」と角三が答えた、「そっちから入れておくんなさい」

かれらは裏手へまわった。

戸板が担《かつ》ぎこまれたので、たちまち人が集まって来た。去定は登を促して、勝手口をあけ、角三を移そうとした。するとと、集まっている長屋の人たちを押しのけて、二人男が前へ出て来た。——一人は三十がらみで、鳶《とび》の者といったふうにみえるが、他の一人はずっと若く、まだ二十二三であろう、唐桟柄《とうざんがら》の素袷《すあわせ》に三尺を低くしめ、素足に麻裏をはいていた。色が白く、眉《まゆ》が濃く、瘦《や》せがたですっきりした軀つきだが、一種の気分、——それはちょうど、賢い犬ならすぐに咆《ほ》えかかるだろうと思われるような、きみの悪い気分が、軀ぜんたいから発しているように思えた。

「それは角三ですね」と年嵩《としかさ》の男のほうが云った、「けがをしているようだが、ちょっとみせてもらいますよ」

「見てどうする」と去定が訊いた。

「ゆうべまちがいがありましてね」とその男は云った、「この長屋の家主の旦那を、殺そうとしたやつがあったんで、その下手人を捜しているところなんです」

「おまえはなんだ、町方の者か」

「いえ、私は高田屋さんの出入りで、伊蔵てえ者です」

「そういう下手人を捜すのは役人の仕事だろう」と去定が云った、「それともその高田屋では、十手*でも預かっているのか」

伊蔵は黙った。

そのとき若いほうの男が、右手をふところへ入れながら、なにか云おうとし、去定がそれより早く、自分は養生所の新出去定という医者だ、と名のった。どうやらその名を聞けば相手がぎょっとするとでも思ったらしい。少なくとも多少のおどろきは期待していたようだったが、若者の顔つきにはなんの変化もあらわれなかった。そこで去定の眼にほんの一瞬当ての外れたような色がみえ、登は可笑《おか》しくなったが、笑うわけにもいかなかった。もちろん去定はすばやく立ち直った。

「よく聞け」と去定は云った、「どこでどういうまちがいがあったか、おれは知らぬ、だがこの男は昨日の夕方、豊島郡中丸村の鼠山《ねずみやま》で倒れていた、早道をするつもりで崖から落ち血まみれになっているところをおれがみつけた、それから養生所まで運んで手当をしたのだが、——そのまちがいというのは、いつ、どこで起こったのだ」

「昨日の暮六つ、水戸*さまの脇だ」と若者が云った。女のようにやさしいが、その声もまたきみの悪いひびきを帯びていた、「おめえ、先刻ご承知じゃあねえか」と若者は笑った、「知っているからこそ、先手を打って、豊島だの鼠山だのって、方角ちげえの場所を並べたんだろう、じいさん、そうだろう」

「伊蔵——とか云ったな」去定はそっちを見て云った、「その高田屋の主人というのは殺されたのか、それともけがで済んだのか」

「いえそれは、その、おりよく旦那のうしろに、出入りの者が三人ついていましたので」

「けがもしず*に済んだのか」

「三人がすぐに駆けつけたものですから」

「乱暴者のほうはどうした」

「つまりその、刃物を持っていたんで、危ねえもんだから叩《たた》き伏せました」

「するとその男はけがをしたんだな」と去定はだめを押すように云った、「高田屋は無事で、乱暴者のほうがあべこべにけがをした、それでこの角三を怪しいというんだな」

若者が云った、「おい、じいさん」

「黙れ」と去定が叫んだ、高い声ではないが、その叫びはするどく、若者を睨《にら》んだ眼はぎらぎらと光った。

「きさまは黙れ」と去定はすぐに声をやわらげて、伊蔵に云った、「ここをよく聞け、伊蔵、——養生所は町奉行に属し、つねに与力が詰めている、この角三はおれが現に鼠山でみつけ、養生所へ伴れ帰った者だ、その事実は与力にも届けてある、だが仮にそうでないにしても、高田屋はなにごともなかったのに、乱暴者のほうは三人がかりでやられてけがをしたという、これが表沙汰《ざた》になったらどう裁かれるか、よく考えてみろ」

「しかしその、野郎は旦那を殺すつもりだったんで」

「証拠があるか」

「野郎がそう云ったって、旦那が」

「よせ」と去定が遮った、「誰がどう云い、誰がどう聞いた、そんな井戸端の喧嘩のようなことをお上《かみ》で取りあげると思うか、四人と一人、片方は大けがをしている、殺すつもりだったというはっきりした証拠がなければ、お咎めを受けるのは高田屋のほうだぞ」

それから去定は若者に一瞥《いちべつ》をくれた。

「ましてこんな、ならず者のような人間を使っていれば、たとえ正当な理由があってもとおりはしない、帰ってよく相談をするがいい、おれはいつでも証人になるぞ」

若者は伊蔵を見た。右手をふところへ入れたままで、やるか、というふうな眼つきをしたが、伊蔵は首を振った。去定は登にめくばせをし、戸板の上から角三を抱きあげると、二人で勝手口から家の中へ運び入れた。そのまえに、おたねが人垣の中からとびだして来、先に家の中へはいって夜具を敷いた。

「一つうかがっておきますが」と勝手口から伊蔵が云った、「その角三をよそへやるようなことはないでしょうね」

「この男は崖から落ちたとき足の骨を折っている」と去定が家の中で答えた、「二三十日は動けないから安心しろ」

五

伊蔵と若者が去ると、長屋の人たちがみまいに来た。火種を持って来た女房もい、おたねが茶の支度にかかった。去定は登をそこに残し、差配の家を訊いて立ちあがった。

「角三は眠らせなければいけない」と去定は出てゆきながら云った、「みまいが済んだらなるべく早く帰ってくれ」

去定にそう云われたのでみまいの人たちもまもなく帰っていった。

「威勢のいい先生ですね」と角三が枕《まくら》の上で微笑した、「とてもお医者とは思えねえ、あっしはいまにべらんめえが出やあしねえかと思ってましたよ」

「やりかねないね」と登も苦笑した、「いざとなればやくざ者の三人や五人」

登はそこで口をつぐんだ。本郷みくみ町の出来事を話そうとし、危ないところで思いとまったのであった。

「あんた」とおたねが脇から云った、「ついさっき刷毛屋《はけや》の源さんが追い出されたのよ」

「源さんが、どうしたって」

「吉三郎さんのときと同じよ」とおたねが云った、「へんな人足みたような男が三人来て、こんどおれたちがこのうちを借りたんだって、源さんたちを追い出し、家財道具も抛《ほう》りだしてしまったの、いまその三人はいすわって酒を飲んでるわ」

「源さんはどうした」

「相手が相手ですもの、どうしようがあるもんですか、おかみさんや子供たちと与平さんのうちにいますよ」

「どういうことだ」登が訊いた。

「高田屋のしごとです」角三は低く唸ってから云った、「掛合いじゃあ埒《らち》があかねえと思ったんでしょう、五日まえにも人足ふうの男を二人よこして、吉三郎というとしより夫婦を力ずくで追い出したんです」

登は圧迫を感じながら訊いた、「ここには町名主《まちなぬし》か五人組はいないのか」

「そんなものが頼りになるなら、あっしだってやけなまねはしやぁしません」と角三は云った、「あいつを殺してやろうと思うまでには、できるだけの手を打ってみたんです」

だが、条件は全部こっちに不利だった。この土地で護国寺の役僧がうしろ楯《だて》になっていれば、それだけでも理が非に勝たない。おまけに高田屋は金も遣うし、ここに「新地」ができるとすれば、五人組とか町名主などという連中も、餌《え》にとびつく狼《おおかみ》のようなものだ。角三は長屋の者の総代四人といっしょに、でかけていって援助を求めたが、かれらはてんで相手にならなかった。

——二十年ちかくも只で住んでいて、まだそんな欲の深いことを云うのか。

むろん只でいようというのではない、「これからは相応な店賃《たなちん》を払う」という相談がきまっていたのだが、そんな話には耳も藉《か》さず、かれらはただ早く立退《たちの》くほうがいい、と云うばかりであった。登は聞いていながら、どっちが正しいかわからなくなった。

——引越したらいいじゃないか。

どうせこれから店賃を払うつもりなら、こんなごたごたはさっぱり捨てて、よそへ移るほうが簡単ではないか。なんのためにそうねばっているのだ、意地ずくか、それとも住み馴《な》れた家へのみれんか。登はそんなふうに、心の中で角三に問いかけた。

去定は半刻《はんとき》ほどして戻ったが、上へはあがらず、登と竹造を促して帰り支度をした。「なにも心配はない」と去定はおたねに云った、「差配によく話しておいたから、伊蔵も乱暴なことはしないだろう、明日また誰かよこすが、短気なまねはしないように、——角三にも長屋の者にもそう云っておいてくれ」

音羽から外診に廻ったのだが、そのあいだ去定は、歩きながら登に仔細を語った。歩いているあいだしか話はできないから、終りまで聞くのに暇どったが、却《かえ》って詳しいことがよくわかった。——角三とおたねは、来月の中旬に祝言《しゅうげん》をあげる筈であり、ここまでこぎつけるのに、まる四年かかったということであった。

角三は二十五になる。父は加吉といって畳屋の職人だったが、ついに自分の店を持つことはできなかった。

角三は十二歳のとき、下谷の「灘紋《なだもん》」という、料理屋の板場へ奉公にはいり、板前の腕を身につけた。好きで選んだ職ではあったが、天分がなかったというのであろう、はたちになるまえ、「おれの腕は一流の料理屋には向かない」ということに自分で気がついた。それ以来、いっそめし屋をやろう、という気持になり、酒も遊びも断って金を溜めた。——板場の職人といえば道楽者が多い、環境と仕事によるのだろうが、酒と女は殆《ほと》んど付き物のようであった。しかし角三は自分の腕の限度を知り、「めし屋をやる」という肚《はら》をきめたので、なかまに軽蔑《けいべつ》されながら、できる限りきりつめて金を溜めた。

このあいだに、角三はおたねと近づき、やがて夫婦約束をするようになった。彼女は早く両親に死なれ、祖父の多助に育てられた。多助は夜鷹《よたか》そば屋をやっていて、まだ十二三のころからおたねは、仕込みも手伝ったし、夜は祖父といっしょに稼ぎにも出た。けれどもおとどしの冬、祖父の多助は軽い卒中にかかってから、急に足腰が不自由になり、頭もぼけてしまって、稼ぎに出られなくなった。それでやむなく、おたねはかよいのできる茶屋奉公の口を捜し、二年このかた勤めて来た。

角三の父は、多助の倒れるまえに死んだ。母は五年まえに病死していたので、彼は一人だけになったが、それをきっかけに仕込みをやめ、藪下のうちから「灘紋」へかようことにした。こうして、二人は毎日いちどは会うようになり、「めし屋」をやることについて語りあった。長いあいだ祖父の手伝いをしていたから、めし屋ならおたねも役に立つだろう。

――石にかじりついても、きっとものにしましょうね。

おたねは繰り返しそう云って、自分も乏しい家計の中から、僅《わず》かながら金を溜めるように努めて来た。すると今年の八月、いまの家が空いたので、差配に話したうえ、そのあとへ移った。裏通りではあるが、護国寺の参詣道《さんけいどう》に近く、また周囲には武家屋敷も多い。武家の奉公人などは案外いい客になるから、きっとしょうばいになると思った。同じ長屋に与平という大工と、小助という左官がいた。どちらも酒《さけ》呑《の》みで、手間取り程度の腕しかなかったが、その二人と相談をしておよその見積りをし、必要な材料を買って造作を直した。

こういう仕事は、手間取り職人などのほうが融通のきくものらしい。むろん暇をみてやるので手っ取り早いわけにはいかず、九月末になってようやく出来あがった。角三とおたねは、このあいだに料理用の庖丁《ほうちょう》類や鍋《なべ》、釜《かま》、食器などを買い集めてい、角三は九月いっぱいで「灘紋」をやめた。――なおいろいろな準備はあったが、十月十五日に店開きをし、ともかく二人でしょうばいを始めた。正月のいそがしい時期が過ぎたら祝言をしよう、長屋の眼があるから、それまではお互いに身を固く、という約束もした。

「それから半月経って、高田屋から立退けといって来たのだ」と去定は語った、「しょうばいはうまくすべりだし、馴染《なじみ》の客も付き始めていたそうだ」

それだけではなく、角三は十余年かかって溜めた金（その中にはおたねの分も含まれていた）を、その店にすっかり注ぎ込んだうえ、酒屋その他の商人に借りもできていた。

六

いまそこを追い出されれば、角三は借金を背負ったうえすっ裸になってしまうし、おたねはまた茶屋奉公にでも出なければならない。それで長屋ぜんたいが相談をし、高田屋と交渉して来た。

「だが、保本も聞いたとおり、高田屋は承知をしない、護国寺が尻押《しりお》しをしているかいないかはともかく、町役連中も土地の繁昌《はんじょう》という餌《えさ》で、高田屋のみかたに付いていることは事実だ」と去定は続けた、「――ここで、長屋の者たちにもっとも不利なことは、二十年ちかいあいだ、二十幾家族かが無賃で住んで来たという点だ、公事《*くじ》に持っていくまでもなく、この点だけでも世間は高田屋の側に付くだろう」

「しかしいったい」と登が反問した、「そんなに長いあいだ、どうして店賃なしなどという約束が交わされたのでしょうか」

「交わされたのではない、先代の高田屋与七のほうで、自発的にそう約束したのだ、おれは差配のところで店賃の帳面を見たが、それには与七の名ではっきりと、松次郎一代まで無賃と書いてあり、与七と五人の長屋総代の署名、またそれぞれの拇印《ぼいん》が捺《お》してあった」

「字の書ける者がそんなにいたわけでしょうか」

去定は歩きながら、振向いて登を見た、「肝臓の悪い患者が、肝臓の悪いということを知らなくとも、肝臓の悪いことに変りはないだろう」

「はあ」と登はあいまいな声を出した。

「五人の総代が字を書けたかどうか、などということは問題ではない、店賃なし、という事実が証明しているじゃないか、――ばかなことを云う男だ」終りの言葉は独り言で、だが去定はすぐにまた本題に戻った、「おれの知りたいのは、どうしてそういう約束をしたか、ということだ、どんな理由があって、与七はそんな約束をしたのか、それがわからない限り長屋の者に勝ちみはない」

暫く歩いてから、登が訊いた、「その理由を知っている者はいないのですか」

「角三が云ったとおりだ」去定は苛《いら》だたしげに喉《のど》を鳴らした、「総代五人のうち二人は移転し、二人死んだ、角三の親がその一人で、残っているのは多助だけだ」

「ぼけてしまったという――」

「おれはさっき訪ねてみた、卒中のためにぼけたのだろう、いろいろやってみたし、老人自身もけんめいに思いだそうとした、しかし、おくめ殺し、ということしか記憶に残っていないんだ」

登は去定の顔を見た。

「おくめ殺しだ、――おれの顔を見たってなにもわかりゃしないぞ」去定は片手を意味もなく振った、「それがなにをさすのか誰にもわからない、長屋の者も手を尽して訊いたが、老人はその一と言しか覚えていないし、それがどんな意味を持つかもわからないのだ」

「ぜんぜん関係のないことかもしれないわけですね」と云《い》って慌《あわ》てて、登は話をそらした、「それでほぼわかりました」

「なにがほぼわかったんだ」

「高田屋を殺そうとまで思い詰めた角三の気持です」そう答えながら、今日のおれはばからしいほど愚鈍だぞ、と登は思った、「――十幾年かの辛苦が水の泡となり、まぢかに迫った結婚もだめになった、しかも相手は金儲《かねもう》けが目的なんですからね、これでは嚇《かっ》となるのもむりはないと思います」

「そんなことに感心するやつがあるか、どんな理由にせよ人を殺すなどということはゆるされない、その点では角三は愚か者だ」と去定は怒りの声で云った、「眼先の事ですぐによろこんだり、絶望して身を滅ぼしたりする例は貧しい人間に多い、恒産なければ恒心なしといって、根の浅い生活をしていると、思惑の外れた場合などすぐ極端から極端にはしってしまい、結局、力のある者の腹を肥やすだけだ」

「約束の理由さえわかれば打つ手もあるにちがいない」と去定はまた云った、「坊《ぼう》主《ず》どもや強欲な連中に、いかがわしい新地などをつくらせるより、一軒のめし屋を守ってやるほうが本当だろう、だがそのためには、与七がなんのためにあんな約束をしたかという、その理由がわからなくてはだめだ」

暫く歩いてから、去定は空を見あげて、現実でないなにかに問いかけるように、熱のこもった声で呟《つぶや》いた、「いったい与七はなんの代償に、あんな約束をしたのだろう、――」

肝臓の悪い病人を診てそれがわからず、どこが悪いのかと、神仏に助けを求めている医者のようなあんばいですな、と登は心の中でやり返した。

その翌日、去定に命じられて登は角三をみまいにいった。おたねの手を借りて、傷を洗い、膏薬《こうやく》を替え、木綿を巻き直しなどしていると、一人の老人が杖《つえ》を突きながら、勝手口へよたよたとはいって来、おたねが吃驚《びっくり》して声をあげた。

「まあおじいさん、どうしたの」おたねは立ってそっちへいった、「独りで出て来たりして危ないじゃないの」

それが多助であろう、登は手を洗うために金盥《かなだらい》を引きよせながら、さりげなくそっちを見た。多助は孫娘に助けられながら、毀《こわ》れた木偶《でく》のような、ぎくしゃくした動作で、勝手の上げ蓋《ぶた》*のところへ腰を掛けた。（そのとき、持っていた杖が倒れて、かたんと高い音がした）老人は痩せていて、皮膚は蠟《ろう》のように白く、仮面のように無表情で、唇がだらんと垂れていた。

「わからないわ」とおたねがなにか訊き返していた、「なにがどうしたの」

角三がもの問いたげに登を見た。登は黙って首を振った。

「どうしたんだ」と角三が高い声で呼びかけた、「じいさんがどうかしたのか」

「ちょっと待って」とおたねが答えた。

登は角三に、こんどは明後日《あさって》来る、と云って立ちあがった。熱もすっかりさがったし、傷の化膿《かのう》する心配もなさそうだ。明日いちど足のほうだけ膏薬を替えるがいい、そう云い残して外へ出たが、おたねと多助の脇を通るとき、多助が涙をこぼしながら、まわらない舌でなにか云おうと努めている姿を見た。唇から涎《よだれ》をたらし、片手で喉を押えて、言葉にならない言葉を絞り出しているようすは、殆んどまともには見られないほど哀れであり、むしろすさまじいという印象を与えるものであった。

「いいわよ、うちへ帰りましょう」とおたねが云うのを、登はうしろに聞いた、「角さんは大丈夫よ、仏壇なんて縁起でもないことを云わないで、おじいさんはうちでじっとしてればいいの、なんにも心配することなんかありゃあしないわよ」

登は路地から中通りへ出ていった。

七

登はそれから小石川橋へまわった。松平若狭《わかさ》家で去定といっしょになる、という予定であったが、音羽のほうが早く済んだためだろう、去定の来るまで、半刻ほど待たなければならなかった。――そのあと、八カ所の外診を済ませて、養生所へ帰ったのは午後五時。いつもに比べるとわりに早いほうで、登は久方ぶりにきれいな風呂《ふろ》へはいり、夕餉《ゆうげ》も森半太夫と膳《ぜん》を並べて、ゆっくりと喰《た》べた。食事が終って茶になったとき、半太夫がなにげない口ぶりで、津川が戻って来るよ、と云った。登にはなんのことかわからなかった。

「保本と入れ替った男さ」と半太夫が云った、「津川玄三、覚えていないかね」

登は思いだした。

「いやなやつだった」と登は云って、訝《いぶか》しげに半太夫を見た、「――あの男が戻って来るって、……ここへか」

「ここへさ」

「彼は御目見医《おめみえい》になった筈《はず》じゃないか」

「ならなかったらしいな」と半太夫が云った、「いちどは席を与えられたが、へまをやって番を外されたということだ」

「それでここへ戻るのか」

「そういうことだ」半太夫は茶を啜って云った、「ここでも人が要るらしいからな」

「ここで人が要るって」

「ああ」と半太夫は話を変えた、「猪之とお杉が夫婦約束をしたそうだが、知っているかね」

登は首を振った。半太夫はそのほうへ話をもってゆき、登も興を唆《そそ》られて聞いた、「ここでも人が要る」ということに、なにか意味がある、などとは思いもよらなかったのである。半太夫の話によると、狂女おゆみはもう余命いくばくもない、という状態らしい。正月までもつかもたないかという病状で、もしおゆみが死ぬとすれば、お杉は実家へ帰ることになるし、実家には「帰りたくない」事情があるそうで、そのとき猪之と夫婦になり、二人で世帯《しょたい》を持とうという相談がきまった、ということであった。

「この養生所でこんな明るい話を聞くのは初めてだ」と半太夫は云った、「おそらく養生所はじまって以来のことだろう、おれはそう気がついて心が重くなった、——この世に生きていて、この眼で、人が仕合せになるのを見るということがいかに稀《まれ》であるか、と思ってね」

そうだ、人が幸福にやっているのを見ることは極めて稀だ、と登は心の中で頷《うなず》いた。猪之とお杉だって将来のことはわからない、夫婦になれるよろこびは短いが、生きてゆく年月は長いからな。そう思いながら、登は首を振って笑った。

「どうもこういうところにいると」登は云った、「考えることがとしより臭くなっていけないな、いや、おれ自身のことだよ」

明くる日、登が去定の供をしてでかけるとき、門のところで、知らない男に呼びとめられた。いま門番に教えられたらしい、「保本先生ですか」と呼びながら近づいて来た。印半纏《しるしばんてん》に股引《ももひき》、草履ばきで、年は二十六七。背丈は低いが逞《たくま》しい軀《からだ》つきで、口のまわりから両の頰まで濃い無精髭《ぶしょうひげ》が伸びていた。

「あっしは音羽から来ました」と男はしゃがれた声で云った、「角三と同じ長屋にいる、大工の与平てえ野郎です」

刷毛屋の源治たちを引取った男だな、と登は思った。

「角三の容態でも変ったのか」

「いえ、そうじゃねえんで」と与平は頭を掻《か》いた、なにか悪いことでもみつけられたように、頭を掻きながら云った、「じつはその、ちょいとした事ができたんで、今日の七つ*ごろにいちど来てもれえてえと、こういうわけで伺ったんですが」

「なにか騒ぎでもあったのか」と去定が脇《わき》から訊《き》いた、「また高田屋か」

「そうじゃねえ、いや、そうかな」与平はまた頭を掻き、首をひねった、「騒ぎじゃねえんだが、高田屋のことってえわけでもねえんだが、騒ぎはあるかもしれねえが、そいつは来てもらえばわかるんで、いかがでしょう」

「七つだな」と去定が云った、「よし、その時刻までにいくと云っておけ」

与平は登を見た。登は「いくよ」と云って頷いた。

外診の供を五カ所済ましてから、去定に云われて、登は音羽へでかけていった。

曇った午後で、四時まえだというのにあたりは暗く、弱い北風が肌へしみとおるほど寒かった。角三の家の勝手口で声をかけると、おたねが出て来た。履物がごたごた並んでいるのを、登が不審そうに見たことに気づいたのだろう、長屋の人たちです、とおたねが云った。——あがってみると、角三の寝床の横に、男たちが四人いて、登に挨拶《あいさつ》をし、坐《すわ》るところをあけた。男の一人は与平で、彼が他の三人をひき合わせた。左官の小助、魚屋の長次、車力《しゃりき》の正吉。小助は与平と同じ年ごろであり、長次と正吉は三十歳前後にみえた。

「いそがしいところを済みません」と寝たままで角三が云った、「じつは高田屋のことなんですが、十九年まえなにがあったか、ということがわかったんです」

「わかった」と登は眼をほそめた。

「多助じいさんが来まして、ああ、ちょうど貴方《あなた》がいたときでしたね」と角三は云った、「舌がもつれるうえにのぼせあがっていて、云うことがよくわからなかった、貴方がお帰りになったあと、少しおちついてからよく聞いてみると、十九年まえの事で書いた物がある筈だって云うんです」

初めはしきりに「仏壇」ということを繰り返していたが、やがて、高田屋との約束の件を書いた物がある、それには自分のほかに四人の総代の名と拇印が押してあり、亡《な》くなった加吉が預かっていた、と話しだした。

——おれは初耳だぜ。

角三は父からなにも聞いていなかった。そうかもしれない、と多助が云った。おまえは奉公ちゅうで、加吉さんの死に目に会えなかった。おまえさんが駆けつけて来るまえに、加吉さんがそのことをおれに話したんだ。

——そんなこともねえだろうが、もし長屋のことでいざこざが起こったら、仏壇の位牌《いはい》のうしろをみてくれ、そこにあのとき書いた物があるから。

多助はそう聞いたが、そのまま忘れていた。そこへこんどの騒ぎで、「おくめ殺し」ということが頭にうかび、それがどんな事だったかを考えているうちに、昨日ようやく思いだした、ということであった。

八

「それが、あったのか」と登が訊いた。

「ありました」と云って、角三は枕の下から平たく巻いた書き物を出して、「じいさんの云うとおり、位牌のうしろにこれが隠してありました」

「理由が書いてあるんだな」

「詳しく書いて、総代五人の拇印が押してあります、いや待って下さい」角三はその書き物を長次に渡しながら云った、「これに書いてあることはあとで話します、いま云うとまずいことになるかもしれないんで、というのは、これからあっしたちのする事を、貴方はたぶんとめようとなさるだろうと思うんです」

登は角三の顔を見まもった、「それならどうして、私をここへ呼んだんだ」

「証人になってもらいたいんです」

「なんの証人だ」

「そいつはあとでわかりまさあ」と与平が云った、「相手さえ来りゃあすぐに始めるし、もうそろそろ来るじぶんなんだから」

「誰が来るんだ」

「高田屋でさあ」と云って与平は角三を見た、「いけなかったかい」

「松次郎を呼んだんです」と角三が登に云った、「長屋を只《ただ》で貸すという、約束の証拠がみつかった、それを見せるから来てくれといいましてね、来るという返辞でした」

「それで、どうして証人が必要なんだ」

「この人も諄《くど》いね」と左官の小助が云った。

「よけえなことを云うな」と角三が遮った、「おめえは自分の役目を心得てりゃあいいんだ、長さんも大丈夫だろうな」

「提灯《ちょうちん》を持ってゆくか」と長次が与平に振向いた、「今日は早く昏《く》れるらしいから、読むのにあかりが要ると思うんだが」

「おれがあとから持っていこう」と車力の正吉が云った、「呼んでくれればすぐに駆けつける、それでいいだろう」

登は黙った。かれらがなにをしようというのか、自分がどういうことの証人になるのか、まるで見当もつかないが、かれらは話す気はないらしいし、事はまもなく始まるようだから、黙って見ているよりしかたがあるまいと思った。――おたねが登に茶を淹《い》れて来、正吉が立ちあがった。おれはうちへ帰って、提灯の支度をしておこう、みんなが通ったら原っぱの下までいって隠れてるぜ、と正吉は云いおいて出ていった。

高田屋松次郎は四時ちょっと過ぎに来た。このあいだの伊蔵と、べつの若者が二人ついており、松次郎と伊蔵だけがあがった。角三が話しているあいだに、登は松次郎を横からよく眺めた。二十三歳だと聞いたが、三つ四つはふけてみえる。中肉中背で、どこにこれという特徴もなく、ただその眼つきや、ものの云いぶりなどに、あまやかされて育った人間の、権高《けんだか》な、こわいもの知らずといった感じが、露骨にあらわれていた。

「それは慥《たし》かなんだね」と松次郎が問い返した、「よもや作りごとじゃあないだろうね」

「ごらんになればわかります」と角三が答えた、「あっしたちみてえな頭のちょろい人間に、高田屋さんほどのきれ者を騙《だま》せるわけがねえ、それほどの脳天気でもねえし、こちらに小石川養生所の保本先生がいらっしゃる、先生が証人になって下さるんだから、ともかく証拠を見てもらおうじゃありませんか」

　松次郎は振向いて登を見た。

「保本登だ」と登は云った。

「高田屋の松次郎です」と云って、松次郎は登の服装をじろじろ見た、「その着物は知っています、たしか養生所の先生がたの、お仕着《しきせ》でしたね」

　お仕着という言葉に一種の調子があった。明らかに軽侮の口ぶりであるが、登は微笑しただけであった。

「長次と小助が御案内します」と角三が云った、「保本先生もいって下さるそうですから、どうぞごらんになって来て下さい」

「どこにあるんだ」

「崖下《がけした》の空地です」と角三が云った、「但《ただ》し、どうか供の人は残して、旦那《だんな》お一人でいらしって下さい」

「どうして供はいけないんだ」

「旦那の恥になるらしい」と角三は穏やかに云った、「亡くなった旦那もそれが心配で、誰にも知れねえようにしておきなすった、それであっし達も今日までわからずにいたわけですから、どうかお一人でいっておくんなさい」

松次郎はちょっとためらい、伊蔵が「若旦那」と囁《ささや》いた。それが却《かえ》って、松次郎の自負心を刺戟《しげき》したらしい、彼は伊蔵に首を振ってみせた。

「いいだろう」と松次郎はおうように頷いた、「私の恥になることかどうか見てみよう、やすだ先生もいらっしゃるんでしょうね」

登は黙ってい、角三が「保本先生だ」と訂正した。

「それは失礼」と松次郎は登に気取った会釈《えしゃく》をし、伊蔵に云った、「おまえは辰《たつ》と銀を呼んで、ここで待っていておくれ、いいよ、一人で大丈夫、私も高田屋の松次郎だよ」

登は立って、先に勝手口から出た。

「私も高田屋の松次郎、か」と登は路地へ出てから呟いた、「さぞ高田屋の松次郎だろうさ」

すぐに与平が出て来、続いて松次郎、長次、小助と出て来た。長次は「こちらへ」と云って、路地を奥のほうへと歩きだし、登と他の三人はそのあとからついていった。あたりはもう濃い黄昏《たそがれ》に包まれており、長屋のそこ此処《ここ》に炊《かし》ぎの火が見え、煙が巻いている中を、子供たちがやかましく騒ぎながら、どぶ板を鳴らして走りまわっていた。

長屋を出はずれると、一段高くなって空地がある。その向うは崖で、崖の上には武家屋敷があるのだが、下からは見えなかった。およそ五百坪*くらいあるその空地は、人間の胸ほども高い枯草に掩《おお》われてい、片方によって二本、ひねこび*た枝ぶりの松が、哀《かな》しげにしょんぼり立っていた。長次はその松の木のほうへ近より、あたりを見まわしながら「この辺です」と松次郎に云った。

「この辺って」と松次郎が訊いた、「なにがこの辺なんだ」

「証拠のある場所です」と長次が云った、「ちょっとこっちへ来てみて下さい」

松次郎は登を見た。登は片手で「どうぞ」というふうに一揖《*いちゆう》した。松次郎は明らかに不安そうで、そのために却って虚勢を張り、長次のほうへ近よっていった。

「もう少しうしろだな」と長次は松の木と崖とを見比べながら云った、「済みませんがもうちょっとうしろへいって下さい」

松次郎はうしろへさがった。

「もうちょっと」と云って、長次は地面へしゃがみこんだ、「そう、もう少しですね」

松次郎はうしろへ二歩さがった。すると、彼の足がなにかを踏み外し、彼は両手を宙におよがせながら、すぽっと、枯草の中へその姿を消した。

九

濃い黄昏の光の中で起こったその出来事がなにを意味するか、あまりに突然で、登にはちょっとわからなかった。両手を振りながら枯草の中へ姿を消してゆくとき、松次郎は大きな声で叫び、その声が地面の下へ、尾をひきながら落ちてゆくのを、あっけにとられたまま登は聞いた。

「あれがじいさんの云うおくめ殺しなんでさ」と与平が云った、「本当はそんな名めえなんぞありゃあしねえ、ただの古井戸なんで、深さが二丈*九尺、水のねえ空井戸なんだが、昨日しらべましてね、毒気のねえこともわかったんだが、ずっと昔ってえだけで、いつのことかわからねえが、おくめってえ女の子がおっこちて死んだことがある、古い人はそいつを知っていて、おくめの井戸と云ってたらしい、石の蓋《ふた》をして柵《さく》を結って、子供たちも決して近よらなかったんだが」

「与平を黙らせろ」と長次が云った、「おい正公、いるか」

正吉が提灯を持ってこっちへ来た。うまくいったか。うん、めどへぴたりだ、と長次が云った。それ、中で喚《わめ》いてるぜ、ほんとだ、野郎さぞ肝をつぶしたこったろう。灯を見せてくれ、と長次が云った。登は黙って、かれらのすることを眺めていた。

「あんたは証人だ」と長次が登に云った、「こっちへ来て、これからあっしが野郎に云うことを聞いておくんなさい」

登は頷《うなず》いた。空はまだ明るいが、崖下になっているその空地はすっかり昏れていた。やや強くなった風に揺られて、枯草がそよぎ、提灯の光が、五人の男たちの姿を、片明りに映しだしていた。長次はそろそろと井戸の側《そば》へ進みよった。それは枯草に掩われた穴というだけで、いま松次郎が落ちたところだけ、僅《わず》かに土の崩れた跡が見えるが、井戸だという形はなにも残っていなかった。

「おい、高田屋」と長次がどなった、「どこかけがでもしたか」

底のほうで喚く声がしたが、がんがんと空洞に反響するばかりで、言葉はまったく聞きとれなかった。

「それだけ元気な声が出せるんなら大丈夫だろう、よく聞け」と長次が云って、ふところからさっきの書き物を取り出した、「これからわけを話してやるからな、おい、よく聞くんだぞ高田屋」

「耳の穴をかっぽじれってんだ」与平が云った。

「おめえは新らしいことを云うよ」と小助がやじった。

「黙ってろ」と長次は制止し、井戸の中へ向かって、書き物を読みながら云った、「いいか、よく聞いてろよ、高田屋、――これはな、昔ここにあった武家屋敷の空井戸なんだ」

長次はそこで、与平が登に話したことを、もっと詳しく語ったが、女の子の年は六つ、井戸を塞《ふさ》いだのは木の蓋であった。

「いまから十九年まえの十月、日にちは十五日、おめえは四つの年だったが、この井戸へ落ちたんだ、いいか」と長次は続けた、「おめえは一粒種で、親御さんにとってはなんにも替えがたい大事な子だった、近所合壁《がっぺき》の騒ぎになり、人を雇ってまで捜した、むろんこの井戸へも見に来たろうが、どうしてもわからねえ、神隠しか人さらいか、占ってもらったり加持祈禱《かじきとう》もやった、それでも行方がわからねえ、おめえのおふくろさんは気おちがして病気みたようになるし、おやじさんもすっかり諦《あきら》めちまった、人にさらわれて遠国へいったか、死んじまったもんだと諦めた、ところが四日めに、この長屋の者がおめえをみつけたんだ、そうでもねえ念のためだといって、綱を着けて中へおりてみた、するとおめえはその井戸の底、――いまおめえのいるそこに倒れていた、助け出して医者に診せたが、医者はだめかもしれねえと云ったそうだ」

井戸の中はひっそりとして、なんの音も聞えず、長次の声の反響するのが、あたりの静かさを際立《きわだ》てるようであった。

「だがおめえは助かった」と長次は続けていた、「親御さんがどんなによろこんだかわかるだろう、この恩は子孫《こまご》の代まで忘れないと云って、長屋三棟、二十四戸の店賃《たなちん》を、おめえの代まで只にする、という約定《やくじょう》ができたんだ、但し、旦那はこのことをないしょにしてくれと云った、おめえは四歳で、少し経《た》てば忘れるだろう、こんないやな事があったということは、二度とおめえに知らせたくない、決して店賃の代りというわけではないが、どうかこの約束だけは守ってくれ、――親の慈悲だぜ、そう思わねえか高田屋、――長屋の者は約束を守った、そのために今日までどうして無賃で貸されたのかわからなかったんだ」

長次はそこで、角三の家の仏壇から、総代連署の書き物が出たことを語った。

「これでわかったろう」と長次は云った、「おめえは先代の約定を反故《ほご》にしようという、おれたちがこれからは店賃を払う、と云ったがきかなかった、それならこっちもこっちだ、おめえは十九年まえそこで死にかかっていた、現におめえのいるその場所だ、そこが、見せると云った証拠の場所なんだ、わかったか」

井戸の底から喚き声が聞えて来た。反響がひどいうえに、恐怖のため声がうわずっているので、言葉はやはり聞きとれなかった。

「おい、そうどなるな」と長次が云った、「どなったりあばれたりすると、それだけ早く精が尽きちまうぜ、それにここは忘れられた場所だ、おれたちでさえ、書いた物が出るまえには知らなかった、いくら喚こうと叫ぼうと、こんりんざい人の来る気《き》遣《づけ》えはねえ、へたにあばれるより、おちついてよく考げえてみるんだ、四つのときそこで、死にかかっていたってえことをな、——あばよ」

長次が手を振ると、与平たち三人が、向うから石の蓋を運んで来、三人がかりで、やっと井戸の口を塞いだ。

「先生に話さなかったわけがわかるでしょう」と長次が登に云った、「こうするんだと聞けば、先生はきっと反対なすったでしょうからね」

「どうだかな」と登は微笑した。

「あっしたちのような人間でも、このくらいのはらいせはしたかった、これで野郎も幾らかこたえるでしょう」と長次が云った、「さて、角三も待ちかねてるだろうし、帰ってこの書き物を読んでもらいましょうかね」

「しかし、まさかあのまま」と登が訊いた、「高田屋をあのままにして置くつもりじゃあないだろうな」

「まあね」と長次があいまいに云った。

五人は長屋へ戻った。伊蔵には「旦那はもう牛込へ帰った」と告げ、角三の家へあがって始終を話した。登は書き物を読み、そこに長次の云ったとおりのことが、詳しく書いてあるのを慥かめた。

「私は口出しをしないが」と登が云った、「とにかく証人になったんだから、高田屋にもしものことがあると」

「ええ、わかっています」と角三が遮った、「先生に迷惑のかかるようなことは致しません、いずれ事が決着したらお知らせにあがりますから、どうか心配しないでいておくんなさい」

登はまもなく別れを告げた。

それから一日おきに角三の手当をしにかよったが、角三はなにも云わなかった。そうして五日めになったとき、初めて「事がうまくおさまった」ということを角三が話した。

「ゆうべ井戸から揚げたんですよ」とおたねが云った、「あたしたちみんな、これまでどおりここにいられるんですって」

「仕返しの心配はないのか」

「芯《しん》からこたえたようです」と角三が云った、「あの書き物へ自分から進んで、名まえを書き爪印《つめいん》を捺《お》しました、まったく、芯そここたえたようすでしたよ」

「あの井戸の底ではな」

「あっし共は店賃を払うつもりです、い、いてえ」膏薬《こうやく》を剝《は》がすのが痛かったらしく、角三は顔をしかめて唸《うな》った、「——お手やわらかに頼みますよ先生」

氷の下の芽

一

十二月二十日に、黄鶴堂《おうかくどう》から薬の納入があったので、二十一日は朝からその仕分けにいそがしく、去定も外診を休んで指図に当った。保本登は麴町《こうじまち》の家へゆく約束があり、去定から三度ばかり注意されたが、自分が出かけると、あとは去定と森半太夫の二人になってしまうため、なま返辞をするだけで、そのまま仕分けを続けていた。

午後二時の茶のとき、登は半太夫と食堂《じきどう》へゆき、いっしょに茶と菓子を食べた。そのとき半太夫はおゆみという狂女が危篤《きとく》で、「もう十日とはもつまい」と告げた。いちじは気の狂う時間が短くなったが、ちかごろそれが逆になり、正気でいるときのほうが少なく、食欲も減退するかと思うと異常に昂進《こうしん》したりする。不眠が続き、発作が起こると暴れまわって、軀《からだ》じゅうになま傷が絶えない。いつか縊死《いし》をしようとしたが、それから眼に見えて衰弱し、いまでは食事もとらず、意識もしだいに溷《こん》濁《だく》するばかりである、というようなことであった。

「父親というのが来たよ、昨日だったが」と半太夫は云《い》った、「五十ばかりの痩《や》せた、温厚そうな人だった、住所はやはり隠していたがね、——保本は先生から聞かなかったか」

登は頭を横に振った。

「ではいまでも先生だけしか知らないんだ」と半太夫は云った、「おれが会った感じでは、相当な大商人の、それも隠居といった人柄で、娘の話になると始めから終りまで涙をこぼしていた」

おゆみが狂った原因は、一人の手代のいたずらによるものだ。躰質《たいしつ》もそうだったかもしれないが、三十男のその手代は、九つという幼ないおゆみにいたずらをし、「人に告げると殺してしまう」と威《おど》した。そんなことがあったとは知らず、ほかに不始末をしていたので、その手代は暇をだした。ずっと経《た》って、おゆみに婿《むこ》がきまり、その縁組が破談になったあと、おゆみのようすがおかしくなり始めたとき、初めてその事実がわかった。

「いまでもその手代を殺してやりたいと思う、と父親は云っていた」半太夫は茶を注ぎながら、首を振った、「仮にそういう躰質だったにもせよ、その手代がそんないたずらをし、そんな威しをしなかったら、娘もこんなふうに狂いはしなかったろう、これからでも、もしその男を見つけたら、その男を殺して自分も死ぬつもりだ、そう云ってまた泣いていたよ」

それは間違っている、と登は心の中で云った。彼はおゆみ自身の口から、その身の上話を聞き、それが殆《ほと》んど事実だということを慥《たし》かめた。手代は病的性格だったようだし、むろん責任がないとは云えないが、男女いずれにも、幼少のころに似たような経験をすることが多い。特におゆみの場合は、母親の変死とか、縁組の破談などということが重なっている。こういう悪条件の重複にも、たいていの者は耐えぬいてゆくものだが、おゆみには耐えることができなかった。要するにおゆみの躰質が、色情に関しては極度に敏感であって、それを抑制すると全体の調和が狂ってしまう。原因はそこにあるので、その手代を「殺すほど憎む」ということは、親というものの偏執であろう、登はそう思うのであった。

薬の仕分けに戻ると、去定の姿はみえなかった。二人で仕事にかかりながら、登が訊《き》いた。

「あの建物のことには触れなかったか」

「約束どおり寄付するそうだ」と半太夫が答えた、「よければ増築したうえで寄付すると云っていたよ、面白かったのは、いや、面白いと云っては悪いだろうが」半太夫はくすっと笑った、「――お杉から聞いたんだろう、猪之《いの》が談判にやって来てね」

「談判だって」

「あの娘が亡《な》くなったら、お杉を伴《つ》れ戻されると心配したらしい、おれがまだ話しているところへ、ぜひ会いたいことがあると押しかけて来た、生涯浮沈の大事だと云うんだ」

「まさかね」

「いやそのとおり凄《すご》んだんだよ」半太夫が微笑したまま云った、「つまりお杉を嫁に欲しい、自分のことは神田佐久間町《さくまちょう》の大工、藤吉という者がよく知っているから、藤吉に訊けば自分のことはわかる筈《はず》だ、お杉の一生は必ず仕合せにしてみせる、そして、なにか妙な神様みたいなようなものを引合いにだして誓っていたよ」

「その人はどう云った」

「たじたじだったね、お杉の親元が荏原郡《えばらごおり》にある、そちらとも相談してみるが、自分には異存はない、と云っていたよ」

半太夫は口をつぐんで振返った。廊下で荒い足音と、女の泣き声が聞えたのである。

「いやだ、あたいいやだ」と泣き喚《わめ》きながら、廊下をこっちへ走って来た、「あたいに触らないで、放して、いやだ、いやだ」

登は立って廊下へ出た。すると、ちょうど出会いがしらに、一人の娘が駆けて来て、彼に縋《すが》りつき、彼のうしろへ隠れた。そのとき向うから「押えていろ」と云いながら、去定が追って来、続いて四十がらみの女が、去定を押しのけるように走って来た。

「助けて」と娘は登にしがみついたままで云った、「あたいを助けて、あたいいやだ、いやだ、いやだ」

側《そば》へ来た女が「おえい」と叫び、去定がそれを遮って、登に、「おれの部屋へ入れろ」と云った。

「おちつけ、大丈夫だ」と登は娘に云った、「ここには大勢いるから誰にもなんにもさせやしない、さあ、こっちへおいで」

「気をしずめな、おえい」と女が云った、「おまえのためにするんじゃないか、決して悪いようにするわけじゃないんだから」

「それはあとだ」と去定が云った、「おまえさんは控えで待っておいで」

「わたしがいてはいけないんですか」

「娘さんには私からよく話してみる、控えで待っていなさい」

去定が女を止めているあいだに、登は娘を去定の部屋へ入れた。そこは薬戸納《とだな》があけてあるし、抽出《ひきだし》はみんな半ばまで引き出され、床板の上には袋入りの薬がいちめんに積んであるため、娘の坐《すわ》る円座《えんざ》をどこへ置くかに迷うくらいであった。——娘は十八か九であろう、荒い木綿縞《じま》の丈の短い綿入に、茶色の帯をしめている。髪には櫛《くし》が一つだけ、手も足も水仕事でひどくあれているし、白粉《おしろい》けなど些《いささ》かもみられない顔の赤くなった頰には、もう皸《ひび》がきれていた。眼鼻だちはいいほうであるが、仮面のように無表情で、そこへ坐るとすぐ、いま泣き喚いていたことも忘れたように、にやにやとうす笑いをうかべた。

——白痴らしいな。

登は舌打ちをしたいような気持でそう思った。

二

去定がはいってきて坐り、娘と問答を始めた。娘の名はおえい、年は十九歳。さっきの女は母親でおかねといい、父親は三年まえから行方知れずである。おえいの上に姉と兄が二人、下に弟と、妹が二人いる。おえいは十歳のときから、下谷《したや》池之《いけの》端《はた》仲町の「近六」という、蠟燭《ろうそく》問屋に奉公していたが、妊娠したので暇を出され、いまは市谷《いちがや》舟河原町の親の家にいる、ということであった。――これだけのことを云うのに、おえいは舌がよくまわらず、しばしば黙りこんだり、同じことを三度も繰り返したりした。訊かれたことに答えるのが非常に苦痛らしく、額をぬぐったり、口のまわりを手の甲で（涎《よだれ》でも出ているように）擦《こす》ったりした。

――やっぱり白痴だ、登はまたそう思った。

おえいは「近六」で下女奉公をしているうちに妊娠したが、男が誰だかわからない。暇を出されて帰った家は、その日のくらしがかつかつであるし、また頭の悪い娘に子を産ませたくない。という母親の望みで、子をおろしてくれるようにと、養生所へ頼みに来た。去定はこれまでにも、事情によってはすすんで子おろしをした。――生れた子を殺して「まびく」という、どこでもおこなわれているし、北国などでは藩で布令《ふれ》を出した例もある。

　去定はそう云うのであった。貧窮していて子の多い者、その地方の食糧事情などで、産れ放題にしておいては子を育てることができない。そういう場合には「まびく」ことが黙認されている。しかし、この世に生れて来た者を殺す、ということは無慚《むざん》であり人倫に反する。必要があると認めたら、まだ胎内にあるうち、つまり「人間」にならぬまえに始末すべきである。こういう持論だったから、おえいの子もおろすつもりだったが、それを聞かされたおえいは、顔色を変えて「いやだ」と云い、去定や他の医員の手をすりぬけて、廊下へ逃げだしたというのであった。

「あたい赤ちゃんを産むの」とおえいはまどろっこい口ぶりで云い張った、「このおなかの子は、あたいの子だもの、どんなことがあったって、産んで、育てるんだ、うう、誰の世話にもならなければいいでしょ」

「おまえが母親になれるのならいい」と去定が云った、「けれどもそれは無理だ、おまえは頭が普通ではないから、自分ひとりでさえ、これからの長い生涯を満足にやってゆくことはむずかしい、そうだろう」

　おえいはにっと笑い、ないしょ話をするように、去定に向かって囁《ささや》いた、「先生、――あたいほんとは、ばかのまねをしているのよ」

「よし、それはもう三度も聞いた」

「ほんとよ、先生、ほんとだもの」とおえいはなお云った、「奉公していて、十二のときに、土蔵へ荷入れを手伝っていたら、梯子《はしご》段《だん》から落ちて頭や背中を打ったの、そのときあたい、ばかになったふりをしようって思ったのよ、ほんと、ほんとはばかじゃないもの、あたいちゃんと赤ちゃんを育てられますからね」

「保本、——」と去定が振向いて云った、「控所《ひかえじょ》に母親がいるから、二三日預かると云ってくれ、三日経ったらまた来るように、それまでに云い聞かせておくと云ってくれ」

登が控所へゆくと、おかねが向うからとんで来、登の言葉が終るのも待たずに、じりじりした口ぶりで不平を云った。

「どうしてそんな手間をかけるんでしょう」とおかねは厚い唇を尖《とが》らせた、「もともとばかで強情なんだから、云い聞かせたってむだなんですがね」

「本人が承知しないものはしようがない」と登は答えた、「ばかでもこけでも、子を持ちたいという女の気持に嘘《うそ》はないからな」

「じゃあ、あのばか娘にばかを産ませようというんですか」

「三日経ったら来いということだ」

「あたし伴れて帰ります」とおかねはけしきばんで云った、「ここの先生なら、困っている者の子は始末してくれる、薬礼も只《ただ》だと聞いたから来たんです、こんなとなら少しぐらい金を遣うほうが手っ取り早く片がつくんですから、どうか娘を呼んで来て下さい」

登は勝手にしろと思った。しかし去定は頑として承知せず、おかねは繰り返し「三日」と期限を切って、ようやく帰っていった。初めの哀れげな、懇願するような態度とは逆に、まるで威たけ高な、恩にきせるような口ぶりになり、頬骨の張った肉の厚い顔には、人を見さげるような色を湛《たた》えていた。

「どういうつもりでしょう」と登は忿懣《ふんまん》を抑えかねたように云った、「金を遣ってでもすぐに子の始末をすると云っていましたが、なにかわけがあるのではないでしょうか」

「そろそろでかけたらどうだ」と去定が云った、「あとは森と二人でやるから、支度をして麹町へゆくがいい、もう三時をまわったぞ」

登は立ちあがった。

麹町の家には天野源伯《げんぱく》夫妻とまさをが来て待っていた。いまにも降りだしそうな日で、空には濃い鼠色《ねずみいろ》の雲が低く垂れていたが、家の中ではまだ四時まえなのに、もうすっかり灯がいれてあった。——登はまず父の部屋へ呼ばれ、母もそこへ坐って、これから内祝言《ないしゅうげん》の盃《さかずき》をする、ということを告げられた。登はいやだと答えた。内祝言の盃、という言葉で、またちぐさとのことが頭にうかんだのである。母はすぐにそれと感づいたようすで、膝《ひざ》を進めながらなにか云おうとした。けれども父の良庵《りょうあん》が首を振ったので、云いかけたまま口をつぐんだ。

「これは天野さんからの望みで、私も承知をしたことだ」と父はいつもの温厚な調子で云った、「三月には祝言をするのだから、いま内祝いの盃をしても差支えはないだろう」

「三月に祝言をするのですから、いまそんなことをする必要はないと思います」

「しかしこれは習慣なのだ」

登は返辞をせずに床の間を見た。青銅の花器に松と梅もどきが活《い》けてあり、行燈《あんどん》の光から遠いためもあろうが、百年もまえから見馴《みな》れているように、退屈で鬱陶《うっとう》しく、飽き飽きした感じにみえた。

——松と梅もどき、いつもこれだ。

母はただ習慣で活け、父にはこの無神経な、繰り返しだけの退屈さがわからない。これならいっそなにも活けないほうがいいじゃないか、と登は心の中で呟《つぶや》いた。彼が沈黙したのを、承知したものと合点したらしい、父はさも安堵《あんど》したように、「では支度をしてくれ」と母に云った。

「これでいい」と、父は母が立っていったあとで云った、「このまえのことがあるからどうかと心配だったが、これで私もひと安心だ、今日は盃のあとで、天野さんからいい話がある筈だ」

登は父の顔を見た。良庵は人の好《よ》い微笑をうかべていた。

三

それから着替えをし、客間で内祝言の盃をした。古い金屏風《きんびょうぶ》をまわし、緋《ひ》の毛氈《もうせん》を敷いて、燭台《しょくだい》を二基。登は熨斗目麻裃《のしめあさがみしも》、まさをは白無垢《しろむく》に同じ打掛、髪は文金の高島田で、濃化粧をした顔は、人が違ったかと思われるほどおとなびてみえた。

――良庵夫妻も、天野夫妻もむろん礼装であるが、盃台や銚子《ちょうし》をはこんで来たのは、見馴れない婦人だった。

――仲人《なこうど》は出席しないのかな。

登はぼんやりそう思っただけであるが、まさをとの盃が作法どおりに終ると、盃台や銚子をはこんで来た婦人が、ずっと向うの襖際《ふすまぎわ》に両手を突いて、「おめでとうございます」と祝いの言葉を述べた。その声がふるえてい、両手を突き頭を垂れたまま、その婦人が啜《すす》り泣いているのを見て、登はさっと顔をひきしめた。

――ちぐさ、ちぐさだ。

彼は眼を洗われたような気持で、相手のようすを見た。彼女がひどく老《ふ》けたことを、登は認めた。長崎へゆくまえに逢《あ》ったときの、色濃い嬌《なまめか》しさや、眩《まぶ》しいほど華やかな美貌《びぼう》は、殆んどあとをとどめない。眉《まゆ》をおとし、歯を染めているためもあろうが、男との世間を忍ぶ生活や、子を産んだことが、そのように彼女を変えた事に相違ない。極めて平凡な、どこにでもみかける世話女房、といったその姿を眺めていると、登は重い荷をおろしでもしたようにほっとし、はっきりした意味もなく「よかった」これでよかった、と心の中で云った。

「ちぐささんですね」と登は静かな声で呼びかけた、「お子さんができたと聞きましたが、お達者ですか」

「はい」とちぐさが喉声《のどごえ》で低く答えた、「このあいだ無事に麻疹《はしか》を済ませました」

「そうですか」と登は云った、「おめにはかかりませんが、御主人によろしく仰《おっ》しやって下さい」

「それでいい」と天野源伯がちぐさに云った、「もうさがっておいで」

ちぐさは辞儀をして去った。

「よく堪忍《かんにん》してくれた、登どの」と云って、源伯は登に目礼をした、「ばかな親だと思うだろうが、どうしてもこなたの許しが得たかった、これで私もあれに出入りさせられるし、孫を抱くこともできる、かたじけない」

登は会釈《えしゃく》を返してまさをを見た。まさをは微笑しながら、感謝のおもいをこめたまなざしで彼をみつめた。

――ありがとうございました。

まさをの眼はそう云っていた。こまかな感情をよくあらわす、賢そうな眼だな、と登は思った、おれは幸運だった、まさをは決して眼に立つ美貌ではない、だが時の経つにしたがって、しだいにその美しさがあらわれるようだ。ちぐさの美貌は咲き誇る花の美しさであり、幹や枝は花を咲かせる役でしかなく、花が盛りを過ぎ、散ってしまうと、幹や枝のなりはひと際すがれてみえる。まさをは花こそつつましいが、幹も枝もすくすくと伸び、成長するにしたがって本当の美しさが磨きだされる。片方を花の木とすれば、片方は松柏《しょうはく》の色を変えぬ姿に比べられるだろう。これこそ一生の妻にふさわしい女だ、と登は思った。

保本、天野の両夫妻に盃がまわり、それが終ると、源伯が坐り直って登を見た。

「さて、登どの」と源伯は云った、「こなたの養生所勤めも一年になるが、新出先生と話しあった結果、来年三月の期変りから、こなたは目見医《めみえい》にあがることになった」

登は訝《いぶか》しげな眼をした。

「長崎遊学から帰ったとき、すぐその手配をする約束であったが」と源伯は続けた、「新出先生に事情を話して相談したところ、いちおう養生所へ引取ろう、ということになったのだ」

遊学している留守に、ちぐさという婚約者にそむかれたことは、若い登にとって相当ないたでであろう。そのまま世間に置いては、やけな気持を起こすかもしれない。むしろ養生所などの多忙で変化のある生活に当らせるほうがよい、養生所のほうでも新らしい医学が必要だ。そういうことで、登の意志も問わず、帰るなり養生所へ入れたのである、と源伯は語った。

「私はしばしば新出先生と会い、こなたのようすを聞いていた」と源伯は云った、「先生は初めのうち、馴らすのに骨が折れそうだ、と笑っておられたが、こなたがよく立ち直り、いやな患者もすすんで治療するようになったと、いまでは先生もたいそうよろこんでおられる、私どもの無理なはからいが、結果としては却《かえ》ってよかったと知って、われわれもこれに越すよろこびはない、よく辛抱してくれた、もういちど礼を云います」

登は黙って礼を返した。

座敷を変えて食事になった。登は源伯の言葉をすなおに聞き、すなおに受け取った。自分が立直ったのは去定のおかげである、おゆみとのあやまち、いま考えても恥ずかしさで身のちぢむような、あの愚かしいあやまちは、自分がやけになったあまり、好きでもない酒に酔って、周囲の人たちに当りちらしていた、そのため危うくおゆみの手にかかろうとしたのであるが、去定は小言も云わず、彼のするままにさせていたし、おゆみとのあやまちから救い出したうえ、その汚辱に満ちた出来事を、（森半太夫だけはべつとして）誰にも知れないように葬《ほうむ》ってくれた。

――あれが自分の立直る機会だった。

あの汚辱が自分を立直らせたのであり、そのときまで黙っていてくれた、去定のひろい気持が柱になったのだ、と登は思った。おれは盗みをしたことがある、友を売り、師を裏切ったこともある、と去定はいつか云った。その言葉が、現実にどれほどの意味をもっているかわからないけれども、登を立直らせた辛抱づよさや、貧しい人たちに対する、殆んど限度のない愛情を見ると、自分の犯した行為のために贖罪《しょくざい》をしている、というふうにさえ感じられるのであった。

――罪を知らぬ者だけが人を裁く。

登は心の中でそう云う声を聞いた。

――罪を知った者は決して人を裁かない。

どういう事があったかは知らないが、先生は罪の暗さと重さを知っているのだ、と登は思った。食事が終ったあと、登は二人だけで話したいことがあると云って、まさをを自分の居間へ呼んだ。まさをは着替えをしてから来た。裾《すそ》にちょっと模様のある江戸小紋の小袖《こそで》に、こまかく紅葉《もみじ》を織り出した帯をしめ、化粧はきれいにおとしていた。白無垢のときよりはずっと若く、いかにも健康そうな、ひき緊《しま》った頬のあたりは、生毛《うぶげ》が行燈の光を吸って、熟れかけた桃の肌のように、ぼうと暈《かさ》に包まれていた。登は火桶《ひおけ》を押しやった。

四

「一つだけ訊いておきたいことがある」と登は云った、「天野さんはいま、三月には目見医にあげられると云われましたね」

「はい」とまさをはこっくりをした。

「私はそれが望みだった、長崎では私なりに勉強し、会得した治療法もある」と登はゆっくり続けた、「幕府の目見医にあがるかたわら、この医術で名をあげ、やがては御番医から*典薬頭《てんやくのかみ》にものぼるつもりだった、しかし、いまの私にはそういう望みはない」

まさをは二三度またたきをし、きれいな、よく澄んだ眼で登をみつめた。

「つづめて云えば、私は養生所に残るつもりなんだ」と登は続けた、「この考えが終生変らずにいるかどうか、自分にもまだ確信はないが、いまは栄誉や富よりも、養生所に残るほうが望ましい、これは新出先生とも相談しなければならないが、もし残るとすると、生活はかなり苦しくなるし、名声にも金にも縁が遠くなる、もちろんあなたにも貧乏に耐えてもらうことになるが、それでもいいかどうか考えてみて下さい」

返辞はいまでなくともよい、よく考えたうえで、正直な気持を聞かせてもらいたい、と登は云った。こまかに感情のあらわれる、大きなまさをの眼は、まともに登をみつめたまま、ぱちぱちとまたたきをした。すると、眸子《ひとみ》が水で洗ったように澄みとおり、わたくしに異存はないという意味を、はっきり答えるかのようにみえた。

「よく考えてからです」と登は念を押すように云った、「貧乏ぐらしというものは、あなたには想像もつかないだろうと思うが、私はそれに耐えても、いまの仕事に生きがいがあると信じているのです、考えがきまったら手紙でもよこして下さい」

「はい」とまさをがしっかりした調子で云った、「仰しゃるように致します」

登は急に胸が熱くなるのを感じた。まさをの気持はもうきまっている、考えてみるまでもないし、どんな辛抱でもする気になっている。そして、それは意志のない盲従ではなく、どういう状態にも耐えてゆこうという、積極的な肯定の上に立っているように思われた。登は心をこめて、まさをを見まもりながら微笑した。まさをも頬笑み返したが、眼のふちを染め、それからそっと俯向《うつむ》いた。

「大丈夫だ、あれなら大丈夫だ」

別れを告げて、天野の家族より先に外へ出た登は、声に出してそう呟いた。曇った夜の気温は冷えていたが、昂奮《こうふん》している彼にはその寒さがこころよく、力のこもった大股《おおまた》で、登はいさましく歩いていった。

養生所へ帰るとすぐに、登は森半太夫の部屋を訪ねた。半太夫はまさをとの内祝言にはすぐ祝いを述べた。あのひとはいい妻になる、こちらから頼んでも貰《もら》うべき人だ、と半太夫は云った。しかし、養生所に残ることについては、むずかしそうだな、と首をかしげた。

「新出先生はもうきめているようだし」と半太夫は云った、「まもなく津川が来るだろうからね」

「津川って、――」登は半太夫を見た、「するとこのあいだ、ここでも人が要る、と云ったのは、そのことだったのか」

「まあそうだ、津川玄三はしようのないやつだが、保本がいなくなるとすれば、津川でもいないよりましだからな」

「おれは残る」と登は低い声で云った、「先生が出てゆけと云っても動かないつもりだ」

半太夫は唇の隅で微笑した。変ったな、と半太夫は思った。ここへ来た当時は、逃げだすことばかり考えていた。ふしぎはない、あたりまえの人間なら誰でもそう思うだろう。治療に来るのはいずれも襤褸《ぼろ》を着た、汗と垢《あか》まみれの、臭くて汚ない行倒れか、それに近い貧乏人ばかりである。これらの世話だけでも手いっぱいなのに、外診の供もしなければならず、しかも給与は極めて少ない。初めに登がいやがったのが当然で、いま敢《あえ》てここに残る、というほうが不自然なくらいであった。

「なんだ」と登が云った、「どうしてそんな眼でおれを見るんだ」

「なんでもないさ」と半太夫は答えた、「ただその話はいそがないほうがいい、機会をみて云いだすほうがいいと思うね」

「助言してくれるか」

「やってみよう」と半太夫が云った。

明くる朝、まだ暗いうちに、人の騒ぐ声で登は眼をさました。はっきりしない耳に、放してくれ、という女の叫び声と、抱き止めているらしい人声が、廊下の向うで聞えた。登はすぐに起きあがって着替えをし、部屋を出てそっちへいってみた。——廊下の掛けあかりの灯がまだ明るく、素足で踏む板敷は氷のように冷たかった。騒いでいるのは病室の戸口のところで、登が近よってゆくと、付添に来ている女たちが四人がかりで、暴れるおえいを押えつけているところだった。

「静かにしろ」と登が云った、「ここには重い病人がいるんだぞ」

おえいは暴れるのをやめた。

「この人が逃げだそうとしたんです」と中年の女の一人が云った、「あたしがおかわを替えて戻って来ると、この人がそこの戸をあけて、外へ出ようとしていたもんですから」

中庭へおりる杉戸が、半ばあいているのを、女は指さしてみせた。登はその戸を閉めるとき、空がほのかに明るんでいるのを見た。

「この娘は私が預かる」と登は女達に云った、「みんな部屋へ帰ってくれ、御苦労だった」

女たちは病室のほうへ去り、登はおえいを促して自分の部屋へ伴れていった。夜具を片づけていると、森半太夫が来たので、わけを話したうえ、半太夫に残ってもらい、彼は去定のところへ相談にいった。去定はもう机に向かって書きものをしていたが、聞き終ってから筆を措《お》き、暫《しばら》くなにか考えていて、やがて「うん」と低く溜息《ためいき》をついた。

「麹町で天野と会ったか」と去定はまったくべつのことを訊いた。

「内祝言の盃をしました」と云って、登は話をひき戻した、「あの娘をどうしますか、逃げだそうとしたのはよほどの事情があると思うんですが」

「あの娘は白痴ではない、自分で云うとおりばかのまねをしているんだ」去定は独り言のように呟いてから、ふと、振返って登を見た、「おまえ仔細《しさい》を聞いてみるか」

登はちょっとまをおいて答えた、「森ではいかがでしょう」

「おまえがやれ」と去定は云った、「まもなく結婚するんだろう、なにか参考になることが聞けるかもしれない、今日は外診の供を休んでいいから、自分で聞きだしてみろ」

五

おえいが話しだすまでに、およそ二刻《とき》あまりもかかった。朝食も茶も、登の部屋へ取り寄せてやったが、どちらにも手を付けず、板敷へじかに坐り、壁のほうを見たまま、軀ぜんたいで頑強に拒否の意を示していた。十時を過ぎたので、今日はもう諦《あきら》めようかと思ったとき、急におえいが咳《せき》ばらいをし、乾いた声で、殆んど嘲笑《ちょうしょう》するように云った。

「どうせぶっ毀《こわ》れる車なんだから」

登は息をひそめた。おえいはまた沈黙したが、やがてぐいと肩を揺りあげ、登のほうへ背を向けたまま、云った。

「あたし赤ちゃんを産みます、誰がなんてったって産みます、あたし独りでりっぱに育ててみせますから」

登は黙っていた。黙っていても話し続けるだろう、と思ったからであるが、おえいは口をつぐんでしまい、長いあいだ身動きもしなかった。それで登は、できるだけなにげない調子で問いかけた。

「産みたいのならここで産めばいい、どうして逃げようとなんかしたんだ」

「おっ母《か》さんが来るからです」とおえいは答えた、「こんどおっ母さんが来れば、きっと先生はこの子をおろすでしょう、だから逃げだして、よそで産もうと思ったんです」

登は五拍子ほどまをおいて訊いた、「しかし、父親なしで子を育てるのは、そうやさしいことじゃないだろう」

「ふん」とおえいが云った、「父親なんて、――いないほうがよっぽどましです」

「どうして」と登が訊いた。

おえいはやはり壁のほうを見たまま、無感動な調子で語りだした。

彼女の父は佐太郎といい、いまは行方知れずになっているが、元は芸人であった。なんの芸をやるともきまっていない、三味線が弾けて、ちょっと喉がいいくらいのものだったろう。小芝居へ出るとか、客の座敷へ呼ばれるとか、またながしをするといったぐあいで、稼ぎというほどのものもなかったようだし、稼いだ物を家へ入れることなどはごく稀《まれ》であった。――母のおかねとは居酒屋ででも知りあったらしく、おかねのほうが佐太郎にのぼせていて、喧嘩《けんか》の絶え間がなかった。それも生活の苦しいためではなく、佐太郎に女ができはしないか、という嫉妬《しっと》がもとであった。――あたしは銭金《ぜにかね》のことなんか云やあしないよ、とおかねはいつも云った。おまえさんは芸人なんだ、芸人が金に縁のないくらい初めっから承知のうえだ、あたしが云うのは女だよ、しらばっくれて、またどこかにできたんだね、そうだろう。そして、殴る蹴《け》るという騒ぎになるのであった。そこまで話して、おえいは突然ぐっと振返り、登のほうへ向き直ると、眼をぎらぎらさせながら云った。

「先生はあたいを騙《だま》すんでしょ」

「なにを騙すんだ」

「こんな話をさせておいて、あたいを騙してこの子をおろすんでしょ、そうでしょ」

「ばかなことを云うな」と登が云った、「ここはお上《かみ》の養生所だ、支配は町奉行で、いつも与力が出張って来ている、こんな所で本人が望まないのに、子をおろすなどということができると思うか」

「男なんてみんなおなじだ」おえいは口の中で呟いた、「男さえ持たなければ、女も子供も苦労なんかしずに済むんです」

登は黙った。そして、おえいはまた話しだした。

おかねは佐太郎にのぼせあがっていて、彼の云うことならどんな無理でもとおした。夫婦のあいだには子供が六人あり、長女のりつは今年二十三、末の妹のすえは九つになる。そのあいだに次郎と兼次という男の子がいるが、これらはみな七歳か八歳になると稼がせられた。子守とか走り使いに出されるのだが、父と母が代る代るいって、僅《わず》かな駄賃の前借りをするのである。おりつは十一の年、深川の芸妓《げいぎ》屋へ奉公に出され、給銀の借りが溜《たま》ったので、十二の春に、その代償として客を取らされた。おりつは恐ろしさのあまり逃げ帰ったが、すると佐太郎が掛合にいき、どう話をつけたものか、こんどは本所安宅《あたけ》の、岡場所の一軒へ奉公にやられた。

——こんどは堅い女中奉公だ。

佐太郎はそう云ったし、初めは勝手仕事や使い走りをするだけだったが、五十日ばかりすると客を取らされ、逃げようとしたら捉《つか》まって、殺されると思うほど折檻《せっかん》された。五十日ほどのあいだに、父と母とで十両ちかい前借をしていたのだという。

「そのときあたしは八つで、深川の八幡《はちまん》前にある煎餅《せんべい》屋へ子守りにいってました」

とおえいは云った、「そして或《あ》るとき子守りをしながら、姉さんの奉公先へ訪ねていって、その話を聞いたんです」

兄の次郎は九つで、馬喰町《ばくろちょう》の旅籠屋《はたごや》に奉公していた。彼も前借が嵩《かさ》むため、そこが三度めの奉公であったが、自分では一文の小遣も自由にならない、と不平を云っていた。姉の話を聞いて帰る途中、おえいは自分もまた姉や兄と同様であること、弟の兼次は四歳、生れてまのない妹のはなも、やがてはみんな親のくいものになるだろう、などということを思って、幼ないながらも胸が凍るように感じた。

おえいは十歳のとき、下谷の蠟燭《ろうそく》問屋へ奉公先を替えた。すると半年ほどして、姉が訪ねて来、「勤めが辛《つら》いから逃げる」と告げた。おりつは十四歳になっていたが、乱暴を極めた二年余の勤めで、軀はおえいとさして違わないほど、痩《や》せていて小さかった。

——あたしはもうこんな汚れたからだになってだめだけれど、あんたはよく考えて、ばかなめにあわないようにしなさいね。

別れるときに姉はそう云った。

どうしたら親のくいものにならずに済むか、おえいはそれ以来ずっと、そのことばかり考えていた。父と母は相変らず、店へ来ては給銀を借り出していく、おはなの下に、またおすえという妹が生れて、「くらしに困る」というのが母の口実であった。このままでは、自分もすぐ姉のように売られるであろう、どうしたらいいか。そう考えているうちに、ふといい思案がうかんだ。

「お店のある池之端仲町の同じ町内に、松さんというばかがいました」とおえいは続けた、「十七か八でしたが、口も満足にきけず、洟《はな》と涎《よだれ》をたらしたまま、いつも町内をぶらぶらしていて、子供たちのほかには誰も構い手がないんです、あたしその松さんのことに気がつきました」

ばかになれば身を売られずに済む。十歳という年で、おえいはそう心にきめた。そうして或る日、土蔵で荷入れの手伝いをしているとき、梯子《はしご》段《だん》から落ちて頭と背中を打った。わざとではない、本当に梯子段を踏み外したので、暫くは気を失っていた。

六

「気がついて、水を飲まされながら、あたしこのときだなと思いました」とおえいは云った、「頭が割れるほど痛んでいたし、二三日は背中も曲げられませんでしたが、それといっしょに、ばかになったようなふりをし始めたんです」

松さんという白痴を見ているから、そのまねをすればよかった。ひっかかったのはまず医者で、原因は頭を打ったためであり、暫くすれば治るだろう、と診断した。おえいは治るようにみせたり、もっとひどくばかになったようにふるまったりした。「近六」の主人は特にいい人でもなく、また悪い人でもなかったので、おえいがそんなになった責任を感じる一方、役に立たなくなったので、佐太郎夫婦の前借を拒み始めた。

――店の仕事でこんなことになったのだから、おえいの面倒はみてもいいが、給銀のほうはもうこれ以上は出せない。

それで不服なら貸した分は棒引きにするから、伴《つ》れてゆくがいいと主人は云った。佐太郎は三度ばかり伴れ戻そうとしたが、おえいは柱にかじりついて「帰るのはいやだ」と町内じゅうに聞えるほど、大声に泣き叫び、父親の手に噛《か》みついて暴れた。

登は話を聞きながら、それとなくおえいのようすを観察していた。話の筋もとおっているし、態度もごく普通であるが、言葉つきは舌ったるく、絶えまなしに、鼻の下や口のまわりを手の甲で撫《な》でる。まるで洟と涎がたれるのを、気にして拭《ふ》いているという動作など、いかにも白痴そのもののようにみえた。まねをしているうちに習慣となり、すっかり身に付いてしまったのであろう、登はそう思って、人間の一心の根強さというものにおどろきを感じた。

「あたりまえの親なら、あたしだってそんなまねはしゃあしません」とおえいは続けていった、「うちの二た親は違うんです、片っ端から子供をくいものにして、自分たちは仕事らしい仕事もせず、酒を飲んだり、うまい物を喰《た》べたり、ぶらぶら遊んでばかりいるんですから」

世間を見ても、貧乏世帯《じょたい》は似たりよったりである、子供を愛している親たちでさえ、貧乏ぐらしではどうしようもない。多かれ少なかれ子供に苦労をさせる、とおえいは云った。ことに男がいけない、あたしは気をつけて見て来たが、男は三十ちょっと過ぎるとぐれだしてしまう。酒か女か博奕《ばくち》、きまったように道楽を始めて、女房子をかえりみなくなる。裕福なうちのことは知らないし、貧乏人でも全部がそうとは云わないが、十人のうち八人か九人は必ずそんなふうになる。

「男なんてものは、いつか毀れちまう車のようなもんです」とおえいは云った、「毀れちゃってから荷物を背負うくらいなら、初めっから自分で背負うほうがましです」

だから自分は亭主は持たない、母と子と二人、下女奉公をしたって子供の一人くらいは育てられるし、母親一人なら子供に苦労をさせずに済む。あたしはこの子を産んで、りっぱに育ててみるつもりだ、とおえいは云った。

「すると」登が訊いた、「おまえの母親が子をおろそうと云うのは、まだおまえをくいものにしようというつもりなのか」

「そうです」おえいは頷《うなず》いて、口のまわりを拭いた、「お父《と》っさんが三年まえにいなくなってから、やけ酒を飲みだして、妹のはなは芸妓屋へ売るし、九つのすえまで売ろうとしているんです」

「それでは、おまえのばかもにせものだと見ぬかれてしまったのか」

「そうじゃありません」おえいは強くかぶりを振った、「軀さえ満足なら、ばかなような女を却って珍らしがって、買いに来る客があるんだっていうことです」

登はちょっと黙っていて、「ひどいもんだな」と云った、「そんな客がいるということはひどいもんだ、そういう人間こそ、もう毀れちまった車というやつだろうな」

「あたい、子を産ましてもらえるでしょうか」

「念には及ばないさ」と云って、登はおえいをためすような眼で見た、「だが、相手の男はどうなんだ」

「どうって、なにがですか」

「おまえは亭主を持たないと云ったが、おなかの子には男親があるんだろう」

おえいはにっと微笑した、「そのことなら心配はありません、子供ができたと云ったら、それっきり姿をみせなくなりました」

「店の者ではなかったのか」

「どうですかね」とおえいはあいまいに、そして狡《ずる》そうに首を振った、「あたいはただ子供が欲しかったんです、ばかで子持ちなら、おっ母さんも諦めるでしょうし、これからも手を出すような男はないでしょう、――自分一人では長い一生をやってゆけないかもしれませんが、子供があれば苦労のしがいもありますからね、それでただ子供が一人欲しかっただけなんです、相手の男なんてどんな顔だったかも忘れてしまいました」

姉のおりつはいちど逃げたが、すぐに捉まってしまい、いま二十三になるが、幾たびもくら替えをしたのち、千住《せんじゅ》の遊女屋に勤めているらしい。兄の次郎は二十歳で、どこかの土方部屋にころげこみ、すっかり悪くなっているという。十五になる弟の兼次や、二人の妹のことも気になるが、自分は生れて来る子と、自分の一生を守りとおすつもりだし、それで精いっぱいである、とおえいは話をむすんだ。

「よくわかった」と登は云《い》った、「子を産むまでここで面倒をみるから、部屋へ帰っておとなしくしておいで、いいか、逃げたりすると自分が困るばかりだぞ」

「はい」とおえいは頷いた、「もう決して逃げたりなんかしません」

登はその夜、去定が外診から帰るのを待って、おえいのことを話した。去定は黙って聞いていたが、話し終ってもそのまま黙っているので、おえいが子を産むまで世話をしてやってもいいだろうか、と登が訊いた。

「子を産むまで、――」と去定は訝しげに登を見、それからいそいで頷いた、「むろんだ、もちろんここで面倒をみてやるさ、ほかにどうしようがある」

登は口ごもりながら云った、「あの母親のほうが問題だと思いますが」

「あの女にはおれから話す、娘はおちついたようすか」

「おちついています」

「明日にでも近六の主人に会って来てくれ」と去定が云った、「わけを話して、こちらで*身二つになるまで預かるが、肥立ったらまた下女にでも使ってくれるかどうか、そこをよく聞いて来てくれ」

登は承知した。

七

翌日、登は池之端仲町の「近六」へ訪ねてゆき、主人の近江屋《おうみや》六兵衛と話した。おえいがにせの白痴だということを、六兵衛はなかなか信じなかったが、下女に使うという点は承知した。

「物置を直してそこに住まわせましょう」と六兵衛は云った、「ばかであるにせよないにせよ、おえいはよく働くし役に立ちます、もちろん母親などは決してよせつけないつもりです」

「そこをよく頼みます」と登は念を押した。

養生所へ帰ると、重傷のけが人が運びこまれたところで、登と半太夫とは二刻あまり坐る暇もなかった。ようやく手当が終り、けが人の容態がおちついたので、二人は食堂《じきどう》へ茶を飲みにいった。するとそこへ、おかねという女が待っている、と知らせに来た。登は眼をみはった。知らせに来たのは取次の者ではなく、津川玄三であった。

「津川じゃないか」と登が云った。

「覚えていてくれたとはうれしいね」と玄三は皮肉なうす笑いをみせた、「保本とはいつも入れ替りになるんだな、こんどはおれが元返りをするわけだがね」

登は半太夫を見た。半太夫は眉をしかめて、そっぽを向いていた。

「あの女をどうする」と津川が訊《き》いた。

「新出先生が会うことになっているんだ」と登が云った、「先生が帰るまで待てと云ってもらおうか」

「酔っているぜ」と津川が云った、「控所で喚《わめ》きたてているが、いいかい」

登はちょっと考えてから云った、「じゃあおれが会おう、おれの部屋へ伴れて来てくれ」

「あなたのお部屋へ、ね」と津川は一揖《いちゆう》して云った、「かしこまりました、若先生」

半太夫はぐっと拳《こぶし》をにぎった。登は去ってゆく津川を見送りながら、「気にするな」と半太夫に云った。

「気にするなって、――」と半太夫は振返って云った、「出てゆく保本はいいだろうが、おれはあいつといっしょに」

「ああ」と登は立ちながら手を振った、「そういきまかないでくれ、あいつはここにいやあしないよ、そのことは話したじゃないか」

半太夫はにぎった拳をひらき、それをまたぎゅっとにぎり緊《し》めた。

「だが」と半太夫は訊き返した、「それは、保本だけがきめていることだろう」

登は黙って頭を垂れた。こうなんだ、と彼は云いたかった、おえいは十歳という年で、身を護《まも》る決心をした。そうしてやがて子を産むだろうが、このきびしい世間の風雪の中で、子供をりっぱに育ててみせると云っている。去定の生きかたも同様だ、見た眼に効果のあらわれることより、徒労とみられることを重ねてゆくところに、人間の希望が実るのではないか。おれは徒労とみえることに自分を賭《か》ける、と去定は云った。

——温床でならどんな芽も育つ、氷の中ででも、芽を育てる情熱があってこそ、しんじつ生きがいがあるのではないか。

だが登はそうは云わなかった。

「おれはここに残るよ」と登は答えた、「おれをここへ入れたのは赤髯《あかひげ》先生だからな、その責任は先生にとってもらうよ」

そして彼は食堂を出た。

自分の部屋へいってみると、津川玄三がおかねと話していた。話すというよりもからかっていたらしい。おかねが軀《からだ》をぐらぐらさせながら、大きな声でみだらな話をしてい、津川が露骨な口ぶりで相槌《あいづち》を打っていた。

「ああ、おまえさんだ」とおかねは登を見て云った、「あたしゃその顔を覚えてるよ、なんだいいけ好かない、こっちの先生のほうがよっぽどましじゃないか、澄ますんじゃないよ」

登は黙って机の前に坐《すわ》った。

「ではこれで」と津川が立ちあがった、「私の役は済んだようですから失礼します、よろしいでしょうか、若先生」

登は眼も向けず黙ってい、津川玄三は出ていった。おかねはひどく酔っているようすで、坐り直そうとすると、膝《ひざ》が割れ、水浅黄《みずあさぎ》の下の物があらわになった。

「あのばか娘のことはどうきまったんですか」とおかねが云った、「論のあることじゃあない、おろして下さるんでしょうね」

「娘は産みたいと云っている」

「ばかばかしい」おかねは蜘蛛《くも》の巣でも払いのけるような手まねをした、「養生所の先生ともある人が、あんなばか者の云うことをまに受ける筈《はず》はないでしょ、手っ取り早く片をつけて下さい、こっちはそこらのお大尽《だいじん》と違って、そう暢気《のんき》なまねはしちゃあいられないんですから」

「それは諦めたほうがいい」と登は怒りを抑えて云った、「娘は子を産むと云っているし、私たちも産ませるつもりだ、あの娘をくいものにすることは諦めるほうがいい」

云ってしまってから、言葉が過ぎた、と登は思った。おかねは屹《きっ》となった。酔いのためにたるんでいた顔が、まるで紐《ひも》でも緊めたように硬《こわ》ばり、いっそう醜く歪《ゆが》んで、いまにも嚙みつきそうな表情になった。

「娘をくいものにするんですって」とおかねは云った、「あたしがいつ娘をくいものにした、おまえさんなんの権利があってそんなことを云うんだ、あたしはね、これまでこれっぽっちも人にうしろ指をさされたことのない人間だよ、おまえさんなんぞにそんなことを云われちゃ世間さまに顔出しもできない、さあ、あたしがいつ娘をくいものにしたか、その証拠をみせてもらおうじゃないか」

「おりつという娘はなにをしている」と登は囁《ささや》き声で反問した、「次郎は、兼次は、おはなはどうしている、おすえという娘をどうしようとしている」

「へん」とおかねはそっぽを向いた、「そんなことはおまえさんの知ったこっちゃないよ、みんなあたしが産んであたしが育てた子だからね、親が自分の子をどうしようと、他人のおまえさんなんかに四の五の云われる筋はないんだから」

「それなら証拠をみせろなどと云うな」

おかねは荒い息をし、振向いて登を睨《にら》みつけた。

「あたしはあの子たちの親だよ」とおかねはくってかかるように云った、「子が親のために尽すのはあたりまえじゃないか、あたしだって子供のじぶんから親のためにさんざん苦労したんだ、それが親子ってもんだ」おかねはそこで急に、思いついたように威たけ高になった、「お上だって孝行すれば褒美《ほうび》を下さるじゃないか、孝*はひゃっこうの先頭だって、子が親に孝行すればこそ、すべて世の中がまるくおさまるんじゃないか、そうじゃないのかい、えっ」

八

登は軀がふるえてきた。四十女で育ちかたも経験もまるで違う。口でかなわないのはわかりきっているが、なにか肺腑《はいふ》を抉《えぐ》るようなことを、一と言だけ云ってやりたいと思い、ふるえながら、なにを云ってやろうかと考えた。それはほんの短い時間のことで、登が口を切るまえに、とつぜん障子があき、去定がはいって来た。

おかねは吃驚《びっくり》して坐り直した。去定はその正面に坐り、やや暫く、黙って女の顔をみつめていた。障子があけたままなので、登が閉めに立とうとすると、去定は首を振って云った。

「臭いからあけておけ」

登は坐った。

「臭いんですって」とおかねが云った、「それはあたしへ当てつけですか」

「当てつけではない」と去定が云った、「きさまの腐った根性で、この部屋は反吐《へど》の出るほど臭い、その軀を自分でよく嗅《か》いでみろ」

「あたしの根性がどうしたんですって」

「根性だけではない、頭から爪先《つまさき》まで、軀ぜんたいが骨まで腐っている」と去定は云った、「食うに困って子に稼がせる親はあるが、丈夫な軀を持ちながらのらくらして、酒浸りになるために子を売る親はない、そういうやつは親でもなければ人間でもない、よく聞け、犬畜生でさえ、仔《こ》を守るためには親は命を惜しまないものだ、自分は食わなくともまず仔に食わせる、けものでも親はそういうものだ、きさまは犬畜生にも劣るやつだぞ」

おかねがなにか云い返そうとし、去定が「黙れ」とどなりつけた。

「あの娘は養生所で引取る」と去定は続けた、「きさまのことは町奉行に届けて、今後も子供たちをくいものにするようなら、然《しか》るべく処分をしてもらうからそう思え」

「そんな威《おど》しに乗るもんか」

「帰れ」と去定が云った、「このさき子供たちに手を出すと、自分の軀に縄がかかるぞ」

「そんな威しにひっかかるもんか」と云いながらおかねは立ちあがった、「へっ、町奉行だって」おかねは蒼《あお》くなり、ひょろひょろとよろめいた、「町奉行が怖くって江戸の町が歩けるかってんだ、曳《ひ》かれ者の小唄《こうた》みたいなことを云いなさんな、こっちは可笑《おか》しくって腹の皮がよじれちまわあ」

町奉行が束になって来たって、びくっともするおかねさんじゃあないんだから。そんなことを云いながら、おかねはひょろひょろと部屋からよろけ出し、廊下の向うへ去っていった。

「どうもいけない」去定は口の中でぶつぶつと云った、「ちかごろどうも調子がおかしい、あんなにどなったり卑《いや》しめたりすることはなかった、あの女は無知で愚かというだけだ、それもあの女の罪ではなく、貧しさと境遇のためなんだから」

「私はそうは思いません」と登がいった。

去定は眼をあげて登を見た、「おまえが、そう思わないって」

「貧富や境遇の善《よ》し悪《あ》しは、人間の本質には関係がないと思います」と登は云った、「私は先生の外診のお供をして、一年たらずの期間ですがいろいろの人間に接して来ました、不自由なく育ち、充分に学問もしながら、賤民《せんみん》にも劣るような者がいましたし、貧しいうえに耐えがたいくらい悪い環境に育ち、仮名文字を読むことさえできないのに、人間としては頭のさがるほどりっぱな者に、幾人も会ったことがございます」

「毒草はどう培《つちか》っても毒草というわけか、ふん」と去定は云った、「だが保本、人間は毒草から効力の高い薬を作りだしているぞ、あのおかねという女は悪い親だが、どなりつけたり卑しめたりすればいっそう悪くするばかりだ、毒草から薬を作りだしたように、悪い人間の中からも善きものをひきだす努力をしなければならない、人間は人間なんだ」
「話に穂を継ぐようですが」と登は静かに訊き返した、「こんど津川を呼び戻されたのも、そういう御思案から出たことですか」
「どうして津川のことなど引合いに出すのだ」
「お考えがうかがいたいからです」
「おまえまでがおれにどならせたいのか」
「たぶんそうなるだろうと思います」と登は冷静に云った、「津川をお呼びになる必要はありません、私はここにとどまるつもりですから」
去定は眼を細めた、「――誰が許した」
「先生です」
「おれが、おれがそれを許したか」
「お許しになりました」
「だめだ、おれは許さぬ」去定は首を振った、「保本登は目見医にあがる、それはもうきまっていることだ」

「この養生所にこそ、もっとも医者らしい医者が必要だ、――初めに先生はそう云われました」と登はねばり強く云った、「私もまたここの生活で、医が仁術であるということを」

「なにを云うか」と去定がいきなり、烈《はげ》しい声で遮った、「医が仁術だと」そうひらき直ったが、自分の激昂《げっこう》していることに気づいたのだろう、大きく呼吸をして声をしずめた、「――医が仁術だなどというのは、金儲《かねもう》けめあての藪《やぶ》医者、門戸を飾って薬礼稼ぎを専門にする、似而非《えせ》医者どものたわ言だ、かれらが不当に儲《もう》けることを隠蔽《いんぺい》するために使うたわ言だ」

　登は沈黙した。

「仁術どころか、医学はまだ風邪ひとつ満足に治せはしない、病因の正しい判断もつかず、ただ患者の生命力に頼って、もそもそ手さぐりをしているだけのことだ、しかも手さぐりをするだけの努力さえ、しようとしない似而非医者が大部分なんだ」

「それでもなお」と登が云った、「私を出して津川を戻そうと仰《おっ》しゃるのですか」

「それとこれとは話が違う」

「違わないことは先生御自身が知っておいでです」と登は云った、「はっきり申上げますが、私は力ずくでもここにいます、先生の腕力の強いことは拝見しましたが、私だってそうやすやすと負けはしません、お望みなら力ずくで私を放り出して下さい」

「おまえはばかなやつだ」

「先生のおかげです」

「ばかなやつだ」と去定は立ちあがった、「若気《わかげ》でそんなことを云っているが、いまに後悔するぞ」

「お許しが出たのですね」

「きっといまに後悔するぞ」

「ためしてみましょう」登は頭をさげて云った、「有難うございました」

去定はゆっくりと出ていった。

注解

12＊一揖　軽い会釈。

15＊犬儒派　ここでは、世間に対して冷笑的な態度を取る人、というほどの意。

16＊御番医　徳川幕府の職名。若年寄支配下で、殿中表御殿で病人が出た時に診療に当たる医師。

17＊御目見医　身分や所属に関係なく、技量や業績によって幕府が必要に応じて新規に召し抱えた医師。業績次第で御番医や奥医師に昇進した。

17＊表御番医　本来は「御番医」に同じ。ここでは、将軍やその家族の診療に当たる医師、の意。

20＊三十坪ちかく　約一〇〇平方メートル。六〇畳ほどの広さ。「坪」は面積の単位。一坪は約三・三平方メートル。

21＊さしこみ　胸や腹などに感じる急激な痛み。胃痙攣《いけいれん》などの症状。癪《しゃく》。

25＊手代　商店で、無給の丁稚《でっち》修業を終えた者が昇格して就く身分。番頭の指図のもとで働き、給金が出る。

25＊座敷牢　座敷を格子《こうし》などで厳重に仕切り、罪人や狂人などを監禁しておく所。

28＊十間ほど　約一八メートル。「間」は、長さの単位。一間は約一・八メートル。

29＊亭づくり　「亭」は庭園などに設けた屋根と柱だけの休息所。

29＊おかわ　「お厠《かわや》」の略。持ち運びのできる便器。おまる。

29＊半刻ほど　約一時間。江戸時代には、昼夜をそれぞれ六等分し、その一つを一刻とした。そのため季節によって一刻の長さが変った。

30＊本道　内科。
30＊内障眼　緑内障、白内障、黒内障など、眼球内の疾病の総称。
33＊施薬院　貧しい病人に薬を与え治療した施設。
33＊小川氏　養生所は、町医者の小川笙船《しょうせん》の目安箱（幕府への訴状の受付箱）への投書が契機となって設立された。
33＊与力　養生所見廻り与力。町奉行の支配下で、同心とともに勤務した。
33＊詰所　出仕して控えている場所。
33＊定詰　いつもその場所を離れず、住込んで勤務すること。
46＊三戸前　「戸前」は蔵の入口の戸。転じて土蔵を数えるのに用いる。
49＊内祝言　ここでは、婚約の意。
59＊腫脹　炎症などが原因で、臓器がはれあがること。
62＊紀伊家　紀州徳川家。家康の一〇男頼宣《よりのぶ》を藩祖とする、徳川家の親藩。尾張、水戸とともに御三家の一つ。
62＊尾張家　尾州徳川家。家康の九男義直を藩祖とする、徳川家の親藩。紀伊、水戸とともに御三家の一つ。
64＊尖端に…　ここでは、死に水（臨終の人の唇を水で湿らせること）をとろうとしている。
66＊五寸　約一五センチメートル。「寸」は尺貫法における長さの単位。一寸は約三センチメートル。
70＊家主の藤助　「家主」は貸家の持ち主。ここは、「差配の松蔵」とあるべきところか（七四頁本文参照）。
73＊労咳　肺結核のこと。
74＊差配　貸地や貸家を所有者の代わりに管理すること。また、管理する人。

76 *御触書　ここでは、幕府からの告示。
76 *銀二十五枚　「銀」は銀貨。大きさ・重さが厳密に規定されず、重量によって価値が決まるが、一般に贈答や賞賜の場合は、御定相場によって、四三匁《もんめ》（約一六〇グラム）を銀一枚とした。
77 *一尺二寸ばかり　約四〇センチメートル。「尺」「寸」はともに長さの単位。一尺は約三〇センチメートル。一寸はその一〇分の一。
77 *島流し　罪人を遠い島や辺鄙《へんぴ》な土地に送った刑罰。
77 *獄門　刑罰の一つ。斬罪《ざんざい》に処せられた罪人の首を小塚原や鈴ヶ森の刑場に運び、三日二夜さらした。
78 *町役　町役人。町人の中から選ばれて町の行政事務に従事する役人の総称。町奉行のもとで触《ふれ》の伝達や町人の訴願の取次ぎなど、多様な業務処理を行った。
78 *駈込み訴え　所定の手続きをとらず、評定所・奉行所、幕府の重臣、領主などに直接訴えること。特別の理由がある場合以外は受理されなかった。
78 *北　ここでは、北町奉行のこと。南町奉行とともに江戸の町地・町人に関する行政・司法・警察などを司《つかさど》った。南北の奉行が一月交代で職務についた。
79 *白洲　奉行所で、罪人を取り調べる場所。白い砂利が敷かれていたことからいう。ここでは、奉行所のこと。
81 *十帖　「帖」は薬の一服分をいう。
81 *五両　「両」は江戸時代の貨幣単位。一両は小判一枚。
81 *二分　「分」は江戸時代の貨幣単位。一両の四分の一。
83 *同心　町同心。与力の下で、庶務や警察事務を分担した下級の役人。

100 *下屋敷　上屋敷（大名や身分の高い武家の江戸での住居）の控えとして設けられた屋敷。

106 *輻屋　輻を作る職人。「輻」は車軸と車輪をつなぐ放射状の多数の棒。

110 *局　御殿女中。ここは、将軍の側室。

113 *約二丁　約二二〇メートル。「丁」（町）は距離の単位。一丁は約一一〇メートル。

113 *定火消　徳川幕府の職名。江戸市中の消防に当たる。明暦の大火（一六五七年）の翌年に設置された。ここは、その屋敷。

113 *四民　封建時代の士・農・工・商の四つの階級。ここでは、すべての人々の意。

115 *家老　藩主を直接補佐し、家中を統率する重職。

115 *薬礼　治療や投薬に対して、医者に払う金。

115 *小粒　「一分金《いちぶきん》」の通称。江戸時代の長方形の小形金貨の一種。四枚で小判一両にあたる。

115 *三万二千石　「石」は体積の単位。米などを量るのに用いられ、大名や武士の知行高（領地の米の生産高）をも表した。一石は約一八〇リットル。

115 *奏者番　徳川幕府の職名。老中支配下で、大名や旗本が将軍に拝謁する際、官位・姓名・進物品名などを将軍に伝え、また将軍からの下賜の品を渡す役目。

115 *内福　見かけに比して内実の裕福なこと。

115 *五十金　「金」は江戸時代に用いられた大判・小判・一分金など金貨の総称。ここは、五〇両のこと。

116 *用人　主君の側にいて、家政全般をつかさどる者。

116 *矢立　携帯用の筆記道具。墨壺《すみつぼ》のついた筒に筆を入れ、帯に挟む。

117 ＊お上　ここでは、松平壱岐守のことをいっている。本来は、主君の敬称。

117 ＊厚味　栄養価の高い、味付けの濃い食べ物。ごちそう。

119 ＊もあい傘　催合傘。一本の傘に二人一緒に入ること。

136 ＊娑婆塞げ　生きていても何の役にも立たない者。また、生きていることが他人の邪魔になる者。

137 ＊町方　ここでは、町奉行所の役人のこと。

140 ＊とやについた　「とやにつく」（鳥屋に就く）は、鷹《たか》や鶏などが羽の抜け代る時期、巣にこもること。ここでは、お産のために床に就くことをいっている。

148 ＊お救い小屋　火災・水害・飢饉などに際し、窮民を救済するために設けられた施設。

149 ＊四万六千日　この日に参詣《さんけい》すれば、四万六千日参詣したのと同じ功徳《くどく》が得られるといわれる縁日。浅草寺では七月一〇日。

158 ＊二合五勺　「こなから」（小半ら）は半分の半分の意で、ここは一升の四分の一。転じて、少量の酒の意にも用いる。ここでは、大したことはない、つまらない、の意。「合」は尺貫法の容積の単位。一合は約一八〇ミリリットル。一勺《しゃく》は一合の一〇分の一。

161 ＊瘧　一定の周期で発熱や悪寒《おかん》がおこる病気。特にマラリアをさしていう場合が多かった。

169 ＊くり込もうか　遊郭へ乗り込もうか。

177 ＊蠣殻町　現在の中央区内。ここは、おちよの父親のことをいっている。住所などを人の呼称とする慣習は現代でも見られる。

183＊首の座に直った　「首の座に直る」は、打首にされる場所に座る。

192＊おぞ毛をふるう　怖気《おぞけ》を震う。いとわしさや恐ろしさに身震いをする。

197＊佐久間町　ここでは、藤吉のことをいっている。

208＊元禄年代　第五代将軍徳川綱吉の治世。西暦一六八八年から一七〇四年まで。

215＊犬　ここでは、役人、の意。

215＊小者　走り使いや物品の運搬などを担当する者。

215＊折助　「仲間《ちゅうげん》（中間）」の別称。当時は、武家の下級奉公人をいう。

225＊倹約令　幕府が公布した浪費・贅沢を戒める法令。ここでは、天保の改革における倹約令を指す。

225＊普請　ここでは、土木工事。

228＊麹町の家　ここでは、保本登の実家のことをいっている。

230＊馬場轂里　馬場佐十郎貞由。「轂里」は号。江戸時代後期のオランダ通詞、蘭学《らんがく》者《しゃ》。

230＊鍛冶橋　ここでは、津山藩の意。鍛冶橋御門内に津山藩の上屋敷があった。

230＊宇田川榕庵　江戸時代後期の津山藩藩医、蘭学者。

234＊御成道　参詣などに際して、将軍などの貴人が通る道。

240＊地口　ことわざなどをもじった語呂《ごろ》合せの文句。ここでは、軽い冗談。

246＊松平伊豆守　伊豆守に任じられた大河内松平家の呼称。三河の国吉田藩藩主。現在の台東区池之端四丁目に控え屋敷があった。

246＊中屋敷　上屋敷の控えとして設けられた屋敷。

247 ＊馬方　馬に人や荷物を乗せ、目的地まで運ぶことを職業とする者。
249 ＊朱引き外　江戸の府外。「朱引き」は当時、地図上で府内（江戸の市域）と府外の境界に朱線を引いたことからいう。
253 ＊金棒曳き　噂《うわさ》などを大げさに触れ歩く者。
254 ＊震顫　震え。
254 ＊痼疾　持病。
261 ＊麹町三番町　「麹町五丁目」（一七頁本文参照）とあるべきところか。
261 ＊合巻本　草双紙（挿絵入り通俗小説本）の一つ。江戸時代後期に流行した。分冊形式の数冊を合せて一冊とした。
266 ＊碾割　「碾割麦」の略。大麦を石臼などで粗くひいたもの。
272 ＊八ツ半　午前三時頃。江戸時代の時の数え方の一つ。深夜と昼の一二時前後を「九つ」として一刻（約二時間）ごとに「八つ」から「四つ」まで数を減らしていく（「三つ」以下はない）。
279 ＊しゃれたまね　ここでは、出すぎた行い、の意。
280 ＊死ぬ毒　死ぬ前に体内に出ると考えられていた毒素。
290 ＊はっつけあま　女性をののしっていう語。磔《はりつけ》にされるべき女、の意。
290 ＊宿六　妻が自分の夫を卑しめたり、親愛の意を込めたりしていう語。
290 ＊かっちゃぶいて　「かっちゃぶく」は、引っ掻《か》く意。
295 ＊年貢運上　「年貢」は農民に課した租税。「運上」は商・工・漁・狩猟・運送業者などに課した雑税。
295 ＊源氏　源《みなもと》の姓を持つ一族。ここでは、鎌倉幕府を開いた源頼朝などのこと。
295 ＊平家　平《たいら》の姓を持つ一族。ここでは、平安時代末期に実質的に政権を掌握した平清盛などのこと。

297 ＊九寸五分　短刀のこと。刃の部分の長さが九寸五分（一尺に満たない意）の刀。

299 ＊町木戸　江戸城下の町家地域で、町と町の境目に設けられた木戸。家主や番人が詰める自身番（町内の自警などのための組織）に付属し、午後一〇時頃以降は閉めて不用の者は通さなかった。

301 ＊ぼくめん　「面目《めんぼく》」を逆にした倒語。照れ隠しでわざといっている。

302 ＊水戸さま　小石川には常陸《ひたち》の国水戸藩の上屋敷があった。その庭園は現在の小石川後楽園。

304 ＊戸納質　小規模な質店。金銭を貸す保証として預かった質物を、蔵ではなく戸棚にしまって保管する。

304 ＊地所　建物を建てるなど、利用目的のある土地。ここでは貸地の意。

304 ＊家作　貸家。

307 ＊なにがし　某。人や物などの名がはっきりしなかったり、ぼかしたりする時に用いる。ここは、三代将軍徳川家光の側室で、五代将軍綱吉の生母お玉の方（桂昌院）のこと。

311 ＊十手でも…　「十手」は同心や目明しなどが犯人を捕らえるのに使った鉄製の道具。ここは、町奉行所の役人に雇われて犯罪の捜査に協力しているのか、の意。

312 ＊暮六つ　午後六時頃。

313 ＊しずに　せずに。

317 ＊町名主　町を支配した役人。町年寄の下で、触の伝達、訴訟の調停などを行った。

317 ＊五人組　幕府が町や村に作らせた五戸一組の隣保組織。連帯責任で地域の治安維持、年貢の完納などに当らせた。

321　＊公事　訴訟、裁判。

325　＊上げ蓋　板の間で、床下に物を入れられるように、床板を自由に取りはずせるようにしたもの。

329　＊七つごろ　午後四時頃。

330　＊車力　大八車などで荷物を運ぶことを職業とする者。

336　＊五百坪くらい　約一七〇〇平方メートル。

336　＊ひねこびた　いかにも古びた。

336　＊一揖　軽くおじぎをすること。ここは、相手を促すしぐさ。

337　＊二丈九尺　約九メートル。「丈」「尺」ともに尺貫法における長さの単位。一丈は約三メートル。一尺はその一〇分の一。

338　＊めどへぴたりだ　「めど」（目途）は、目当て、目標。ここは、目算どおりに事が運んだ、の意。

361　＊典薬頭　徳川幕府の職名。医師の最高位。

376　＊身二つになる　子どもを産む。

381　＊孝はひゃっこうの先頭　「ひゃっこう」（百行）は、あらゆる行い。『白虎通義』（五経の解釈書）の「孝道之美、百行之本也」（孝は道の美なるものにして、百行の本《もと》なり）に基づく。

山本周五郎を読む

山本周五郎と私

山本周五郎論

辻邦生

事実と虚構と

なぜ素朴にフィクションを信じられない時代に、山本周五郎やシムノンのような作家はフィクションのまん中にどっしり腰を据え、小説世界を生きたものにすることができたのか――このことは、山本周五郎やシムノンの作品を読むとただちに惹《ひ》き起される創造のヴァイブレーション――身体《からだ》じゅうに書きたい衝動を満たすもの――と深くかかわっている。というより、この二つのことは同じ楯《たて》の表と裏の関係にある。

山本周五郎の本質を、より深く理解してゆくために、ここで私はやや廻り道をして小説という文学ジャンルについて少し詳しく眺めてみたいのである。というのは、山本周五郎のような生得的な小説家を理解するには、まず小説の持つ性格、とくにその相反する二つの傾向を見ておくことが何より必要だと思われるからだ。

普通、一般の人がある経験を小説に書きたいと思ったり、またそうした経験が小説のようだと感じたりするのは、やはりそれが何か日常と異なる珍しい出来事、感動的な出来事であることが多い。この場合、二つの面が見てとれるわけで、一つは経験する出来事、もう一つは出来事が担《にな》っている感情（驚き、悲しみ、珍しさ等）である。すなわち人が珍しい経験をして、それを小説にでも書いてみたいと思うとすれば、その経験的事実を書き、同時に、その事実が支える感情を伝えたいという二つの欲求を持つことになる。

もう一つ大事なのは、なぜ小説にでも書いてみたいと思うのか、ということで、これは小説でなく、劇でも抒情詩《じょじょうし》でも俳句和歌でもいいわけである。しかし小説、つまり物語るという形が望まれるのは、まず「語り手」がいて、次に「語るべき出来事」がある場合、これは劇でも抒情詩でも駄目で、どうしても物語という古来からの表現形式に頼るほかなくなる。「小説にでも書きたい」と感じるのは、実は、その経験した出来事の質を示すことであって、それは、何よりまず「出来事」が驚きなり悲しみなりの「感情」を内包するカプセルの如《ごと》きものと感じられていることなのである。

驚き、悲しみを伝えるとき、抒情詩のように、それをじかに表現せず、その「感情」を帯びている「出来事」によって表現しようとする態度——言いかえれば、出来事を媒介として感情を表わそうとする態度、それが小説を書くという場合の、素《しろ》人玄人《うとくろうと》を問わぬ基本的な在り方なのである。

もともと人が話をするということは、煎《せん》じつめれば、一回一回、小説を書くのと同じことをしているわけで、笑い話にせよ、呆《あき》れた話にせよ、悲しい話にせよ、つねに、そういう感情を帯びた出来事（エピソード）がある。

山本周五郎のように生得的小説家というのは、こうした感情を荷電した出来事に対して本能的に魅惑され、それ以外の伝達方法を持たないまでに、それと一体化した小説家のことなのだ。

逆の言い方をすれば、出来事が、電気を帯びた導体のごとく、感情を帯びた導体としてしか感じられない作家——それが生得的な小説家なのだ。こういう小説家は、何か強い感情を表現しようとする場合、抒情詩人のようにじかに「ああ悲し」とは言えず、「悲しみ」を荷電した導体＝出来事を持ってこなければならない。自分の経験の中に然《しか》るべき導体＝出来事がなければ、それをあえて作りだす。たとえ経験したことだとしても、より感情表出にふさわしいように導体＝出来事を作りかえる。それがフィクション（虚構）という作業の本当の意味である。

事実をわざわざ嘘《うそ》にでっちあげるというのではなく、事実を、こうした方向に本質化すること——それが虚構の真の意味である。アリストテレスが歴史は事実を語り、物語は可能性を語るといったその真の意味も、事実の中にひそむこうした本質部分を強調し引き出すことにアクセントが置かれている。

では、なぜ現在、事実性、記録性に注目するノン・フィクションが流行するのか。またヌボー・ロマンに代表される物語性の破壊、ないし蔑視《べっし》が進行するのか。

その主要な理由は、われわれの生活のなかに認識が至上権を奪い、何はともあれ知ることをわれわれに強いるからである。われわれの周囲に未知の領域が拡《ひろ》がり、刻々、社会にも風俗にも得体の知れぬものがふくれ上ってゆく。それを知らなければ、不安だし、事実、暮してゆくことができなくなる。未知を既知にかえることは、今や、生活を守る態度にもなっている。小説など夢物語を読んでいる暇はなく、すこしでも知識になるもの、情報量の多いものを読むということになる。タウン情報誌の流行などその最も尖鋭《せんえい》化した形である。

物語性の否定もこうした現代社会の構造を端的に反映したもので、認識作用における主体と客体の極端な分裂によって生れている。主体は、ちょうど平野の上に高い望楼を作るように、客体全体を見下し、それを知的に裁断してゆく。事実はつねに単なる一事実にすぎず、全体の中では積極的な意味は与えられない。経験した出来事を語ることなど「婆《ばば》あの茶飲み話」として軽蔑される。出来事は、素朴な語りの面も、一回きりの体験性の切実さも切り落され、論理構造と抽象的本質へと貧血化してゆく。ここでアクセントが置かれているのはいかにして認識的真実に達するか、ということである。

当然こうした現代文学的状況の中では「感情の導体としての出来事」という摑《つか》み方がすでに不可能になっている。出来事は「感じる」前に「知る」ものであるし、伝達とは「感じさせる」ことではなく、「知らせる」ことであるからだ。そしてわれわれは意識無意識を問わず、この時代の情報偏重の流行に影響を受けている。その最大の特徴は、われわれが「まるく閉じた円」の中に住まず、つねに「円環の一部を欠いた円」の中にいるという意識を持っていることだ。「円環の一部」を欠いていると、われわれはそれをたえず補って、完全にまるく閉じた円にしようとする本能を持つ。情報をあくせく求めるのも、この補完運動の一つなのだ。

円がまるく閉じたと感じるとき、われわれはある落着きを持つ。そして「知る」かわりに「感じる」ことを始めるようになる。「感じる」余裕を持つに到《いた》るわけだ。ところで生得的小説家が「感情の導体としての出来事」を摑んでゆくという場合、それは端的に言って彼が現代社会の中にありながら、この円環性を保ち得ているということなのだ。彼は決して出来事の情報性にも関心はないし、出来事の知的認識に進みたいとも思わない。また、それを抽象化した美学で処理しようとも思わない。

それは保本登《やすもとのぼる》が小石川養生所《ようじょうしょ》に医員見習として入るという具体的な一出来事との、いわば絶対的な関連の中に入ることなのだ。つまり山本周五郎にとって保本が小石川養生所にゆくという出来事、そこで出会うさまざまな出来事は、決して小石川養生所の歴史的事実を知ろうとしたり、当時の医療事情、医療費、薬価、医学制度を研究したりする態度からは生れてこない。歴史家が後者の見地に立って、それを研究分析の対象とすることはもちろん意味深いことだし、好事家《こうずか》が百科辞書的にそうした事実的興味に惹かれることも、面白さの点で甲乙つけがたい。

しかし私がいう、身体じゅうに書きたい衝動を喚《よ》び起すヴァイブレーションは、山本周五郎が、そうした現代的な姿勢にまったく無関係に、保本登が小石川養生所へゆくというその出来事の帯びる電磁気のごとき感情を、地の底から、それ以外にありえぬ形で、支えているところから生れている。小説家である以上、誰でもそうした信念でフィクションを書いているのではないか、と問われるかもしれない。しかし山本周五郎やシムノンの場合は、それは信念以上のものであり、それこそ体質的なものというべきかもしれない。生れつきのもの、そうした一つの精神の特性――それが山本周五郎、シムノンのごとき作家の在り方なのだ。

しばらく私は『赤ひげ診療譚』を手がかりに論をすすめたいが、山本周五郎がこれを書くために、江戸時代の資料に当り、考証を深めたことと、ここでいう感情導体＝出来事とは違う。山本周五郎が歴史的事実性を踏まえようとしたのは、客体への認識の方向へ進むためではなく、感情導体としての出来事に、事実らしさの外観を与えることによって、夢を醒《さ》ますことを防いでいるのである。荒唐無稽《こうとうむけい》な空想が作品を活気づけることはある。だが『赤ひげ診療譚』の場合、トーンとしては真実な、内省的な、社会批判的なものを含んでいる。ここでは史料的正確さ、医学知識の確かさが〈夢想〉を高める働きをする。つまり資料調べは、感情導体としての出来事をフルに機能させるための作業であって、ある意味で、感情表出を強化し鋭化するために出来事をそうした「効果」にむけて虚構化してゆくのと、同じ心的姿勢を持っている。

一方が真実に向い、他方が虚構に向うのに、両方とも同じ心的姿勢にあるとは矛盾のようだが、山本周五郎にあっては、それは矛盾しない。その証拠に『赤ひげ診療譚』の中に――そして他の作品の中にも――調べたという臭味の一点も感じさせない。まるで山本周五郎が物語作者の才知を賭《か》けて微細に彫った精巧な細工が、五つ六つと嵌《は》まってゆくように見える。もちろん小説技巧の冴《さ》えがここにはあるが、それ以上に、この「閉じた円」のまん中に坐《すわ》った山本周五郎の「感情導体」として摑んだ出来事の魅力が、そこに妖《あや》しい光を放している。それをわれわれは物語の魔力と呼んでいいであろう。

（『山本周五郎全集』第五巻附録　新潮社　昭和五十八年七月）

解説　青年はいかにして世界を受け入れたか

中野新治

『赤ひげ診療譚《しんりょうたん》』は、昭和三十三（一九五八）年、「オール讀物《よみもの》」三月号から十二月号まで連載され（七月号は休載）、翌年二月に文藝《ぶんげい》春秋新社から刊行されました。この時、作者山本周五郎は五十五歳。円熟期の作品と呼ぶにふさわしい深い内容を持つ物語です。

昭和四十（一九六五）年四月には、黒澤明監督により「赤ひげ」として映画化され、ヴェネツィア映画祭男優賞をはじめ数々の賞を受け、映画史に名を残す作品となりました。存在感あふれる三船敏郎の赤髯《あかひげ》（新出去定《にいできょじょう》）、初々《ういうい》しい青年医師保本《やすもと》登《のぼる》を好演した加山雄三、薄幸の少女おとよを迫真の表情で演じ切った二木てるみ……。一八五分という長大な時間を忘れさせるこの映画を、山本周五郎は「原作より素晴しい」と褒《ほ》めたといわれますが、もちろん、原作の、比類のない物語の力があってこその成功でした。

周五郎は小説の果すべき役割について、次のように述べています。

よき一編の小説には、活《い》きた現実生活よりも、もっとなまなましい現実があり、人間の感情や心理のとらえがたき明暗表裏がとらえられ、絶望や不可能のなかに、希望や可能がみつけだされる。(「小説の効用」)

この言葉の通り、周五郎のどの作品にも「人間の感情や心理」の「明暗表裏」が「なまなましく」刻まれており、登場人物たちは「絶望」的で「不可能」な状況に苦しみます。しかし、その中に投げ出されたままで終ることなく、そこから新たな「希望」と「可能」が与えられていくのです。なぜそうなるのか、と言えば、これこそが作者の「書かずにいられないもの」であり、小説を通して読者にどうしても受け止めて欲しいことだからです。「小説の芸術性」という文章の中では、「芸術性などということは本当はどっちでもいいので、その小説に作者の『書かずにいられないもの』があり、読者にもう一つの生活を体験したと感ずるくらいに、現実性のある面白さがあれば上乗だと思う」とも言っています。つまり、作者は、絶望から希望に至る「なまなましい現実」を、強い臨場感と共に味わって欲しいのであり、それ以外に作品を執筆する理由はない、と言うのです。言いかえれば、周五郎は小説によって読者を励まし、希望へと導かずにはおれず、その燃えるような思いこそが、その作品を現在に至るまで生き続けさせているのです。

このような「読者こそすべて」という作家魂は、直木賞受賞の拒否さえひき起すことになるのですが、それがどのようにして生まれたかについては、その苦難に満ちた伝記的事実が語ってくれます。興味のある方は、山本周五郎の良き理解者であった木村久邇《くにのり》典氏の『人間山本周五郎』『素顔の山本周五郎』などを読まれることをお勧めします。

では、この物語の主人公である保本登の場合の「絶望」と「不可能」はどのようなものであったのでしょうか。保本は将来を期待されるエリート青年医師ですが、彼に降りかかった「絶望」と「不可能」は二重の重みを持つものでした。長崎に遊学して最新のオランダ医学を学び、将来は幕府の「御目見医《おめみえい》」の地位さえ保証されていた保本は、こともあろうに「小石川養生所《ようじょうしょ》」という〈患者は蚤《のみ》と虱《しらみ》のたかった、腫物《はれもの》だらけの、臭くて蒙昧《もうまい》な貧民〉であり、〈給与は最低〉の、〈昼夜のべつなく赤髯にこき使われる〉場所に、強制的に送り込まれたのです。しかも、彼の帰りを待って結婚するはずだったちぐさは、他の男のもとへ嫁ぐという裏切りを犯していました。公私ともに、彼の前途は見事なまでに閉ざされてしまったのです。

さらに、追い打ちを掛けるように、赤髯から長崎遊学中の筆記録や図録を提出するように命じられます。これらは彼の懸命な努力によって蓄えられた業績であって、その他者への公開は、いわば特許の消失のような価値の喪失を引き起こすのは明らかであるのに、赤髯は強引に提出を命じるのです。保本は、こうして「希望」と「可能」の世界から「絶望」と「不可能」の世界へと、転落して行くことになります。

物語は、このような保本が、八つのエピソードによって展開される様々な出来事に関わっていくことで、彼の想像をはるかに越えた人間の感情や心理の明暗、表裏を知り、人間として大きく成長し、そこから新しい希望や可能性へと導かれる姿を描きます。医師としても、知識はあっても臨床経験がないため、麻酔なしの手術に立ち会って卒倒していたふがいなさを克服し、最後には、最初の希望通り御目見医になるため養生所を出ろ、という赤髯の命令にさからって現場に残ることを選ぶまでになるのです。同時に彼は、ちぐさの行為を許す広い心を持てるようになり、その妹のまさをと共に困難な道を辿《たど》る決意をするのです。

こうして見てくれば、この作品が青年の成長を跡づける典型的な成長小説（教養小説とも呼ばれます）であり、保本の経験は、成人になるための死と再生を味わう「通過儀礼」の本質を持つことが理解できるでしょう。現代の成人式は明るい祝福に満ちたものですが、かつては、成人になるとは、その名前、髪型から始まり、立居振舞に至るまで幼少年期のものが廃され、すべてが更新されるものでありました。今や遊具の一つとなった「バンジージャンプ」が、南太平洋の島（英名・ペンテコスト島）の原住民による、まさしく命がけの大人になるための飛び降りに源を持つことは、「通過儀礼」の何たるかをよく示しています。

それにしても、周五郎はなぜその舞台を医業の場に設定したのでしょうか。木村久邇典氏によれば、周五郎が「医学に関心を抱くにいたったのは、大正十四年から昭和三年まで在籍した『日本魂』編集部の同僚だった宅間清太郎（大乗）記者の啓発に刺戟《しげき》されたため」であり（新潮社版『山本周五郎全集』第十一巻附記昭和五十六年十月）、日比谷の図書館に通って学んだり、「日進医学」「臨床医学」「実験医学」などの医学専門誌も読んでいたということです。

しかし、友人に導かれたにしても、医業への興味のその深部には愛する者たちの死があったことは確認しておかねばなりません。山本周五郎というペンネームは、彼が少年期に奉公していた「きねや質店」の尊敬する店主の名前をそのまま使ったものですが（本名は清水三十六《さとむ》）、その長女で、ひそかに恋心を抱いていた志津が、大正十五年十月、盲腸炎で死亡します。続いて、同月末、母とくが脳溢血《のういっけつ》で死亡。その後、昭和二十年五月には、きよい夫人を膵臓癌《すいぞうがん》で失っています。これらの原体験こそが、〈仁術どころか、医学はまだ風邪ひとつ満足に治せはしない、病因の正しい判断もつかず、ただ患者の生命力に頼って、もそもそ手さぐりをしているだけのことだ〉という、新出去定の冷静な医学評価につながることは明らかでしょう。それは医学の無力をあげつらうというものではもちろんなく、愛する者の死をきっかけとする医学への学びが導いた結論です。世の優れた医師がこのような謙虚さを一様に持っていることは、言うまでもないことでしょう。

かくして、この成長小説の要《かなめ》となる人物（主人公の「通過儀礼」を司《つかさ》どる人物）が、医師「赤髯」として強いリアリティを持って設定されました。しかし、彼はなぜ本名ではなく、このような仇名《あだな》で呼ばれるのでしょうか。本文の描写には〈実際には白茶けた灰色〉とあり、どこにも赤い髯は登場しません。初めて新出を見た保本は〈その逞《たくま》しい顔つきが、「赤髯」という感じを与えるらしい〉と思いますが、これでは説明になっていません。

赤という色は、神社仏閣の彩色に多く使われていることに明らかなように、人間のレベルを越えた世界のシンボルカラーです。それは、神秘と畏怖《いふ》だけではなく、反転して救済を人間に与える者の存在を鮮明に示しています。天狗《てんぐ》や鬼や坂田金時（金太郎）は赤い体を持ち、宮沢賢治の童話『風の又三郎』に登場する、「風の神の子」と見なされる高田三郎の髪も赤いのです。

つまり、新出去定に接する人は誰でも、彼が、人間の深い闇《やみ》や罪の世界での体験も含めて、通常のレベルを越えた何かを持つ者であることを直感的に知り、それを「赤髯」と名付けたに違いないということになります。そして、これこそが「師」の条件であることは言うまでもありません。

「師」は謎《なぞ》に満ちた存在であり、命令し、断言するのみで説明しません。答えは自分で発見する他はなく、そのための試行錯誤こそが「弟子」の成長を促すのです。この「師という謎」と出会い、それにより人間の真実を知るという道程は、あの夏目漱石の代表作『こころ』にも描かれています。大学生である「私」は、どの学校にも属していないのに「先生」と呼びたくなる一人の男に出会い、人間の逃れ難い罪の世界へと導かれます。しかし、そこは単なる絶望の世界ではありません。「弟子」が「師という謎」に近づき、紆余《うよ》曲折《きょくせつ》の末につかんだ「人間の真実」こそが、まぎれもなく「弟子」の人生を支える大きな力となるからです。『赤ひげ診療譚』は、『こころ』とともに、これからも若い読者を「師」と「弟子」の世界に導く、貴重な作品でありつづけることでしょう。

こうして、この作品が、人間にとって最大の課題である「自己と世界を受け入れる物語」であることがわかります。それは、自己の願望とは違った形で成就されることが重要です。思い通りの自己達成は傲慢《ごうまん》を生み、そこには他者の存在が欠落します。保本の「そうだ、おれにとってはこのほうがよかった」というつぶやきは、彼が自己と他者と世界を幻想でゆがめることなく、ありのままの姿で受容できたことを示しています。それを、宗教的な「世界苦の受容」と言うこともできるでしょう。『変身』を書いたフランツ・カフカは言います。「お前と世界との闘争では、世界に加担せよ」

（平成三十年十一月、梅光学院大学特任教授）

この作品は昭和三十四年二月文藝春秋新社より刊行された。

編集について

一、新潮文庫の文字表記については、原文を尊重するという見地に立ち、次のように方針を定めました。

①旧仮名づかいで書かれた口語文の作品は、新仮名づかいに改める。
②文語文の作品は旧仮名づかいのままとする。
③旧字体で書かれているものは、原則として新字体に改める。
④難読と思われる語については振仮名をつける。

一、本作品中には、今日の観点からみると差別的表現ととられかねない箇所が散見しますが、著者自身に差別的意図はなく、作品全体のもつ文学性ならびに芸術性、また著者がすでに故人であるという事情に鑑み、原文どおりとしました。

一、注解は、新潮社版『山本周五郎長篇小説全集』（全二六巻）の脚注に基づいて作成しました。

一、改版にあたっては『山本周五郎長篇小説全集　第七巻』を底本としました。

（新潮文庫編集部）

赤《あか》ひげ診《しん》療《りょう》譚《たん》

新潮文庫　や－3－5

昭和三十九年十月十日発行
平成二十九年九月二十日百五刷
平成三十一年二月一日新版発行
令和五年十月五日四刷

著者　山《やま》本《もと》周《しゅう》五《ご》郎《ろう》
発行者　佐藤隆信
発行所　株式会社　新潮社
郵便番号　一六二―八七一一
東京都新宿区矢来町七一
電話　編集部(〇三)三二六六―五四四〇
読者係(〇三)三二六六―五一一一
https://www.shinchosha.co.jp
価格はカバーに表示してあります。

乱丁・落丁本は、ご面倒ですが小社読者係宛ご送付ください。送料小社負担にてお取替えいたします。

印刷・錦明印刷株式会社　製本・錦明印刷株式会社
Printed in Japan

ISBN978-4-10-113485-7　C0193